BASTEI
LÜBBE
TASCHENBUCH

Weitere Titel der Autorin:

Sommerzauber auf der kleinen Insel
Winterzauber im kleinen Café an der Mühle

Über die Autorin

Andreas J. Schulte ist freier Journalist und Autor. Christine Schulte hat bereits in ihrer Schulzeit zusammen mit einer Freundin ihren ersten Roman verfasst und arbeitet heute als technische Redakteurin. Das Ehepaar lebt mit seinen beiden Söhnen seit 25 Jahren in einer alten Scheune zwischen Andernach und Maria Laach. Unter dem Pseudonym Barbara Erlenkamp schreiben sie zusammen moderne, humorvolle Frauen- und Unterhaltungsromane. »Das kleine Café an der Mühle« war ihr erster gemeinsamer Roman.

Barbara Erlenkamp

Das *kleine Café* an der Mühle

BASTEI
LÜBBE
TASCHENBUCH

BASTEI LÜBBE TASCHENBUCH
Band 17956

Dieser Titel ist auch als E-Book erschienen

MIX
Papier aus verantwortungsvollen Quellen
FSC® C014496

Vollständige Taschenbuchausgabe
der bei Bastei Lübbe erschienenen E-Book-Ausgabe

Umschlaggestaltung: Maria Seidel, atelier-seidel.de unter Verwendung von
Motiven von © iStock.com: fotoedu j Polke
Satz: 3w+p GmbH, Rimpar
Druck und Verarbeitung: GGP Media GmbH, Pößneck
Printed in Germany
ISBN 978-3-404-17956-5

2 4 5 3 1

Sie finden uns im Internet unter www.luebbe.de
Bitte beachten Sie auch: www.lesejury.de

Für unsere Schwestern:

Susanne, Ulrike, Gisela und Brigitte

Der Brief

Tagsüber war es ein milder Spätsommertag gewesen. Aber jetzt, am Abend, krochen die Feuchtigkeit und Kälte von der Alster herüber. Ein Vorgeschmack auf den nahenden Herbst. Eigentlich war es zu kühl, um hier draußen ohne Jacke zu stehen. Eigentlich gehörte sie hier gar nicht hin, sie wurde bestimmt schon drinnen gebraucht. Sophie starrte auf den Brief in ihren Händen. Dieses eine Stück Papier ließ sie den Rest um sie herum vergessen: die Mülltonnen da hinten in der Ecke, das alte Fahrrad, die leeren Getränkekisten, den Wagen vom Chef. Kein heimeliger Platz, um Pause zu machen oder um sich auszuruhen – nur ein Rückzugsort, ein Platz für sie selbst und diesen Brief. »Sophie? Sophie!«

»Ich komme, Elke, Augenblick.«

»Ach, hier steckst du. Was machst du denn hier draußen?«

»Ich wollte nur einen Moment …«

»Schon gut. Aber du musst jetzt noch den Wintergarten übernehmen. Da drinnen ist die Hölle los.«

»Den Wintergarten? Aber Anne ist doch …«

»Anne hat sich gerade in der Küche heiße Krabbensuppe über die Hand gegossen. Heute geht wirklich alles schief! Komm, Sophie, sei ein Schatz und kümmere dich um die Tische im Wintergarten. Die Busgesellschaft scharrt schon mit den Hufen. Wenn die nicht bald ihre Getränke bekommen, gibt es Ärger.« Elke Seebald musterte Sophie.

»Ist mit dir alles in Ordnung?«

Sophie nickte stumm, faltete unauffällig den Brief zusammen und schob ihn in ihre Hosentasche.

»Ja, sicher, ich musste nur einmal kurz Luft schnappen.« Den letzten Teil des Satzes hörte Elke schon gar nicht mehr, weil Claas von drinnen ihren Namen rief. Sophie blinzelte die Tränen weg, wischte sich einmal über die Augen und wünschte, sie hätte vor drei Stunden einfach Nein gesagt.

Drei Stunden vorher

Als Sophie von Metten die Haustür aufschloss und ihr Fahrrad in den Flur des alten Mietshauses schob, lag ein ruhiger Abend vor ihr. Sophie wusste auch schon genau, was sie an diesem Abend machen wollte. Eine ganze Woche lang hatte sie geschuftet, hatte mehrere Interviewtermine hinter sich gebracht, hatte zwei zusätzliche Tage im *Captain Claas* gearbeitet. Aber der heutige Abend gehörte ihr allein. Sophie summte zufrieden vor sich hin, als sie den Briefkasten öffnete. Erst einmal würde sie ein Bad nehmen. Dann ein wenig Salat essen und ein Glas Weißwein genießen – mehr war wirklich nicht drin, die Jeanshose kniff immer noch am Bund. Und zur Feier des Tages würde sie diese herrliche Schnulze lesen, bis ihr die Augen vor Müdigkeit zufielen. Nach dieser Woche geht das wahrscheinlich ganz flott, dachte Sophie und nahm sich wieder einmal vor, ein paar grundlegende Dinge zu ändern. Veränderungen sind schön, Mädchen, aber du musst sie dir auch leisten können, ermahnte sie sich im Stillen, als sie die Briefe in ihren Händen flüchtig durchsah. Sophie sortierte die Umschläge, während sie die Treppe in den dritten Stock hochstieg: ein Brief von der Bank mit ihren Kontoauszügen, zwei Briefe mit Werbung, eine Mahnung von dem Versender, bei dem sie erst vor zwei Wochen eine traumhaft schöne Bluse bestellt hatte, und ein Umschlag, der aus Koblenz kam. Sophie schloss die Wohnungstür auf und warf die Post auf den kleinen Rauchtisch. Sie hatte ihn im letzten Monat auf dem Flohmarkt gefunden, hatte ihn abgebeizt und neu gestrichen, seitdem passte er wunderbar zu ihrer alten Garderobe.

Den Brief aus Koblenz nahm sie mit in die Küche. Sie öffnete den Kühlschrank, nahm sich ein Radieschen aus einer Schale und prüfte die halb gefüllte Weißweinflasche in der Kühlschranktür. Zur Feier des Tages waren sicher auch zwei Gläser Weißwein drin. Eines, während das Wasser in die Wanne einlief, und später dann noch eins zum Essen.

In Sophies Jacke vibrierte das Handy. Sie zog es heraus und bereute das bereits im nächsten Augenblick. Sabine, ihre Literaturagentin, schrieb selten lange und ausführliche Mails, vor allem dann nicht, wenn sie schlechte Nachrichten weitergeben musste. »Drei neue Absagen. Shit. Sorry, Sophie, wird schon. LG, Sabine.« Sophie konnte den gesamten Mailinhalt bereits auf dem Display in der Vorabansicht durchlesen. Na ja, das Gute war immerhin, dass Sabine bei Absagen von Verlagen nicht lange um den heißen Brei herumredete. Aber das änderte nichts an der Tatsache, dass der neue Reiseführer »Happy Travel« sich langsam, aber sicher zu einem Rohrkrepierer entwickelte. Sophie seufzte und holte die Weißweinflasche heraus, als das Handy in ihrer Hand erneut vibrierte, diesmal aber war es ein Anruf.

»Von Metten. Guten Abend.«

»Sophie? Claas hier. Mädchen, ich weiß, du hast deine zwei Tage schon hinter dir, aber wir haben heute drei Busgesellschaften reinbekommen, und der Markus hat mir gerade abgesagt. Elke und Anne können das unmöglich alleine stemmen.«

»Claas, heute ist mein erster freier Abend seit mehr als drei Wochen«, stöhnte Sophie, »was ist denn mit der Nele?«

»Habe ich schon versucht zu erreichen, da geht aber nur die Mailbox dran.« Sophie konnte Claas' verzweifeltes Gesicht geradezu vor sich sehen, zumal den Geräuschen im Hintergrund nach zu urteilen offensichtlich die Gäste des ersten Reisebusses gerade den Gastraum des Ausflugsrestaurants *Captain Claas* stürmten.

»Sophie, bitte!«

Sie wusste, dass Claas sie brauchte, freier Abend hin oder her, das war sie ihm schuldig. Wäre ihre Mailbox drangegangen, hätte sie jetzt gleich in der Wanne liegen können. Aber so … Sophie unterdrückte einen Seufzer. Wenn sie den Harvestehuder Weg nahm, konnte sie von der Erikastraße aus mit dem Rad in einer Viertelstunde an der Außenalster sein. »Also gut, Claas, ich komme. Ich ziehe mich nur schnell um, dann bin ich in zwanzig Minuten bei euch.«

»Sophie, du bist ein Schatz, ich wusste, dass ich mich auf dich verlassen kann. Ich zahl dir auch die Sonderschicht.« Bevor Sophie ihn daran erinnern konnte, dass er ihr bereits seit drei Wochen Sonderschichten bezahlte, hatte Claas Lützel aufgelegt.

Sophie stellte die Weinflasche zurück in den Kühlschrank, nahm noch ein zweites Radieschen und lief dann kauend ins Schlafzimmer, um sich umzuziehen. Als sie fünf Minuten später abfahrbereit war, nahm sie, ohne groß darüber nachzudenken, den Umschlag aus Koblenz und schob ihn in ihre Umhängetasche. Den Brief konnte sie später immer noch lesen. Drei Stunden danach stand sie mit tränenblinden Augen in Claas' Hinterhof und wünschte sich weit, weit weg.

Samstag, 27. August

Tante Dotti ist tot. Meine geliebte Tante Dotti soll einfach im Garten umgekippt sein. Ohne Vorwarnung, einfach so. Tante Dotti ist tot. Schon während ich zusehe, wie die Tinte auf dem cremefarbenen Papier dieses Tagebuches trocknet, kommt mir der Satz wie eine Lüge vor. Dotti war immer stark, immer optimistisch. Und sie ist immer heiter gewesen. Sie hat alle Schwierigkeiten in ihrem Leben einfach niedergelächelt. »Ich rege mich doch nicht über Dinge auf, die ich nicht ändern kann«, hat sie mir mal gesagt. »Steh auf der Bühne des Lebens, und plaudere über deine Pläne, dann kannst du hinten im Saal das Schicksal lachend vom Stuhl fallen hören« – einer von Dottis Lieblingssprüchen. So jemand darf einfach nicht tot im Garten zusammenbrechen, das ist nicht fair. Dotti hätte es sicher auch nicht fair gefunden, aber wahrscheinlich hingenommen. Eine Tatsache, die man eben nicht ändern kann.

Ich weiß auch nicht, warum ich ausgerechnet heute Abend mit diesem Tagebuch beginne. Dotti hat mir dieses Buch vor zwei Jahren geschenkt, damit ich mir Notizen für meinen nächsten Reiseführer machen kann. Aber der weinrote Leinenumschlag, das cremefarbene Papier, irgendwie kam mir dieses Buch zu wertvoll vor, um darin Öffnungszeiten eines Museums oder die Fahrpläne einer Fähre zu notieren. Ich habe mich nie getraut, etwas hineinzuschreiben, hatte Skrupel, die Seiten mit Belanglosigkeiten zu füllen. Zwei Jahre lang lag das Buch vorwurfsvoll in meinem Regal herum.

Das letzte Mal, dass ich Tagebuch geführt habe, ist Jahre her. Dreizehn oder vierzehn muss ich damals gewesen sein. Es war der Sommer, als Mama und Papa beruflich in Frankreich waren und ich die Schulferien bei Dotti verbrachte.

Ich habe gestern Nacht oft an diesen Sommer denken müssen. Die Hektik im *Captain Claas* ließ mir keine Zeit für Erinnerungen. Die Trauer erwischte mich erst, als ich meine dunkle Wohnung aufschloss. Ich habe geheult wie ein Schlosshund. Weißt du, Dotti, ich bin mir gar nicht mal so sicher, ob dir die ganzen Tränen recht wären. Schließlich hast du mir mal gesagt, dass der Tod nur ein kurzer Weg auf die andere Seite des Flusses ist. Jetzt sitze ich hier, schau auf das nächtliche Hamburg, trinke Wein und schreibe einfach auf, was mir gerade durch den Kopf geht.

Vielleicht behalte ich ja mehr von dir in Erinnerung, wenn ich die Seiten dieses Tagebuchs fülle.

Siehst du, Dotti, jetzt benutze ich es. Für dich, nur für dich.

Die Entscheidung

»Also, wenn du mich fragst, ich würde hinfahren.« Miriam Vollmer streifte die Pumps ab und zog die Füße hoch. Mit beiden Händen hielt sie eine große Tasse Milchkaffee fest und schaute Sophie fragend an. »Sag schon, hat der Rechtsanwalt aus Koblenz in seinem Brief irgendetwas über das Erbe verraten?«

Sophie, die ihrer besten Freundin Miriam im Sessel gegenübersaß, schüttelte den Kopf. »Nein, nur, dass meine Tante tot in ihrem Garten gefunden worden ist. Dass sie mich als Erbin eingesetzt hat und dass ich nach Koblenz kommen soll, um alle Formalitäten zu klären. Sollte mir dies nicht möglich sein, könne er, der Rechtsanwalt, auch mit einer Partnerkanzlei hier in Hamburg zusammenarbeiten.« Miriam schnaubte. »Es ist ja nicht so, als müsstest du hier in Hamburg auf irgendjemanden Rücksicht nehmen, Sophie. Du hast bei Claas in den letzten Wochen geschuftet wie eine Blöde. Ich weiß«, Miriam hob abwehrend eine Hand, »ohne den Job bei Claas hättest du nicht studieren können, und er war auch immer großzügig zu dir. Aber mal ehrlich, du bist achtundzwanzig Jahre alt, du hast einen Abschluss in der Tasche und einen wirklich tollen Reiseführer geschrieben. Ich kenne keine, die ein ganzes Buch zustande gebracht hat.«

»Na toll, ein Buch, das kein Verlag haben will.«

»Ach was, du hast ja auch schon an diesem anderen Reiseführer mitgearbeitet, und dann sind da noch die Artikel für das Stadtmagazin. Außerdem bist du die einzige Freundin, die ich habe, die so optimistisch ist, dass ihre Pläne einfach klappen müssen.«

»Lieb von dir, Miri, aber seien wir doch einmal ehrlich: Nur weil ich während des Geografiestudiums zwei Kapitel für einen alternativen Reiseführer geschrieben habe und ab und zu mein Name in einem unabhängigen Szenemagazin auftaucht, bin ich noch lange keine Schriftstellerin. Am liebsten hätte ich ja eine Festanstellung in der Redaktion. Aber im Moment bin ich schon froh, dass ich mir mit Steffi die Wohnung hier teile, allein könnte ich mir die Miete nicht leisten. Na ja, Steffi wird im Oktober aus Verona zurückkommen, dann ist ihr Auslandsjahr rum. Verstehst du, ich wohne in einer WG, schreibe unterbezahlte Artikel und kellnere schon seit fast sechs Jahren. Nein, in meinen ganz düsteren Momenten sehe ich mich als eine zweite Elke mit Krabbensuppe und Fischtellern in der Hand im *Captain Claas* enden.«

»Genau deshalb musst du nach Koblenz fahren, so teuer ist die Zugfahrt schließlich auch nicht, und du kannst Hamburg und alles andere mal für ein paar Tage vergessen.«

Nachdenklich rührte Sophie in ihrem Kaffeebecher. Was Miriam sagte, hatte Hand und Fuß, wobei Miri leicht reden hatte. Sie arbeitete als Sekretärin bei einer großen Reederei, und das war auch genau das, was sie immer schon machen wollte. Miriam forschte in Sophies Gesicht.

»Gibt es noch irgendetwas, was ich nicht weiß?«

»Na ja, Thorsten …«

»Thorsten? Nicht im Ernst jetzt. Du hattest mir hoch und heilig versprochen, mich sofort darüber zu informieren, wenn du mit Thorsten Festel ins Bett gehst. Hallo, ich bin deine beste Freundin, ich habe ein Recht auf alle schlüpfrigen Einzelheiten.«

Sophie lächelte und strich sich verlegen eine schwarze Locke hinters Ohr. »So schlüpfrig war das alles gar nicht. Ich meine, Thorsten ist wirklich ein netter Kerl. Und vor zwei Wochen, auf der Fete von Claudia, haben wir nach Mitternacht ein bisschen rumgeknutscht.«

»Und seid dann endlich zusammen ins Bett gegangen.«

»Nein, sind wir nicht. Thorsten hatte am nächsten Tag eine wichtige Präsentation und musste schon um sechs Uhr den Flieger nach Frankfurt nehmen.« Noch während Sophie das erklärte, schoss ihr der Gedanke durch den Kopf, warum Thorsten es in den letzten vierzehn Tagen nicht geschafft hatte, mehr als nur ein paar WhatsApp-Nachrichten mit ihr auszutauschen und einmal ganz kurz zu telefonieren. Ich lasse mich schließlich nicht von jedem küssen, dachte Sophie, eigentlich hätte Thorsten wirklich mal vorbeikommen können.

»Ich sehe schon, die Sache mit Thorsten ist eine heikle Angelegenheit. Vor zwei Wochen habt ihr rumgeknutscht, aber offenbar ist danach nichts mehr passiert. Gehen wir mal davon aus, dass du durchaus akzeptabel küssen kannst.« Miriam grinste von einem Ohr zum anderen. »Dann würde ich behaupten, dass Thorsten entweder überarbeitet oder ein Feigling ist, der sich nicht traut, dir die Wahrheit zu sagen. Nämlich dass du, trotz deiner unübersehbaren Reize, nicht sein Typ bist. So oder so hat er es nicht verdient – und damit komme ich zum Schluss meines Plädoyers, Herr Richter –, dass du für ihn die Fahrt nach Koblenz sausen lässt. Und solltest du da unten in Süddeutschland einen Sack voll Geld und ein riesiges Anwesen erben, erwarte ich, dass du mich, als deine beste Freundin, sofort einlädst.«

»Tante Dotti hat in den letzten fünf Jahren an der Mosel gewohnt, in irgendeinem kleinen Ort, den man nur mit Mühe bei Google Maps findet. Die Mosel ist nicht Süddeutschland, Miri.«

Miriam lachte. »Süddeutschland hin oder her, Hauptsache, du vergisst nicht, wen du einladen musst. Also, wann fährst du?«

Sophie überlegte kurz. Sie musste morgen noch einen Artikel abgeben, dabei konnte sie die Redaktion direkt informieren, dass sie für ein paar Tage ausfallen würde. Anschließend würde sie zu *Captain Claas* fahren und sich abmelden. Claas würde natürlich herumjammern, weil er nur ungern auf sie verzichtete, aber darauf konnte sie diesmal keine Rücksicht nehmen. Der Monat war fast vorbei, und sie hatte deutlich mehr als vereinbart für ihn gearbeitet.

»Ich könnte am Mittwoch nach Koblenz fahren«, sagte sie laut.

Miriam klatschte in die Hände. »Jawohl, das ist meine Sophie. Mittwoch klingt gut, da können wir am Dienstag noch bei Ernesto eine Abschieds-Lasagne genießen.«

Mittwoch, 31. August

Himmel, ist mir übel.

Miri hat gestern alles gegeben. Von wegen gemütlicher Abend bei unserem Lieblingsitaliener … Mit ihrer „Abschieds-Lasagne“ bei Ernesto hatte sie sich richtig ins Zeug gelegt. Sie hat eine total nette Runde zusammentelefoniert: Anke und Tanja waren dabei, die hatte ich schon viel zu lange nicht mehr gesehen – seit ich mit dem Pilateskurs aufgehört habe. Außerdem war noch Bernd aus der Redaktion da und Stefan, Miris Neuer. Eigentlich hätte es ein lustiger Abend werden können. Mich störte nur, dass jeder, aber auch wirklich jeder, beteuert hat, wie klasse er es findet, dass ich nach Koblenz fahren will, um mehr über meine Erbschaft zu erfahren. Niemand am Tisch bei Ernesto hat Dotti gekannt, keiner wusste doch, was mich in Koblenz erwarten würde. Himmel, ich weiß ja selbst nicht einmal, was mich erwartet. Aber dieses aufgesetzte »Toll-dass-du-diesen-Schritt-wagst«-Getue ging mir ganz schön auf den Keks. Ich will ja nicht in den australischen Busch auswandern oder Nonne in Indien werden – ich will mit dem Zug nach Koblenz fahren. Ich glaube, Miri war ein bisschen sauer, dass ich mich über ihre organisierte Fröhlichkeit nicht so doll gefreut habe.

Wie sollte ich auch fröhlich an ein Erbe denken? Ich will gar nicht erben. Ich will, dass Dotti in Koblenz am Bahnsteig steht, mit ihren Dauerwellenlöckchen, der schmalen Lesebrille auf der Nase, den unglaublich hässlichen geblümten Kleidern und ihrem ansteckenden Lachen.

Aber Dotti wird nicht da sein. Warum soll ich es also toll finden, dorthin zu fahren?

Richtig mies wurde es, als Tanja erzählte, dass sie am Wochenende zufällig Thorsten in Brunos Bar getroffen hat. Da war bei mir endgültig Schluss mit lustig. Wenn Thorsten Zeit hat, bei Brunos einen Cocktail zu schlürfen, statt über einer wichtigen Präsentation zu brüten, wenn er Zeit hat, mit Tanja eine Stunde lang zu plaudern, dann kann der Arsch sich doch wohl gefälligst mal bei der Frau melden, mit der er erst kürzlich geknutscht hat. Männer! Eines muss ich Miri lassen: Sie hat bei Tanjas Bericht sofort die Notlage erkannt. Und da wir schließlich bei Ernesto waren, hieß ihr Notfallrezept: Grappa. Ernesto hat tollen Grappa. Wobei, nach den ganzen Bildern von Tanja und Thorsten in meinem Kopf und den Cocktails war mir der Geschmack echt egal.

Ich spülte die Erinnerung an Thorstens Küsse mit drei Grappas auf ex weg. Zumindest für den Augenblick. Danach fühlte ich mich zwar beschwipst, war aber immer noch völlig Herrin der Lage. Auch was die Bestellungen anging, zumal Miri erklärt hatte, sie würde für die Getränke aufkommen. Großer Fehler, ganz großer Fehler. Normalerweise achte ich schon deswegen darauf, was und wie viel ich trinke, weil ich es auch bezahlen muss. Aber Ernesto schenkte ja schneller Grappa nach als sein Schatten. Die zwei Aspirin heute früh haben es nicht mal annähernd geschafft, den Kater aus meinem Kopf zu vertreiben.

Gott, ist mir übel. Aber das geschieht mir ganz recht, ich dummes Huhn weiß doch, dass ich keinen Schnaps vertrage. Einen vielleicht, aber fünf, sechs oder sieben? Mir fehlt komplett der Überblick. Miri, die Gute, hat aber immerhin auf mich aufgepasst, mich nach Hause begleitet und sogar noch zwei Wecker für heute früh gestellt.

Jetzt sitze ich im ICE und nippe an dem schrecklichen Kaffee der Deutschen Bahn. Vielleicht bilde ich mir das ja auch ein, aber irgendwie schmeckt der Kaffee nach dem Holzstäbchen, das mir die Bedienung unaufgefordert in den Becher gesteckt hat, damit ich meine Kondensmilch umrühren kann.

Tante Dotti wäre so was nie passiert. Ich meine nicht den Kater nach der grappageschwängerten Abschiedsfeier, ich meine die Kaffeeplörre im Pappbecher.

Dotti hat immer Wert darauf gelegt, dass sie – wie sie es nannte – leckeren Kaffee dabei hatte. Bei Kaffee war Dotti eigen. Sie hat immer mehrere Bohnenröstungen zur Auswahl gehabt, lieber nahm sie sich Kaffee in einer Thermoskanne mit, als abgestandenen Filterkaffee zu trinken. Mit dem Inhalt meines Bechers hier hätte sie nicht mal die Blumen gegossen.

Es ist merkwürdig: In letzter Zeit muss ich nur das Tagebuch aufschlagen, und mir fallen Dinge über Dotti ein, die ich bislang nie hinterfragt habe. Zum Beispiel weiß ich nicht, warum Dotti an die Mosel gezogen ist. Viele Jahre hat sie in einem großen alten Haus in Bad Godesberg gewohnt. Aber irgendwann musste es dann Wümmerscheid-Sollensbach sein.

Draußen sieht man die ersten Ausläufer des Ruhrgebiets. Hannover liegt bereits weit hinter mir, Hamburg scheint eine kleine Ewigkeit entfernt zu sein, Köln ist das Ziel. In Köln muss ich umsteigen. In Koblenz – ich hab's gegoogelt – kann man leicht vom Bahnhof zu Fuß in die Schlossstraße gehen.

Wenn alles glatt läuft, bin ich schon um kurz nach halb drei in Koblenz, den Termin in der Kanzlei habe ich um halb vier, das schaffe ich sogar mit Kopfschmerzen.

Der Rechtsanwalt

»Ich darf Sie daran erinnern, dass Sie um 15:30 Uhr den Termin mit der Erbin haben, Herr Dr. Knese.«

»Ja, danke, Frau Weiherbart, ich habe es mir notiert.«

Als sich die Tür hinter seiner Sekretärin schloss, setzte Hans-Werner Knese gedankenverloren ein Ausrufezeichen hinter den Eintrag in seinem Terminkalender, bevor er den Füller zuschraubte. Sophie von Metten hatte überraschend unaufgeregt am Telefon geklungen, als sie den Termin mit ihm vereinbart hatte. Normalerweise übernahm solche Terminabsprachen seine Sekretärin, aber dieser Anruf war auf seinen Wunsch hin direkt zu ihm durchgestellt worden, das war er Dotti schuldig. Ungewöhnlich, wie ruhig Dottis Nichte am Telefon geblieben war. Viele Menschen, die von einem Erbe erfuhren, wollten am liebsten gleich am Telefon wissen, was und wie viel sie erben würden. Aber in solchen Fällen blieb Knese hart, seine Mandanten hatten ihm zu Lebzeiten vertraut und bei ihm ihr Testament hinterlegt. Die letzten Wünsche eines Menschen besprach man nicht mal eben am Telefon.

Mit Dorothee von Metten hatte ihn eine lange Freundschaft verbunden. Schon als sie in Bad Godesberg gewohnt hatte, hatte sie seinen Rat gesucht. Dotti war öfter mit seiner Frau nach Köln ins Museum oder zum Shoppen gefahren. Auch als Dotti dann in dieses Dorf zwischen Mosel und Eifel gezogen war, waren sie in Kontakt geblieben.

Hans-Werner Knese war mittlerweile fünfundsechzig Jahre alt, seine Frau drängte ihn, beruflich kürzerzutreten, und Dottis plötzlicher Tod hatte ihn nachdenklich gemacht. Ich sollte mich wirklich mehr um Karin kümmern, als hier Stunde um Stunde über den Schriftsätzen meiner Mandanten zu brüten, dachte er. Aber damit konnte er morgen beginnen, heute musste er sich erst einmal um Dottis letzten Willen kümmern.

Er griff zum Telefonhörer und drückte die Taste für interne Gespräche.

»Frau Weiherbart, bevor ich das vergesse, könnten Sie mal die beste Verbindung von Koblenz nach, warten Sie, der Ort heißt Wümmerscheid-Sollensbach, heraussuchen? Nein … keine Ahnung. Vielleicht eine Regionalbahn oder ein Bus. Ab wann? Nun, sagen wir so ab siebzehn Uhr. Danke schön.«

Hans-Werner Knese fuhr sich mit der Hand durch seine grauen, schütteren Haare. Er kannte Sophie von Metten nicht, nahm aber an, dass sie nicht einfach nur das Testament kennenlernen wollte, um dann wieder zurück nach Hamburg zu reisen. Knese seufzte. Was hatte sich Dotti nur dabei gedacht? Wümmerscheid-Sollensbach – Dottis Nichte war nicht zu beneiden. Aber das hatte sie ganz allein zu entscheiden, er war nur den Wünschen seiner Mandanten verpflichtet.

*

Zwei Stunden später, pünktlich um halb vier, klopfte Frau Weiherbart wieder an seine Tür.

»Frau von Metten ist eingetroffen, Herr Dr. Knese. Ich habe sie in den Besprechungsraum geleitet. Sie möchte einen Kaffee und ein Wasser, darf ich Ihnen auch noch einen Tee bringen?«

»Gern, Frau Weiherbart, gern.«

Hans-Werner Knese fragte sich, wann seine langjährige Sekretärin ihn wohl mal nur mit Herr Knese oder schlicht Chef ansprechen würde. Er hatte es ihr mehrfach angeboten, sogar das »Du« hatte er ihr vorgeschlagen, aber sie war hart geblieben. Sie bestand darauf, ihn weiterhin mit Dr. Knese anzureden. Na ja, das konnte ja jeder so handhaben, wie er wollte.

Knese nahm eine schwarze Aktenmappe vom Tisch und ging zum Besprechungsraum.

Sophie von Metten – das sah er gleich auf den ersten Blick – ähnelte in gewisser Weise ihrer verstorbenen Tante. Ihr zaghaftes Begrüßungslächeln zauberte die gleichen Grübchen hervor, wie Dotti sie gehabt hatte. Auch in Größe und Statur glichen sich die beiden Frauen: knapp einen Meter siebzig groß, schlank, ohne auffallend dünn zu sein. Knese räusperte sich, es kam nicht oft vor, dass ihm solche Äußerlichkeiten bei einem ersten Zusammentreffen mit einer Frau ins Auge sprangen. Ein wenig peinlich, wie er fand. Dotti hatte früher, bevor ihr Haar grau geworden war und sie sich Dauerwellenlöckchen zugelegt hatte, genauso ausgesehen. Sie war eine hübsche Frau gewesen. Sophie strahlte wie Dotti eine Natürlichkeit aus, die Knese bei seinen Mandantinnen selten sah. Sophie von Metten braucht jedenfalls kein aufwendiges Make-up, um die Aufmerksamkeit von Männern zu erregen, dachte Knese und musste schon selbst darüber schmunzeln, wie sehr ihn das Aussehen der jungen Frau in den ersten Augenblicken ihrer Begegnung beschäftigte.

Wahrscheinlich ist das so, weil ich Dotti so gut kannte, stellte Knese für sich fest, bevor er sich darauf besann, warum er hier mit Sophie von Metten im Besprechungsraum saß.

»Nun, Frau von Metten, ich bin froh, dass Sie es so kurzfristig einrichten konnten, von Hamburg nach Koblenz zu kommen. Darf ich Ihnen meine aufrichtige Anteilnahme angesichts des Todes Ihrer Tante aussprechen? Dottis Tod kam für uns alle, die wir sie gekannt und geschätzt haben, mehr als überraschend.«

»Ach, Sie haben meine Tante gekannt? Ich meine, sie war nicht nur eine Mandantin von Ihnen, Herr Dr. Knese?«

Bevor er antworten konnte, brachte Frau Weiherbart die Getränke herein, stellte sie schweigend auf den Tisch und war ebenso schnell wieder verschwunden, wie sie hereingekommen war. Effizient und diskret – manchmal war sie Knese fast schon unheimlich.

Er reichte Sophie von Metten lächelnd die Tasse Kaffee, bevor er ihre Frage beantwortete. »Oh nein, Frau von Metten, sie war nicht nur eine Mandantin, meine Frau und ich kannten Dotti schon seit vielen Jahren. Meine Frau war mit Dotti sogar gut befreundet. Umso mehr hat es uns getroffen, dass sie so plötzlich von uns gegangen ist.« Knese schluckte trocken und sah, dass Sophies Augen ebenfalls feucht wurden.

Er klopfte mit der flachen Hand auf die schwarze Aktenmappe. »Nun, vielleicht sollten wir ein anderes Mal über Dotti und unsere Erinnerungen sprechen. Kommen wir doch zu dem, was Dotti als letzten Willen bei mir hinterlegt hat. Ich möchte vorwegschicken, dass alles rechtlich einwandfrei ist. Und ich habe bereits die nötigen Schritte eingeleitet, damit Sie – sofern Sie das Erbe annehmen – auch als Erbin anerkannt werden. Aber – und lassen Sie mich das noch einmal deutlich sagen – Sie müssen das Erbe nicht annehmen.«

Knese bemerkte, wie sich Sophie auf ihrem Stuhl gerade hinsetzte. »Nun, Herr Dr. Knese, vielleicht verraten Sie mir erst einmal, worum es geht, sonst kann ich ja keine Entscheidung treffen, nicht wahr?«

»Natürlich, Sie haben recht.« Knese öffnete die Aktenmappe und setzte sich eine schmale Lesebrille auf. »Nun, Dorothee von Metten hat Sie als Alleinerbin eingesetzt. Offenbar sind Sie die einzige noch lebende Verwandte. Das stimmt doch?«

»Ja, Tante Dotti war unverheiratet und kinderlos. Meine Tante war die Schwester meines Vaters. Meine Eltern sind vor acht Jahren bei einem Autounfall ums Leben gekommen. Ich hatte gerade mit dem Studium angefangen.«

»Ach, das ist ja schrecklich. Es tut mir wirklich leid. Aber das heißt auch, dass wir davon ausgehen können, dass es keine anderen Erbberechtigten geben wird. Sie erben also das Haus und das Grundstück in Wümmerscheid-Sollensbach mit dem gesamten Inventar und dem persönlichen Besitz der Verstorbenen, einen alten – äh – Landrover sowie Bargeld in Höhe von rund 15.000 Euro.«

Sophie runzelte die Stirn: »Entschuldigen Sie, dass ich da einhake, aber meine Tante hatte doch ihr großes Haus in Bad Godesberg verkauft, sie verdiente als Kuratorin des Museums gut. Ich meine, sie war sicher nicht reich, aber durch den Hausverkauf …« Sophie wurde, wie Knese sah, vor Verlegenheit rot im Gesicht. »Ich will jetzt nicht geldgierig erscheinen, aber Dotti muss doch mehr auf der Bank gehabt haben als 15.000 Euro?«

»Nun ja, der Hauskauf in Wümmerscheid-Sollensbach, die letzten Jahre, die haben offenbar Dottis finanzielle Mittel, ähm, beansprucht. Den Grundbesitz des sogenannten Mühlenhofes müssen wir auch gar nicht berücksichtigen, Schmuck, Möbel und Ähnliches sind hier auch nicht relevant. Es geht ja vor allem um den Betrieb.«

»Betrieb? Welchen Betrieb?«

»Ja, wissen Sie das denn gar nicht? Dotti führte doch das Mühlencafé.«

Knese sah, wie Sophie ihre grünen Augen vor Erstaunen aufriss, und im selben Moment wurde ihm klar, dass seine alte Freundin ihm eine Menge Erklärungen aufgehalst hatte. Erklärungen, die sie zu Lebzeiten selbst offenbar nicht geben wollte.

»Ich sehe schon, Sie wissen nicht Bescheid. Wann haben Sie denn Dotti das letzte Mal getroffen?«

»Sie war im Frühjahr bei mir in Hamburg. Sie wollte eigentlich nie, dass ich sie in Wümmerscheid-Sollensbach besuchen komme. Wir haben ab und zu mal telefoniert. Aber ein Café … warum hat sie mir das verschwiegen?«

»Das kann ich Ihnen leider auch nicht sagen, aber so wie die Zahlen aussehen, war es kein großer Erfolg. Fakt ist, dass bei einem Verkauf eine fünfstellige Erbschaftssteuer fällig sein wird. Ich will Sie nicht mit Zahlen und Berechnungen langweilen, aber in Ihrem Fall sind es zwanzig Prozent Erbschaftssteuer bei einem Freibetrag von 20.000 Euro.«

»Eine fünfstellige Summe?« Sophie lachte kurz und freudlos auf. »Sie können mir glauben, wenn ich eines nicht habe, dann ist das ein fünfstelliger Betrag auf dem Sparkonto, davon kann ich nur träumen.«

Knese hob beschwichtigend die Hand. »Moment, würden Sie verkaufen, hätten Sie ja genug Geld für die Steuer. Aber jetzt kommt der eigentliche Knackpunkt. Ihre Tante hat festgelegt, dass Sie nur erben, wenn Sie das Haus fünf Jahre lang behalten und das Café weiterführen.«

»Sie machen Witze!«

Knese schüttelte den Kopf. »Glauben Sie mir, mir ist nicht nach Scherzen zumute.«

»Sie haben gesagt, es steht mir frei, das Erbe überhaupt anzunehmen. Aber wenn ich es annehme, muss ich zahlen. Und ich darf nicht verkaufen. Habe ich das richtig verstanden?«

Knese nickte. »Dotti war sich offenbar ihrer Sache recht sicher, und ich bin zuversichtlich, dass wir eine Lösung finden werden.«

*

Sophie schloss die Augen, in ihrem Kopf fuhren gerade die

Gedanken Achterbahn, eine Achterbahn mit Loopings. Sophie wusste, dass Knese sie aufmerksam beobachtete und auf eine Entscheidung wartete, aber das war ihr egal. Die Zeit musste sie sich jetzt nehmen. Tante Dotti hatte also irgendwo in der Pampa ein Café gehabt. Warum hatte sie das nie auch nur mit einer Silbe erwähnt? Offenbar war dieses Café nicht gerade eine Goldgrube. 15.000 Euro waren nach all dem Geld, das Dotti für den Hausverkauf in Bad Godesberg bekommen haben musste, ein Witz. Sie hatte also von ihren Ersparnissen gelebt. Natürlich hatte sich Sophie auf der Hinfahrt Gedanken darüber gemacht, was sie wohl erben würde: ein Haus in Wümmerscheid-Sollensbach, Dottis persönliche Dinge. Auch wenn sie sich das noch nicht selbst eingestanden hatte, hatte sie im Hinterkopf den Gedanken, dass sie das Haus möglichst schnell zu Geld machen würde, um sich endlich in Hamburg eine eigene Wohnung leisten zu können. Doch der Traum war gerade geplatzt wie eine Seifenblase. Oder wie Dotti gesagt hätte: »Das Schicksal ist vor Lachen vom Stuhl gefallen.« Entweder fünf Jahre Wümmerscheid-Sollensbach, weil es Dotti so gewollt hatte, oder gar nichts.

Sophie öffnete die Augen und sah, dass Dr. Knese nervös an seiner Aktenmappe herumfingerte.

»Muss ich mich sofort entscheiden, oder habe ich die Möglichkeit, mir diesen Mühlenhof erst einmal anzusehen?«

»Nun, Frau von Metten, ich denke, bis zum Ende der Woche haben wir dafür noch Zeit.«

»Gut. Da fällt mir ein, ich muss mich ja auch noch um die Beerdigung kümmern.«

»Ähm, ja … also … Dotti hat eine Einäscherung gewünscht, sie ist bereits beigesetzt worden. Wussten Sie das gar nicht? Ach, natürlich wussten Sie es nicht, wie dumm von mir, Sie haben ja erst durch mein Schreiben von Dottis Tod … es tut mir sehr leid.«

Sophie spürte, wie ihr eine Träne die Wange herunterlief.

Selbst das hatte Dotti ihr nie verraten. Was wusste sie eigentlich sonst noch alles nicht von dieser Frau, von der sie angenommen hatte, sie in- und auswendig zu kennen?

Sophie wischte sich die Träne aus dem Gesicht. »Wenn es Dottis Wunsch war …« Sie ließ den Satz im Raum stehen.

Knese nickte. »Und um noch einmal auf die Besichtigung Ihres Erbes zurückzukommen, ich habe meine Sekretärin gebeten, eine Verbindung nach Wümmerscheid-Sollensbach herauszusuchen. Sie könnten noch heute Nachmittag hinfahren. Sie schauen sich alles in Ruhe an und melden sich dann bei mir. Bis dahin werde ich sicher auch mehr zum Thema Erbschaftssteuer sagen können. Ich habe da eine Idee, die würde ich aber lieber zuerst mit einem befreundeten Steuerberater besprechen.«

Knese entnahm der Aktenmappe einen Umschlag. »Ich habe Ihnen vorsichtshalber die Adresse noch mal aufgeschrieben. Nur falls Sie sie nicht dabeihaben. Und hier im Umschlag sind die Schlüssel zum Haus. Ich war nach der Beerdigung kurz dort. In der Küche finden Sie die übrigen Schlüssel sowie die Fahrzeugpapiere. Außerdem hat Dotti mit dem Testament diesen kleinen Schlüssel bei mir hinterlegt«, Knese zog einen kunstvoll verzierten Schlüssel aus dem Umschlag und hielt ihn hoch, »Ich weiß leider nicht, was man damit öffnen kann, aber Dotti war es wichtig, dass Sie ihn bekommen.«

Sophie nickte nachdenklich. Sie hatte den Schlüssel gleich wiedererkannt, aber wenn Dotti ihrem Rechtsanwalt nichts dazu gesagt hatte … Ein, zwei Tage in Wümmerscheid-Sollensbach – das würde schon gehen. Sophie hatte Kleidung für ein paar Tage eingepackt. Sie war ja davon ausgegangen, sich um die Beerdigung kümmern zu müssen.

»Also gut, dann werde ich mir das Haus meiner Tante ansehen, Herr Dr. Knese.«

»Ich denke, das sollten Sie. Und um den Rest kümmere ich mich. Das heißt, wenn Sie mir erlauben, Ihre Angelegenheiten weiter zu regeln.«

Sein Angebot brachte Sophie zum Lächeln. »Sehr gern, Herr Dr. Knese. Ich wüsste nicht, wen ich sonst fragen könnte.«

Unterwegs

Sophie schaute aus dem Busfenster. Eben hatten sie Cochem durch einen langen schmalen Taleinschnitt verlassen. Rechts und links der Straße erhoben sich die Felsen, als wollten sie jeden Moment zusammenrücken, um dem spärlichen Verkehr auf der Landstraße ein für alle Mal ein Ende zu bereiten.

Die Fahrt mit der Regionalbahn von Koblenz nach Cochem war völlig problemlos verlaufen, das Moseltal hatte sich von seiner schönsten Seite gezeigt: Das Abendlicht verlieh den steilen Weinbergen einen rötlichen Schimmer, die Mosel wirkte dazwischen wie ein langes silbriges Band. Sophie hatte begonnen, sich zu entspannen. Einfach nur den Fluss anzusehen war, nach dem Stress der letzten Tage, die reinste Meditationsübung. In Cochem aber war es dann mit der Entspannung vorbei gewesen. Die Buslinie, die Dr. Kneses Sekretärin ihr herausgesucht hatte, fuhr erst eineinhalb Stunden später wieder. Sophie hatte herumgefragt und eine Alternative gefunden. Dachte sie zumindest.

»Junge Frau, Sie wollten doch nach Wümmerscheid-Sollensbach, oder?«

Ein älterer Herr, neben sich einen kleinen Tagesrucksack auf dem Bussitz, hatte sich zu ihr herumgedreht.

»Ja, warum fragen Sie?«

»Sie müssen entschuldigen, ich habe Ihr kurzes Gespräch an der Bushaltestelle eben mitangehört. Ich fahre die Strecke hier öfter, immer wenn das Wetter gut ist, gehe ich ein bisschen an der Mosel wandern. Im Moment ist die Ortseinfahrt nach Wümmerscheid-Sollensbach gesperrt, die haben die ganze Straße aufgerissen, Kanalarbeiten oder so.«

»Sie meinen, dieser Bus fährt gar nicht in den Ort hinein?«

Der hilfsbereite Wanderer nickte. »Genau das meine ich.«

Sophie stand auf und ging schwankend durch den Mittelgang nach vorne zum Fahrer. »Entschuldigen Sie bitte, ich habe gerade erfahren, dass Sie gar nicht nach Wümmerscheid-Sollensbach fahren, stimmt das?«

»Ja, das stimmt. In den Ort kann ich nicht hineinfahren, da ist seit einer Woche eine Riesenbaustelle.«

Sophie unterdrückte die aufsteigende Mischung aus Ärger und Hilflosigkeit. Sie atmete einmal tief durch. »Aber Ihr Kollege hatte mir genau diese Buslinie empfohlen.«

»Na ja, vor einer Woche hätte er ja auch noch recht gehabt. Aber die nächsten zehn Tage wird kein einziger Bus in den Ort hineinfahren, das müssen Sie mir einfach glauben.«

»Und wie soll ich jetzt bitte dorthin kommen?«

Der Busfahrer schwieg einen Augenblick, bevor er antwortete. »Sie und der Herr da hinten sind im Moment die einzigen Fahrgäste. Ich könnte vorne am Ortseingang außerplanmäßig halten. Kennen Sie den Ort?«

Sophie schüttelte den Kopf. Der Fahrer blickte hoch und lächelte sie im Busspiegel an.

»Also, das ist nicht weiter schwer. Da, wo ich Sie rauslasse, müssen Sie einfach nur die Straße entlanglaufen, und nach ungefähr einem Kilometer beginnt dann auch schon das Dorf. Es gibt zwei Ortsteile: Wümmerscheid und Sollensbach. Wo müssen Sie denn hin?«

Sophie hatte eigentlich nicht vor, einem Wildfremden ihr Ziel zu verraten, aber der Busfahrer hatte ein nettes Lächeln und war bereit, ihr zu helfen. In Hamburg hätte sie so ein Gespräch ganz sicher nicht geführt.

»Ich weiß es nicht so genau, es muss eine alte Mühle sein, das sogenannte Mühlencafé.«

»Aha, das kenne ich. Die Mühle liegt etwas abseits der Straße, ziemlich genau in der Mitte zwischen beiden Ortsteilen. Sie werden eine gute halbe Stunde unterwegs sein, aber Sie haben ja nur die kleine Reisetasche, was soll da schiefgehen?« Als Erwiderung auf diese aufmunternden Worte lächelte Sophie den Fahrer an. »Dann halten Sie doch bitte am Ortseingang. Ich werde den Weg zur Mühle schon finden. Und vielen Dank für Ihre Hilfe.«

Sophie ging zurück zu ihrem Sitz und nickte dem älteren Wanderer noch einmal dankbar zu. Eine halbe Stunde spazieren gehen würde ihr nach der langen Zugfahrt und dem ewigen Sitzen ganz guttun. Und der Busfahrer hatte recht, was sollte da schon schiefgehen?

Ankunft

Es ging alles schief. Während der nächsten zehn Minuten Busfahrt zogen dichte graue Regenwolken auf und schluckten das Abendrot. Minuten später klatschten die ersten dicken Tropfen gegen die Busfenster.

Sophie trug weiße Chucks, vollkommen ungeeignet für Regenwetter. Sie überlegte ernsthaft, ob sie stattdessen die schwarzen Pumps, die sie extra für die Beerdigung eingepackt hatte, anziehen sollte, entschied sich aber dagegen. Eine halbe Stunde Gehen wäre in diesen Pumps furchtbar unbequem. Und wenn sie dabei noch durch eine Baustelle laufen musste, dann konnte sie die Schuhe danach wahrscheinlich sowieso wegwerfen.

Auch die helle Jeansjacke, die Sophie zur Jeanshose, einem grauen Pulli und der roten Bluse trug, war alles andere als regendicht. Aber an eine Regenjacke hatte sie ebenso wenig gedacht wie an einen Schirm. Sophie ärgerte sich, dass sie sich von dem ruhigen Spätsommerwetter in Hamburg hatte täuschen lassen. Hamburg war eben nicht das Gleiche wie diese

Pampa zwischen Mosel und Eifel, das wurde ihr klar, als sie sah, wie mühsam der Scheibenwischer mit dem Platzregen zurechtkam.

»Wollen Sie da wirklich raus?«, erkundigte sich der ältere Herr besorgt. Er musste fast schon schreien, so laut trommelte der Regen auf das Busdach. Sophie zuckte mit den Schultern. »Ich fürchte, mir bleibt nichts anderes übrig. Vielleicht hört der Regenschauer ja gleich auf.«

Kurze Zeit später hielt der Bus an. Der Fahrer drehte sich zu Sophie um: »Da wären wir. Weiter kann ich leider nicht fahren, sonst bekomme ich Probleme, den Bus zu wenden. Wenn Sie wirklich in den Ort wollen, dann müssen Sie hier raus.« Sophie hatte Mühe, den Fahrer zu verstehen. Wenn überhaupt möglich, dann war der Regen in den letzten Minuten noch stärker geworden. Entschlossen nahm sie ihre Reisetasche, nickte dem Wanderer zum Abschied noch einmal zu und ging dann nach vorne zum Busfahrer. »Herzlichen Dank, dass Sie mich hier herauslassen.«

Der Fahrer hob entschuldigend die Hände. »Sorry, dass ich nicht weiter fahren kann. Ich hoffe, Sie kommen gut durch den Regenschauer.«

Sophie war kaum ausgestiegen, als der Bus schon wieder anfuhr.

*

Die Rücklichter waren noch nicht hinter der nächsten Kurve verschwunden, da war Sophie schon nass bis auf die Haut. Sie hätte sich genauso gut angezogen unter die Dusche stellen oder direkt in die Mosel springen können.

Von wegen Regenschauer, das hier entpuppte sich als die Mutter aller Wolkenbrüche. Sophie ging an einem langen, frisch ausgehobenen Graben entlang. Die Windböen kamen jetzt von allen Seiten, sehr nass und irgendwie immer direkt in ihr Gesicht.

Die schwarzen Wolken schluckten das letzte Tageslicht. Sophie schimpfte leise vor sich hin. Himmel, war das dunkel. Was gäbe sie jetzt für einen Schirm und eine Taschenlampe! Aber wer zum Teufel nahm schon eine Lampe mit zu einem Anwaltstermin?

Das Wasser quietschte in ihren Schuhen, das Haar klebte ihr am Kopf, sie fror erbärmlich. Sophie biss die Zähne zusammen und ging weiter. Wann wohl endlich das Dorf kam? Gerade als sie glaubte, das Ende der Baustelle erreicht zu haben, brach unter ihrem Fuß der Rand des Grabens ein. Sophie rutschte ab. Während der eine Fuß im Graben hing, schlug sie mit dem Knie auf. »Autsch, verdammt!«

Sie ließ die Reisetasche fallen und stemmte sich hoch. Aber das war auf dem schlammigen, abschüssigen Boden nicht so leicht. Auch mit dem anderen Bein verlor sie den Halt. Plötzlich saß sie auf dem Po, mitten auf der schlammigen Kante, und rutschte weiter nach unten, ohne etwas dagegen tun zu können. Mit einem lauten Platschen stand sie Sekundenbruchteile später knöcheltief im Wasser.

Sophie unterdrückte mühsam eine aufsteigende Panik und ballte wütend die Fäuste. »Nein, nein, nein, Mist, aber auch!«

Da stand sie nun. Der Graben ging ihr fast bis zum Scheitel. Sie konnte von Glück sagen, dass sie sich nicht die Knöchel verstaucht hatte.

Sophie sprang hoch, versuchte oben am Rand des Grabens irgendwie Halt zu finden, doch das Einzige, was sie erreichte, war, dass sie geradewegs im Matsch landete und zurück in den nassen Graben rutschte. Stockdunkel war es hier unten. Der Regen prasselte auf sie hinunter. Ihre umgekippte Reisetasche hatte sie oben mit den Fingerspitzen fühlen können, aber sie konnte sie unmöglich erreichen. Genauso gut hätte das blöde Ding auf dem Mond stehen können! Keine Tasche – kein Handy. Sophie überlegte, ob sie einfach dem

Graben weiter folgen sollte. Aber sie konnte nicht mal genau das Wasser sehen, in dem sie stand, so dunkel war es hier. Möglicherweise kam da ja gleich noch ein tieferes Loch.

»Hilfe! Hallo! Hallo! Hört mich da jemand, ich brauche Hilfe!« Es war, als würden die Wassermassen von oben auch ihre Hilferufe ersticken. Wer sollte sie schon in diesem Graben hören? »Mist, Mist, Mist!«, fluchte sie.

Wütend schlug Sophie mit der flachen Hand auf die Wand des Grabens ein, mit dem Erfolg, dass ihr Matschklumpen ins Gesicht spritzten.

»Hilfe! Hallo, hört mich denn niemand?« Sophie schrie, so laut sie konnte. »Haaaaalloooo!«

»Heh? Wo sind Sie?« Eine Männerstimme.

Sophie unterdrückte ein erleichtertes Aufschluchzen.

»Hier im Graben, ich bin hier unten. Sie müssen mir helfen!«

Plötzlich stand ein großer Schatten am Grabenrand.

»Ach du Kacke, wie sind Sie denn da reingekommen? Haben Sie sich verletzt?«

Sophie konnte den Mann zwar nur als Umriss erkennen, aber allein, dass er da oben stand, erfüllte sie mit einer tiefen Erleichterung. Das Wort »würdelos« schoss ihr durch den Kopf.

»Nein, ich bin nicht verletzt. Bitte, helfen Sie mir hier heraus. Aber seien Sie vorsichtig, der Rand ist glitschig.«

»Augenblick, ich muss nur sehen, dass ich Herrn Württemberg loswerde.«

Sophie wagte nicht zu fragen, was ihr Retter damit meinte, es war ihr auch egal, zumindest für den Moment. Sie wollte nur aus dem Schlamm raus.

Der Mann tauchte wieder am Grabenrand auf, diesmal kniete er sich hin. Er streckte Sophie eine Hand entgegen. »Halten Sie sich fest. Ich ziehe Sie hoch. Können Sie sich mit den Füßen an der Wand abstützen? Ja, gut so, und jetzt …«

Mit einem kräftigen Ruck wurde Sophie über den Grabenrand gezogen. Während ihr Retter vom eigenen Schwung auf den Rücken fiel, stürzte Sophie mit dem Gesicht voran in den Matsch.

Sekundenlang blieben beide bewegungslos liegen und schnappten nach Luft.

»Na, das war ja mal eine Abwechslung zum üblichen Abendspaziergang«, murmelte der Fremde neben Sophie. Die rappelte sich hoch und spuckte vorsichtig einen kleinen Schlammklumpen aus.

»Ich danke Ihnen. Mein Gott, ich hatte schon befürchtet, die ganze Nacht in diesem Loch hocken zu müssen.«

»Sträflicher Leichtsinn, bei dem Wetter ohne Licht an diesem Graben entlangzulaufen. Sie hätten sich sonst was brechen können.«

»Ja, jetzt bin ich auch schlauer.«

Im Dunkeln konnte Sophie ihren Retter zwar kaum erkennen, aber seine Stimme klang jung und sympathisch. Ein kurzes Winseln ließ den Mann aufspringen. »Ach Gott, Herr Württemberg. Der alte Angsthase hasst es, allein zu sein.«

Der Mann verschwand kurz, während Sophie nach ihrer Tasche tastete. Die Sachen, die sie trug, waren wahrscheinlich ein Fall für die Tonne, sie wollte gar nicht wissen, wie sie jetzt aussah. Mit einem hellen Winseln schnüffelte ein Hund an ihrem Bein. »Also wirklich, Herr Württemberg, wo bleibt dein Benehmen? Man schnüffelt nicht an fremden Beinen herum.«

Plötzlich leuchtete der schwache Schein einer kleinen Taschenlampe auf. »Da hat man ewig und drei Tage diese Minileuchte am Schlüsselbund, aber wenn es darauf ankommt, ist die Batterie leer«, murmelte der Mann. »Schauen wir mal, ob hier noch was von Ihnen herumliegt. Nö, sieht gut aus. Kommen Sie, da vorne kann man besser gehen.«

Sophie folgte mit der Reisetasche in der Hand gehorsam ihrem Retter. Nach nicht einmal fünfzig Metern begann die asphaltierte Landstraße.

»Ich habe mich noch gar nicht vorgestellt. Ich heiße Peter, Peter Langen, und der Grund, warum ich überhaupt bei diesem Sauwetter draußen bin und Frauen aus tiefen Gräben rette, hört auf den Namen Herr Württemberg.«

Sophie erkannte zwar immer noch keine Details, aber das Grinsen in der Stimme des Fremden war unüberhörbar.

»Sophie. Sophie von Metten. Ich wollte eigentlich mit dem Bus in den Ort fahren, aber da war ja die Baustelle im Weg.«

»Von Metten? Sind Sie mit Dotti von Metten verwandt?«

»Dotti ist … ich meine, Dotti war meine Tante.«

»Oh, das tut mir leid, natürlich nicht, dass sie Ihre Tante war, sondern, dass Dotti so plötzlich gestorben ist.«

»Sie haben meine Tante gekannt, Herr Langen?«

»Peter. Bitte, ich duze alle Frauen, die ich aus dem Schlamm ziehe, da habe ich meine festen Grundsätze.«

»Sophie. Also, du hast meine Tante gekannt?«

»Ja, ich wohne praktisch neben dem Mühlenhof, also nur drei-, vierhundert Meter entfernt. Dotti und ich waren sozusagen Nachbarn. Und du willst dir jetzt sicher den Mühlenhof ansehen?«

Die Neugierde in Peters Stimme ließ Sophie aufhorchen. Zugegeben, dieser Mann hatte sie gerade aus einer mehr als unangenehmen Lage gerettet, er klang freundlich und hilfsbereit, aber er konnte ihr ja viel erzählen. Mehr noch, sie hatte bislang nicht einmal sein Gesicht gesehen.

Sophie beschloss, nicht gleich alle Karten auf den Tisch zu legen. »Ich werde wohl ein paar Tage bleiben, um den Nachlass meiner Tante zu regeln.«

»Na ja, Wümmerscheid-Sollensbach ist nicht Hamburg, so viel steht fest.«

»Moment mal, woher weißt du, dass ich aus Hamburg komme?«, fragte Sophie misstrauisch.

»Ist mir gerade wieder eingefallen. Dotti hat öfter von ihrer einzigen Nichte in Hamburg erzählt. Damit kannst ja nur du gemeint gewesen sein.«

Sophie schwieg einen Augenblick. Von wem, wenn nicht von Dotti, hätte Peter Langen diese Information haben sollen. Er hatte Dotti also wirklich nicht nur flüchtig gekannt, und sie hatte ihm zumindest so weit vertraut, dass sie auch Familiäres erzählt hatte. Schweigend gingen beide die Straße entlang.

»Heute früh war ich noch in Hamburg, und jetzt – mit kurzem Zwischenstopp in Koblenz – bin ich im Nirgendwo gelandet«, unterbrach Sophie das Schweigen zwischen ihnen.

»Aufgepasst, wem du das sagst«, warnte Peter lachend, »die Menschen hier haben ihre eigene Sicht auf das, was du da leichthin als Nirgendwo bezeichnest. Zunächst einmal: Es gibt Wümmerscheid, und es gibt Sollensbach. Und die Bewohner des jeweiligen Ortsteils legen großen Wert auf diese feine Unterscheidung. Zu dumm für dich, mich und Herrn Württemberg. Wir wohnen nämlich im Niemandsland. Da wird man schnell schräg von der Seite angesehen. Das lässt sich nicht ändern, aber du wirst ja nicht lang genug hierbleiben, um dir darüber den Kopf zerbrechen zu müssen.«

»Ähm, ja sicher.« Sophie biss sich auf die Lippen, fast hätte sie doch noch mehr von Dottis Wünschen erzählt.

Plötzlich flackerte es weiter vorne im Dunkeln auf, und mit einem Schlag gingen die Straßenlaternen an. Es war, als hätte man Blindekuh gespielt und zum ersten Mal die Augenbinde abgenommen. Sophie blieb stehen und inspizierte ihre ramponierte Kleidung. Hose, Jacke und Pulli waren dick mit Schlamm bedeckt. Ihre weißen Chucks hatten eine undefinierbare Farbe angenommen.

»Also, ich habe mal von einer Kollegin gehört, dass Schlammfarben und Erdtöne total im Kommen sind«, gluckste Peter. Sophie schaute zu ihm hoch, eigentlich hätte sie heulen müssen, schließlich waren die Sachen fast neu gewesen, aber wie sie so dastand, mit Schlamm bedeckt, klitschnass und durchgefroren, war ihr alles egal. Hauptsache, sie konnte möglichst bald ein heißes Vollbad nehmen. Sophie musterte ihren Retter. Er war einen guten halben Kopf größer als sie, vermutlich so um die dreißig Jahre alt, schlank, hatte breite Schultern, braune Haare, einen Drei-Tage-Bart. Mit seinem Grinsen im Gesicht erinnerte Peter sie an Ryan Reynolds. Definitiv das Netteste, was ihr heute unter die Augen gekommen war.

»Na, zufrieden?« Peter hatte offenbar ihren prüfenden Blick bemerkt. Sophie spürte, wie sie rot wurde. Sie räusperte sich verlegen.

»So, wie ich aussehe, wundert es mich, dass du mich überhaupt in dem Graben entdecken konntest.« Sie schaute auf ihre Hände. »Ich bin ja komplett mit Schlamm überzogen.«

»Ich hab mal im Fernsehen – natürlich nur beim Zappen – Schlammcatchen von Frauen gesehen, die hatten einen ähnlichen Look. Zumindest Herr Württemberg hätte dich sofort von jedem Schlammbrocken unterschieden. Nicht wahr, mein Lieber?«

Peter kraulte zufrieden seinen Hund und hatte seinen Spaß, daran gab es keinen Zweifel. Sophie versuchte, eine Locke aus der Stirn zu pusten, was ihr nicht gelang, weil sie, mit was auch immer, an der Haut festklebte. Sie fing an zu lachen.

»Wenn du mir einen letzten Gefallen tun möchtest, dann sag mir bitte, dass es nicht mehr weit ist. Ich muss dringend in die Badewanne.«

»Okay: Es ist nicht mehr weit, Sophie. Ich kenne eine Abkürzung. Da vorne steht mein Wagen. Eigentlich wollte ich Herrn Württemberg einen Abendspaziergang außerhalb des Dorfes bieten, aber wir wurden vom Regen überrascht. Steig ein, ich verspreche dir, dass du in weniger als zehn Minuten am Mühlenhof bist.«

»Aber ich mache dir doch die Sitze schmutzig.«

»Na, dann habe ich wenigstens einen Grund, dich noch mal zu besuchen, mich zu beschweren und – sofern du dann noch da bist – ein Abendessen zu schnorren. Nicht wahr, Herr Württemberg, so machen wir Singles das hier auf dem Land?«

Peters Hund, ein kniehoher Mischling, winselte zustimmend. »Ah, also eine Einladung für drei, da werde ich mir was einfallen lassen müssen.« Sophie bückte sich kurz zu dem Hund herunter und kraulte das hellbraune lockige Fell. »Ist das ein Labradoodle?«

Peter nickte anerkennend. »Ganz genau, das erkennen nicht viele auf den ersten Blick.«

»Eine Freundin in Hamburg hat auch einen«, erklärte Sophie. »Dann ist es abgemacht. Ich saue dir deine Sitze ein, und dafür gibt es Abendessen im Mühlenhof.«

Peter grinste. »Fein, da hat sich der Spaziergang ja mal gelohnt.«

*

Peter behielt recht, die Fahrt in seinem Geländewagen dauerte keine zehn Minuten, dann bog er auch schon in eine enge Einfahrt zwischen zwei halbhohen Bruchsteinmauern ein. Kies knirschte unter den Rädern, als sie einen schmalen Weg zum Haus hochfuhren. Im Scheinwerferlicht konnte Sophie ein einstöckiges Gebäude mit einer dunkelgrün gestrichenen Haustür und gleichfarbigen Holzfensterläden erkennen.

»Da wären wir. Willkommen auf dem Mühlenhof. Ich hoffe, du hast einen Schlüssel, im Schlösserknacken bin ich nämlich eine Niete.« Peter schaute sie fragend an.

Sophie griff in ihre Jackentasche, und für ein paar angstvolle Sekunden befürchtete sie, dass sie den Umschlag mit dem Schlüssel verloren haben könnte, bevor ihr einfiel, dass sie ihn in der Reisetasche verstaut hatte. »Nein, ich habe alles von Dottis Rechtsanwalt bekommen.« Sophie drehte sich um, kraulte den Hund ein letztes Mal hinter den Ohren und öffnete die Autotür. »Noch einmal herzlichen Dank für die Rettung aus dem Graben, Peter. Bis zum Wochenende bleibe ich auf jeden Fall hier. Es wäre schön, wenn du mal vorbeikommen würdest.«

»Das werde ich, glaub mir. Schau dir doch nur den Autositz an, eine furchtbare Sauerei.« Peter grinste von einem Ohr zum anderen. »Lauf schnell zum Haus, ich warte so lange, dann kannst du im Scheinwerferlicht die Haustür aufschließen.«

Sophie nickte, schlug die Tür zu und rannte durch den Regen zum Vordach. Hoffentlich gibt es hier eine Badewanne, dachte sie, während sie die Tür aufschloss. Sie drehte sich um und winkte Peter zu. Der hupte kurz, wendete und fuhr vom Hof. Als er weg war, konnte Sophie die plötzliche Stille, die sie umfing, geradezu spüren. Sie holte tief Luft, dann betrat sie Tante Dottis Haus.

*

Sophie tastete nach dem Lichtschalter. Als sie ihn endlich fand, gingen gleich mehrere Porzellanwandlampen an, die wie offene Muscheln in gleichmäßigen Abständen an den Flurwänden angebracht waren und einen längeren Gang in warmes Licht tauchten. Weißer Rauputz an den Wänden, auf dem Boden alte schwarz-weiße Fliesen.

Die Fliesen gefallen mir schon mal, dachte Sophie, ließ die Tasche stehen und erkundete das Haus. Die Luft in den Räumen roch abgestanden und ein wenig muffig. Ein bisschen wie in einem alten Ferienhaus. Sophie brauchte gar nicht lange, um einen ersten Überblick zu bekommen. Im Erdgeschoss gab es den Gastraum des Cafés und die Gästetoiletten, eine große Küche und den Hausflur. Am Ende des Flures führte eine Treppe in den oberen Stock und eine weitere Treppe in den Keller des Hauses. Oben stand nur die Hälfte der Grundfläche zur Verfügung, weil der Gastraum bis hoch ins Dachgebälk offen war. Entsprechend klein waren die oberen Räume: ein Schlafzimmer, ein kleines Zimmer, das Dotti offenbar als Arbeitszimmer genutzt hatte, in dem aber auch ein alter Fernseher und ein Ohrensessel standen, und ein Badezimmer. Beim Anblick der großen Badewanne mit dem Durchlauferhitzer an der Wand atmete Sophie erleichtert auf. Sie schaltete den Durchlauferhitzer an und ließ Wasser ein. Erst baden, dann weitermachen.

Was sie bisher gesehen hatte, war ein grundsolides, altes Bruchsteinhaus, gemütlich, aber ein wenig altbacken. Die Einrichtung des Cafés war allerdings ein Albtraum. Sophie kellnerte nun schon viele Jahre, aber so etwas war ihr in Hamburg noch nicht begegnet. Vielleicht hatte Tante Dotti das Inventar übernehmen müssen oder sie war unglaublich billig an alles gekommen. Viel konnten die hässlichen, zerkratzten, ehemals weißen Resopaltische und die unbequem aussehenden Metallstühle nicht gekostet haben.

Sophie seufzte wohlig, als sie sich in das warme Wasser gleiten ließ. Ah, das tat gut. Das Badeöl erinnerte sie an früher, Tante Dotti hatte einen solchen Rosenduft schon in Bad Godesberg immer sehr gemocht. Sophie nahm sich vor, nicht die Augen zu schließen, sonst würde sie womöglich noch in der Wanne einschlafen. Nach dem Bad suche ich Dottis alte Truhe, dachte sie. Die war ein Erbstück und schon seit einer kleinen Ewigkeit im Besitz der Familie von Metten. Der kunstvoll verzierte Schlüssel, den Hans-Werner Knese ihr gegeben hatte, gehörte ganz sicher zu dieser Truhe. Sophie hatte ihn gleich erkannt, weil sie als Mädchen mit dem alten Möbelstück immer Prinzessin gespielt hatte. Tante Dotti hatte sicher nicht aus Zufall einen der beiden Schlüssel zusammen mit ihrem Testament bei ihrem Anwalt hinterlegt. In Innern der Truhe würde es Persönliches geben. Dinge, die Dotti selbst ihrem alten Freund Hans-Werner Knese nicht weitergeben wollte. Dinge, die nur für Sophie bestimmt waren. Sophie wurde bei dem Gedanken ganz ungeduldig. Entschlossen wusch sie sich mit Dottis Rosenshampoo mehrmals die Haare, bis auch die letzten Schlammreste ausgespült waren, und stieg aus der Wanne. An der Tür hing ein altrosafarbener, flauschiger Bademantel. Nicht unbedingt ihre Farbe, aber kuschelig und genau das, was sie jetzt brauchte. Barfuß machte sich Sophie auf die Suche. Viele Möglichkeiten gab es nicht und sie fand die Truhe schnell in einer Ecke von Dottis Schlafzimmer. Ein Brief lag darin obenauf. »Für Sophie« stand in Dottis schwungvoller Handschrift auf dem Umschlag. Sophie setzte sich auf das Bett. Mit zitternden Fingern öffnete sie den Umschlag, zog den Brief heraus und begann zu lesen.

Der Brief

Liebe Sophie,
wenn Du diesen Brief liest, bin ich tot. Das ist schrecklich. Es ist vor allem schrecklich, so etwas jetzt aufschreiben zu müssen, aber so wird es sein, denn ich werde mit meinem Testament einen der beiden Truhenschlüssel bei Hans-Werner Knese hinterlegen. Hans-Werner hast Du dann ja bereits kennengelernt. Du kannst ihm vertrauen, er geht zwar zum Lachen in den Keller, wie man so schön sagt, aber er ist gründlich und weiß, was er tut.
Ach, Kind, ich fühle mich furchtbar. Seit ich hier im Mühlenhof wohne, habe immer nur ich Dich besucht. Nie warst Du hier bei mir. Aus gutem Grund, ich wollte ... ja, was wollte ich eigentlich? Dich überraschen, Dir zeigen, dass ich es alleine geschafft habe? Die alte Kuratorin stemmt erfolgreich ein Café ... So ein Café war immer schon mein Traum. Nur Vater, also Dein Großvater, war der Meinung, dass ein Studium sinnvoller sei. Also

studierte ich und wurde Kuratorin, aber den Traum von einem Café bewahrte ich über all die Jahre in Bonn in meinem Herzen. Und dann erfuhr ich durch Zufall bei einem Ausflug von dieser Immobilie in Wümmerscheid-Sollensbach. Einem Haus, in dem bereits einmal ein Café gewesen war. Plötzlich schien mir mein Traum zum Greifen nah. Ich weiß, dass Du damals viel um die Ohren hattest: Dein Studium, die ganze Arbeit.

Bestimmt hättest Du Dir Sorgen um mich gemacht, möglicherweise hättest Du sogar Dein Studium vernachlässigt, um mich hier zu unterstützen. Nein, das durfte ich nicht zulassen.

Leider lief nicht alles wie geplant, ich habe zwar verlässliche Partner für die Rahmenverträge gefunden, um alles Nötige geliefert zu bekommen, aber es blieben die Gäste aus. Es gibt mittlerweile Tage, an denen kein einziger Gast vorbeikommt. Verstehst Du jetzt, Sophie?

Zuerst habe ich Deine Hilfe nicht gewollt, und jetzt traue ich mich nicht, Dich zu fragen. Vor ein paar Wochen in Hamburg, bei meinem letzten Besuch, da hatte ich mir fest vorgenommen, Dir alles zu erzählen. Aber wieder verließ mich der Mut. Dabei hatte ich den Eindruck, dass bei Dir auch nicht alles auf Rosen gebettet ist. Kind, dieser Claas nutzt Dich schamlos aus. Du musst an Dich glauben, Sophie. Du kannst mehr. Die paar Artikel für dieses Szenemagazin können doch nicht alles sein! Ich weiß, ich hätte mich – schon nach dem Tod von Alexander und Kirsten – mehr um Dich kümmern müssen. Aber Du hast den Tod Deiner Eltern beinah besser verkraftet als ich.

Und jetzt sitze ich hier im Garten und beschäftige mich mit meinem eigenen Tod. Dr. Markmann in Koblenz hat bei mir einen Herzfehler festgestellt. Er rät mir dringend, mich operieren zu lassen, aber ich habe Angst da-

vor, nicht wieder aus dem Krankenhaus zurückzukommen. Nein, das ist natürlich albern, natürlich werde ich mich unters Messer legen. Ich warte noch die Sommerferien ab, und dann mache ich den OP-Termin aus. Weißt Du, Sophie, es ist wunderschön hier im Frühling und Sommer. Wie gern hätte ich Dir den Garten gezeigt. Vielleicht tue ich das ja auch, im Herbst, nach der OP. Dann werde ich diesen Brief hier zerreißen, weil ich Dir endlich alles sagen konnte. Aber Du weißt ja, was ich von Plänen halte ... Womöglich hat das Schicksal ganz andere Ideen mit mir. Wenn Du also diesen Brief liest, ist es passiert. Ich konnte Dir nichts mehr von alldem hier erzählen. Bitte verzeih einer alten Frau diese schreckliche Dummheit. Und verzeih mir auch, dass ich Dir mit meinem letzten Willen einen neuen Weg aufzeige. Du musst diesen Weg nicht gehen, wenn Du nicht willst. Ich habe dafür Verständnis. Dieses alte Haus und der Garten sind mir ans Herz gewachsen, die Stille hier erfüllt mich mit Frieden. Vor allem aber sind es die Menschen hier im Ort, die ich lieb gewonnen habe. Ich habe drei Freundinnen gefunden, die Du bestimmt auch mögen wirst. Und dann – vergib einer alten Frau ihre Hoffnungen – ist da noch ein sehr netter junger Mann nebenan eingezogen. Den würde ich Dir gern vorstellen, selbst mein altes Herz schlägt schneller, wenn ich ihn sehe. Vielleicht geht es Dir ja genauso ...

Ich werde Dich lieben, wo immer ich auch sein werde.

Deine Dotti

Der Morgen

Ein lautes Knattern ließ Sophie hochschrecken. Ein Trecker womöglich. Der Lärm kam von draußen, klang aber so nah, als würde der Trecker unten durch die Küche fahren. Begleitet wurde der Motorenlärm von einem vielstimmigen Muhen.

Was war das jetzt? Viehabtrieb in Wümmerscheid-Sollensbach? Oder der ganz normale Morgenwahnsinn, weil eine Horde Rinder die Weide wechselte? Sophie schielte auf den Wecker, der auf dem Nachttisch stand, und stöhnte laut auf. 6:15 Uhr! Das durfte doch nicht wahr sein!

Ärgerlich drehte sie sich auf die Seite und legte sich eines der Kissen auf den Kopf. Um viertel nach sechs werde ich jedenfalls nicht aufstehen, dachte sie grimmig und presste entschlossen die Augen zu.

Sophie wusste nicht, wie lange sie noch geschlafen hatte, als ein lautes Hämmern sie erneut hochschrecken ließ. Jemand versuchte unten, die Haustür einzuschlagen und klingelte gleichzeitig Sturm. Für einen Moment war Sophie versucht, beides zu ignorieren. Vielleicht half ja ein zweites Kopfkissen auf den Ohren …

Okay, das klappte nicht. Seufzend stand Sophie auf, zog sich – weil sie nichts anderes greifbar hatte – Tante Dottis Albtraum-Bademantel in Altrosa über und ging nach unten. Schlaftrunken wuschelte sie sich durchs Haar und gähnte ausgiebig, bevor sie die Tür öffnete.

Vor der Haustür stand ein kleiner, sehr dicker Mann, bekleidet mit einer abgewetzten Arbeitshose, schweren Gummistiefeln, kariertem Hemd und Cordhut auf dem Kopf. Hinter ihm standen ein Streifenwagen und zwei Polizisten.

»Da, seht ihr, ich habe mich nicht geirrt. In dieses Haus wurde eingebrochen«, verkündete der Cordhutträger triumphierend. Sophie war mit einem Schlag hellwach.

»Guten Morgen, die Herren, was kann ich für Sie tun?«

»Von wegen ›Guten Morgen‹, dir wird das Lachen noch vergehen – das ist ja eine ganz Ausgekochte. Das ist Hausfriedensbruch, Einbruch, Hausbesetzung …«

»Erwin, vielleicht dürfen wir auch mal etwas sagen?« Einer der Polizisten nickte Sophie lächelnd zu. Wahrscheinlich war ihm klar, dass die wenigsten Einbrecher im altrosa Frotteebademantel ihrer Arbeit nachgingen.

»Aneignung von fremdem Eigentum, Nötigung, illegale Übernahme …«

»Erwin, halt mal kurz die Klappe!«, forderte der zweite Polizist den Mann mit dem Cordhut ziemlich barsch auf, dessen hochroter Kopf auf einen nahen Schlaganfall hindeutete.

»Entschuldigen Sie bitte die frühe Störung. Ich bin Polizeikommissar Seitler, und das ist mein Kollege Polizeikommissar Mahlmann. Erwin, ich meine, Herr Körten-Buschmeier hat gestern Abend Licht im Haus gesehen und uns heute früh verständigt, weil doch die Besitzerin des Mühlenhofes kürzlich verstorben ist. Er vermutete Einbrecher«, erklärte einer der Polizisten, während der andere ein Grinsen nur mit Mühe unterdrücken konnte.

»Ich freue mich, dass meine Tante so aufmerksame Nachbarn wie Herrn Körten-äh …«, erwiderte Sophie.

»Buschmeier. Erwin Körten-Buschmeier«, tönte der Cordhutträger.

»Ja, danke. Also, ich bin gestern Abend angekommen. Ich habe den Schlüssel zum Haus vom Anwalt meiner Tante erhalten. Ich werde ein paar Tage hier verbringen. Wie spät ist es eigentlich?«

»Kurz nach sieben.« Polizeikommissar Seitler schaute erst auf die Uhr und anschließend seinen Kollegen an. »Wir entschuldigen uns noch einmal für die Störung und wünschen Ihnen einen schönen Tag.«

»Und unser aufrichtiges Beileid zum Tod Ihrer Tante, ihre Kaffeeküsse waren immer erste Klasse«, ergänzte der andere.

Sophie wusste zwar nicht, was der Polizist meinen könnte, aber das war ihr im Moment auch herzlich egal.

»Ja, danke. Ihnen auch einen schönen Tag. Ach, können Sie mir sagen, wo ich hier in Wümmerscheid-Sollensbach den nächsten Supermarkt finde?«

Mahlmann verzog sein Gesicht zu einem Grinsen: »Also, in Wümmerscheid gibt es eine Bäckerei und einen kleinen Metzger. Aber in Sollensbach finden Sie einen Lidl.«

»Die haben sich kaufen lassen, die Säcke, sind dem Großkonzern in den Hintern gekrochen. Sollensbacher eben – pah.« Erwin Körten-Buschmeier hatte offenbar eine festgefügte Meinung von den Bewohnern des anderen Ortsteils. Dann aber besann er sich wieder darauf, warum er so früh am Morgen die Polizei alarmiert hatte. »Moment mal, soll das heißen, ihr überprüft nicht die Personalien dieser Frau? Da könnte ja jeder kommen und sich hier einschleichen.«

»Erwin, es reicht jetzt. Die junge Frau könnte sich sicher

ausweisen, wenn wir das verlangen würden. Tun wir aber nicht. Und du schaust dir zu viele Krimis im Fernsehen an. Das hier ist nicht CSI New York, sondern Wümmerscheid-Sollensbach, wir haben die Dame hier augenscheinlich geweckt, dafür entschuldigen wir uns.«

»Aber …«

»Erwin! Abgang, verdammich!«

Die beiden Polizisten zogen den aufgebrachten Nachbarn am Ärmel.

»Ja, ja, schon gut. Also, die Nichte von der Dotti sind Sie? Na ja, eine gewisse Ähnlichkeit ist schon da.«

»Das liegt nur an diesem modischen Morgenmantel meiner Tante«, sagte Sophie und erntete dafür ein doppeltes Grinsen von beiden Polizisten. »Aber ich bin froh, dass hier offensichtlich alle so gut aufpassen. Einen schönen Tag noch.«

Ohne auf eine weitere Erwiderung zu warten, schloss Sophie die Haustür und lehnte sich seufzend mit dem Rücken dagegen. Da war ja ein toller Einstieg in den Tag. Wo sie schon mal auf den Beinen war, konnte sie genauso gut nachsehen, wie Dottis Edelkaffeemaschine funktionierte. Einen großen Becher Kaffee konnte sie jetzt wirklich gebrauchen.

Der Mühlenhof

Die geräumige Küche machte einen soliden Eindruck. Große Arbeitsflächen, zwei Bereiche mit Edelstahlauflagen und ein gewaltiger, aber in die Jahre gekommener Gasherd bildeten sozusagen die eine Seite des Raumes. Ein riesiger Kühlschrank, mehrere Einbauschränke und ein Spülbecken, in dem man sicher auch zwei Kuchenbleche nebeneinander abspülen konnte, dominierten die andere Seite. Eine Durchreiche und eine Pendeltür bildeten die Verbindung zum Café.

Die Espressomaschine war nicht zu übersehen. Ein italienisches Modell, Dotti hatte offenbar bei der Anschaffung nicht auf den Preis geschaut. Sophie kannte sich mit solchen Maschinen aus, Claas hatte eine ähnliche in seiner Küche stehen. Sie würde gleich einen leckeren Cappuccino bekommen, so viel stand fest.

Sophie schaltete die Maschine ein, überprüfte den Wasserstand und den Bohnenbehälter und schaute sich – während die Maschine aufheizte – weiter um. Sie öffnete wahllos ein paar Schränke und stieß auf die zu erwartende Menge an Geschirr. Den Kühlschrank dagegen hatte jemand ausgeräumt, wahrscheinlich Hans-Werner Knese. Immerhin fand sie aber noch H-Milch und Zucker in einem Vorratsschrank. Das musste reichen, sie wollte ja sowieso einkaufen gehen.

Durch die Pendeltür betrat Sophie das Café. Jetzt, bei Tageslicht, ließ sie den hohen Raum auf sich wirken. Die freigelegten Holzbalken waren alle dunkelbraun gestrichen, die bodentiefen Fenster hätten einen ungehinderten Blick in den Garten erlaubt, wären da nicht die Blütenvorhänge gewesen. Tante Dotti hatte eine Vorliebe für große Blütenmuster gehabt und für Altrosa – die vorherrschende Wandfarbe. Sophie zuckte bei dem Anblick der aufgesetzten weißen Stuckrosetten an den Wänden zusammen. Dazu die hässlichen Tische und die unbequemen Metallstühle, die ihr gestern Abend schon aufgefallen waren. Dotti war alles gewesen, aber nicht stilsicher, das war überdeutlich zu erkennen.

Die Beleuchtung bestand aus abgehängten Neonlampen, ein weiteres Minus für diesen Raum. Man müsste ihn von Grund auf umgestalten, dachte Sophie. Vielleicht sogar einzelne Inseln auf verschiedenen Ebenen schaffen, hoch genug war der Raum ja. So würde auch der Eindruck eines Krankenhausspeisesaals mit den in Reih und Glied stehenden Tischen und Stühlen verschwinden.

An warmen Tagen könnte man die bodentiefen Fenster zum Garten hin öffnen. Sophie drehte sich einmal im Kreis. An einer Wand gab es einen dunkelgrünen, schweren Vorhang, offenbar ein Windfang, dahinter war der eigentliche Eingang zu diesem Raum. So etwas müsste natürlich auch raus. Die Theke hatte einen Glasaufsatz, damit man dort Kuchen und Torten präsentieren konnte. Allerdings war die Front mit grün-braunen Fliesen verkleidet, die sich mit der Wandfarbe einen Wettstreit in Geschmacklosigkeit lieferten. Die Fliesen lagen klar vorne. Eine Theke mit Kühlaufsatz war teuer – gar keine Frage, aber für dieses Stück hier hätte Dotti Geld dazubekommen müssen.

Sophie ging in die Küche zurück, ließ Kaffeemehl in den Siebhalter rieseln, drückte mit dem Stempel gekonnt das Pulver fest und verriegelte das Ganze. Sie wählte eine große Tasse aus und sah zufrieden zu, wie der Kaffee mit einer dicken Crema herausgurgelte.

Anschließend schäumte sie Milch auf, ließ sie mit einem Löffel in die Tasse gleiten und probierte. Sie hatte sich nicht in Dotti getäuscht, die Bohnenröstung war erstklassig. Nachdenklich lehnte sich Sophie an die Arbeitsplatte, während sie ihren Cappuccino trank. In dieser Küche könnten locker drei, vier Helfer arbeiten, ohne sich im Weg zu stehen. Dotti hatte neben dem Gasherd einen großen eingebauten Backofen, der auch für eine kleinere Bäckerei ausgereicht hätte. Bestimmt ein Dutzend Backbleche waren daneben in die Höhe gestapelt.

»Ich bin ja nicht verrückt«, sagte Sophie laut zu sich selbst. »Ich höre jetzt auf, darüber nachzudenken, was man aus dieser Küche und dem Café machen könnte. Ich werde ein, zwei Tage bleiben und dann zurück nach Hamburg fahren. Und in Hamburg werde ich der Redaktion Dampf machen. Die sollen sich endlich äußern, ob für mich eine feste Stelle drin ist. Sabine werde ich fragen, wie weit sie bei der Verlagsansprache gekommen ist. Jawohl.«

Ihr »Jawohl« verhallte in der leeren Küche, und Sophie wurde bewusst, wie still es hier war. Nun, das konnte ja mal ganz entspannend sein.

Entschlossen ging sie nach oben, um sich anzuziehen. Sie würde einkaufen, frühstücken und danach ihre Kleidung von gestern in Dottis Waschmaschine waschen.

Es war an der Zeit, mal ein paar Dinge in Bewegung zu bringen, anstatt darauf zu warten, dass sich von allein etwas tat.

Donnerstag, 1. September

Ich weiß ehrlich nicht, ob ich lachen oder schreien soll. Ich meine, Peter hatte mich ja gestern schon gewarnt. Es gäbe Wümmerscheid und es gäbe Sollensbach. So weit, so gut. Und mein Überraschungsbesuch heute früh, der reizende Erwin Körten-Buschmeier, hätte mir eine zusätzliche Warnung sein müssen, war es aber nicht. Hätte ich doch nur auf Mr Cordhut gehört …

In Sollensbach gibt es einen Lidl, der ist groß, das Angebot ausreichend, man hält keinen Smalltalk an der Kühltheke, sondern schiebt einfach seinen Einkaufswagen durch die Gänge. Aber ich, ich musste ja unbedingt zu Fuß im Ort herumschlendern. Ich blöde Kuh musste in die Metzgerei Braubart gehen.

Wümmerscheid ist an sich ein wirklich hübsches Dorf. Bruchsteinhäuser, ein bisschen Fachwerk, Blumenkästen an den Fenstern, ein paar Katzen, die schläfrig in der Morgensonne herumliegen. Idylle pur. Aber unter dieser Idylle brodelt es unheilvoll. Es ist nur eine Frage der Zeit, bis es zum Knall kommt.

Drei goldene Regeln für das Überleben in Wümmerscheid-Sollensbach:

1. Ein Wümmerscheider ist ein Wümmerscheider, ein Sollensbacher ist ein Sollensbacher. Ausnahmen: null. Überschneidungen: null. Toleranz untereinander: knapp unter null.
2. Misch dich nie in ein laufendes Gespräch ein, das kann nur peinlich enden.
3. Ergreife nie Partei für einen Ort, da hast du schon verloren, bevor du den Satz zu Ende gesprochen hast.

So, diese drei Regeln werde ich mir heute auf einen großen Zettel schreiben und auswendig lernen.

Ach, Dotti, so langsam dämmert mir, warum du keine Gäste im Mühlencafé hattest. Außer vielleicht dem netten Polizisten, der mich heute Morgen so unverschämt angegrinst hat, als ich ganz in Altrosa in der Tür aufgetaucht bin.

Na ja, wenigstens bin ich jetzt gewarnt …

Drei Stunden vorher

»Hetti, ich sag dir, das ist nicht fair vom lieben Gott.«

»Ach, Renate, was soll ich sagen? Ich bin immer noch wie vorn Kopf geschlagen.«

»Natürlich bist du das. Dass du das durchmachen musst! Dein eigenes Kind. Keine Mutter sollte ihr eigenes Kind so verlieren, das ist so … so … ungerecht.«

Renate, näher an der Fünfzig als an der Vierzig, zog aus ihrer großen Einkaufstasche ein Taschentuch heraus, schnäuzte sich und wischte sich dann die feuchten Augen trocken.

Sophie stand nur zwei Meter neben Renate und fühlte sich hin und her gerissen. Sie schämte sich dafür, dass sie so ungeniert gelauscht hatte. Auf der anderen Seite war die Unterhaltung aber auch noch im hintersten Winkel der Metzgerei Braubart zu hören gewesen, und die anderen Kundinnen, die neben Sophie an der Theke warteten, schienen die Familientragödie ohnehin schon zu kennen. Ihre Gesichter blieben unbewegt. Sophie aber konnte nicht weghören.

Es war nun, weiß Gott, kein angenehmes Thema, das die beiden Frauen da besprachen. Die eine, Renate, vor der Ladentheke, Hetti – die vom Schicksal so grausam bestrafte Mutter – auf der anderen Seite der Theke. Wie gut ihr todtrauriges Gesicht zu den blutigen Händen passte. Noch Augenblicke zuvor hatte Hetti für »dat Renate« acht große Rinderrouladen »extra dünn« geschnitten.

Jetzt drehte sich Hetti um, spülte sich Blut und Fleischsaft von der Haut und trocknete die Hände an einem Papiertuch ab.

Als sie sich wieder Renate zuwandte, hatte ihr Lächeln zwar immer noch etwas Gequältes, aber immerhin tropften keine Tränen mehr in die Hackfleischschale.

»Darf es denn noch was sein, Renate?«

»Ja, Hetti, mach mir noch ein Viertel von dem Schweinemagen, ein Viertel von Johannes' feiner Leberwurst mit Kräutern und ein Viertel gemischten Aufschnitt.«

Hetti nickte und begann die Bestellung auszuwiegen. Bei der feinen Leberwurst mit Kräutern zitterte das Messer in ihrer Hand.

»Das war immer ihre Lieblingswurst. Und mein Johannes hat immer gesagt, wenn die Jennifer mal groß ist, dann wird sie den Laden hier übernehmen, dann verrate ich ihr auch das Rezept für meine feine Leberwurst mit Kräutern …«

Die plötzlichen Erinnerungen schienen Hetti hinter der Theke zu überwältigen, sie schluchzte laut auf und wischte sich mit dem Handrücken die Tränen von der Wange.

Selbst Sophie brannten plötzlich die Augen.

»Und es gibt keine Hoffnung mehr, Hetti? Nicht mal so 'nen Funken?«

Hetti schüttelte energisch den Kopf, presste dabei die Lippen zusammen, wahrscheinlich, weil sonst alles Elend, das sie als leidende Mutter zu ertragen hatte, aus ihr herausgebrochen wäre.

Sophie machte zwei Schritte auf die beiden Frauen zu. Sie konnte nicht anders, sie musste die beiden ansprechen.

»Entschuldigen Sie bitte, ich habe Ihr Gespräch mit angehört. Ich heiße Sophie von Metten und wohne zurzeit im Mühlenhof, in dem Haus meiner Tante Dotti.«

Renate und Hetti schauten sie erstaunt an.

»Ach, die verrückte Alte hieß von Metten?«

Die Frage der Metzgersgattin brachte Sophie aus dem Konzept. Für einen Moment war sie nicht mal sicher, ob sie richtig gehört hatte.

»Äh, ja, sicher, Dorothee von Metten. Ich wollte auch gar nicht … Also, mir hat Ihre Erzählung das Herz gebrochen. Darf ich fragen, was Jennifer zugestoßen ist?«

»Unserer Jennifer? Den Klaus-Jürgen hat sie kennengelernt. Klaus-Jürgen Weibold, und das war der Anfang vom Ende.«

»Äh?«

»Ja, genau«, ergänzte jetzt Renate die Erklärung ihrer Freundin, »das Kind wird nicht nur einen Weibold heiraten, sie will auch nach Sollensbach ziehen. Nach Sollensbach, pah! Da hat man ein Kind jahrelang an seinem Busen genährt, und dann wird es einem so gedankt. Gott, bin ich froh, dass unsere Heike wohlbehalten in Wümmerscheid wohnt.«

Sophie starrte mit halb geöffnetem Mund die beiden Frauen abwechselnd an.

»Dann … dann ist Ihre Tochter gar nicht, ich meine … Jennifer ist nicht tot?«

Hetti Braubart lachte gequält auf, und auch die anderen Damen im Laden verzogen den Mund zu einem resignierten Lächeln.

»Tot? Jennifer? Wenn es doch nur so einfach wäre. Ah, diese Schande! Einen Weibold zu heiraten und dann nach Sollensbach zu ziehen. Der Johannes weiß nicht mehr ein noch aus. Und ich kann mich ja kaum noch hier in den Laden trauen.«

»Na, na, Hetti, wir stehen alle hinter dir. Das weiß jeder in Wümmerscheid, dass nicht deine und Johannes' Erziehung daran schuld sind«, verkündete eine der wartenden Frauen, und die übrigen Kundinnen nickten zustimmend.

Sophie wurde vor lauter Verlegenheit ganz heiß.

»Ja, das ist sicherlich ein … ähm, harter Schlag für Sie?«

»Das können Sie laut sagen, junge Frau. Jawohl!«

Gott, wie peinlich war das denn?, dachte Sophie und wäre am liebsten sofort aus dem Laden gegangen, aber sie hatte Hunger und brauchte Brötchen und ein bisschen Wurst.

Fünf Minuten später stand sie mit ihren Einkäufen im Arm vor der Ladentür. Das Letzte, was sie von drinnen hörte, waren diese Sätze:

»Also, die verrückte Alte war adelig?« »Und sie hatte eine Nichte? Na, die ist aber auch nicht von hier.«

Sophie beschloss, sich nicht darüber aufzuregen. Drüben, keine achtzig Meter die Straße hinunter, stand ein geschnitztes Holzschild.

»Willkommen in Sollensbach«, las Sophie. Weitere zehn Meter entfernt lag ein großes Fachwerkhaus. Die Tischlerei Weibold, wie das Firmenschild verriet.

Sollte das die Familie des Bräutigams sein? Keine hundert Meter von der Metzgerei Braubart entfernt?

»Und es gibt keine Hoffnung mehr«, murmelte Sophie halblaut und schüttelte den Kopf. Das hier waren nicht die Bewohner zweier Dörfer, das waren lauter Irre. Was ihr aber noch mehr als das schreckliche Schicksal von Jennifer und Klaus-Jürgen zu denken gab, war der Ausdruck »verrückte Alte« für Tante Dotti. Da hatte Dotti aber einen Eindruck wie Donnerhall hinterlassen.

Der Morgen war jung, die Sonne schien und außer, dass sie eine Maschine Wäsche waschen wollte, gab es nichts zu tun. Sophie entschloss sich, erst mal zu frühstücken und dann »Terra incognita«, unbekanntes Land, zu betreten. Sie würde einen Spaziergang durch Sollensbach machen.

*

Der Spaziergang durch Sollensbach sorgte bei Sophie für eine gewisse Ratlosigkeit. Ratlosigkeit deshalb, weil ihr kein Unterschied zum Nachbarort Wümmerscheid auffiel. Auch in Sollensbach gab es Bruchsteinhäuser und ein wenig Fachwerk, Blumenkästen vor den Fenstern, ja, Sophie hätte sogar geschworen, dass die in der Sonne dösenden Katzen sich ähnelten. Sie bemerkte nichts, was sich als Neidobjekt eignete.

Nach einer halben Stunde stand sie wieder an dem geschnitzten Willkommensgruß und war davon überzeugt, dass sie die tiefe Abneigung zwischen Wümmerscheid und Sollensbach so schnell nicht verstehen würde. Wer war nur auf die verrückte Idee gekommen, diese beiden Dörfer in einem Ort zusammenzufassen?

Dass die Sollensbacher ihr Nachbardorf nicht leiden konnten, war schon nach wenigen Minuten deutlich geworden, bei den beiden Alten, die in der Sonne stumm auf einer Holzbank saßen.

»Guten Morgen«, grüßte Sophie höflich, als sie vorbeikam.

»Morgen!«, kam die einsilbige Antwort von einem der Männer, der andere nickte nur.

»Sagen Sie, ich suche den Lidl, der hier in Sollensbach sein soll. Ist das noch weit?«

»Nee.«

Sophie unterdrückte ein Seufzen. Das waren ja zwei richtige Plaudertaschen.

»Ob Sie mir wohl den Weg erklären könnten?«

»Kommen Sie von drüben?«

»Von drüben? Sie meinen, aus Wümmerscheid? Aber

nein, ich bin nur zu Besuch hier.« Sophie fiel Dottis merkwürdiger Ruf ein. Mal sehen, was man in Sollensbach von ihrer Tante hielt.

»Ich wohne für ein paar Tage im Mühlenhof, im Haus meiner verstorbenen Tante.«

»Mhmm. Der Mühlenhof, kenn ich, liegt oberhalb.«

»Oberhalb?«

»Is nicht Wümmerscheid …«, erklärte der eine Alte.

»… aber auch nicht Sollensbach«, ergänzte der andere.

»Hmmm.«

»Haben se damals vergessen einzutragen, den Mühlenhof, das Nachbarhaus und die Straße. Nur den Erwin, den hat's erwischt.«

»Ja, arme Sau.«

Sophie sah hier die Chance, die Alten noch einmal zu unterbrechen.

»Ähm, den Herrn Körten-Buschmeier habe ich schon kennengelernt.«

»Mhm, im Grunde seines Herzens ist der Erwin ein Sollensbacher, nur sein Hof liegt in Wümmerscheid. Ganz arme Sau.«

»Weil er in Wümmerscheid leben muss?« Sophie hatte beschlossen, den Rest des Tages bei Unklarheiten direkt zu fragen, noch mal wollte sie so eine Peinlichkeit wie in der Metzgerei Braubart nicht erleben.

»Ja, was sonst? Allein unter Bekloppten, armer Erwin, da muss er jetzt durch, leicht ist so 'n Leben nicht. Na ja, Ihnen, Fräulein, kann es ja egal sein, Sie leben ja nicht hier.«

Da war viel Wahres dran, dachte Sophie. Die beiden Alten jedenfalls versanken nach diesen wirklich ausführlichen Erläuterungen wieder in dösiges Schweigen.

Erschöpfung, vermutete Sophie, so viel sprachen die wahrscheinlich sonst nicht mal in einer Woche.

»Ja dann, Ihnen auch noch einen schönen Tag«, verabschiedete sie sich hastig.

»Die Straße rauf und am Holzbrunnen links.«

»Dann laufen Sie direkt drauf zu, auf den Lidl, meinen wir.«

Sophie lächelte die beiden an. »Lieben Dank, das werde ich finden.«

Peter

Sophie fand den Supermarkt, kaufte die wichtigsten Dinge für die nächsten Tage ein und machte sich auf den Heimweg.

Sowohl in Sollensbach als auch in Wümmerscheid war es erstaunlich ruhig. Ein paar Autos, ein paar Schulkinder auf dem Nachhauseweg – das war's aber auch schon im Großen und Ganzen.

Hier sollte man Entschleunigungskurse anbieten, dachte Sophie amüsiert. Stress im Beruf? Drei Tage Mühlenhof, und schon ist man wieder die Ruhe in Person. Ihr jedenfalls kam es so vor, als wären Hamburg, Claas, die Redaktion und ihr glückloses Buchprojekt schon Lichtjahre entfernt.

Sophie beschloss für sich, den Rest des Tages einfach zu genießen.

Schritt eins: ein großer Becher Kaffee von Dottis Lieblingsröstung.

Schritt 2: sich mit einer Decke ins Gras legen und in der Mittagssonne ausruhen.

Schritt 3: Tagebuch schreiben.

Klappte alles wunderbar. Eine Stunde später seufzte Sophie behaglich. Sie legte das Tagebuch und ihren alten Füller zur Seite, streckte sich auf der Decke aus und ließ sich mit geschlossenen Augen die Sonne ins Gesicht scheinen.

Wann hatte sie das letzte Mal mitten am Tage einfach nichts getan? Sophie kramte in ihren Erinnerungen. Das musste wirklich schon ewig her sein.

»Hmhm.« Das Räuspern war so laut, dass Sophie erschrocken hochfuhr. Am Gartentor stand Peter Langen und lächelte entschuldigend. »Sorry, ich wollte dich nicht erschrecken. Wenn du bei dem Räuspern nicht wach geworden wärst, hätte ich mich still und leise wieder davongemacht.«

»Hallo, Peter. Schön, dich zu sehen.« Sophie blinzelte kurz auf ihre Armbanduhr. Kurz nach vier. »Sag mal, musst du nicht arbeiten?«

»Ich hatte noch ein paar Überstunden, und … na ja, ich dachte, ich schau mal bei dir nach dem Rechten. Ob du noch was brauchst … und so.«

Peter lächelte verlegen.

Ein nettes Lächeln, fand Sophie. Überhaupt, so bei Tageslicht betrachtet, in Jeans und mit dem eng anliegenden T-Shirt über dem ansehnlichen Oberkörper, sah ihr Retter wirklich attraktiv aus.

Sophie schluckte kurz. Du bist spätestens in der nächsten Woche wieder weg und in Hamburg, also bau jetzt keinen Mist, riet ihr eine innere Stimme. Sophie nahm sich vor, diesmal auf ihre innere Stimme zu hören. Wobei … zum Abendessen könnte er schon bleiben. Wer weiß, wann sie ohne ihn aus dem Graben gekommen wäre. Und das mit dem Essen hatte sie schließlich schon gestern versprochen.

»Hättest du Lust, schon heute zum Abendessen vorbeizukommen?«

»Sehr gern, auch wenn das wirklich nicht der Grund

war, warum ich hergekommen bin. Ich hab auch von Erwin gehört. War er wirklich heute früh schon mit der Polizei da?«

»Oh, Mr Cordhut. Ja, der war da, und von zwei netten, sehr schweigsamen älteren Herren weiß ich, dass der Erwin eine ganz arme Sau ist«.

Peter machte ein so verdutztes Gesicht, dass Sophie anfing zu kichern. »Das erklär ich dir beim Essen. Ich werde jetzt noch rasch ein paar Sachen einkaufen. Ist dir um sieben recht?«

Peter nickte erfreut. »Sieben ist gut. Magst du Rotwein oder lieber einen Weißen? Ach was, ich bring einfach mal zwei Flaschen mit. Also, um sieben dann. Stört es dich, wenn Herr Württemberg dabei ist? Er ist sowieso den ganzen Tag zu Hause, da möchte ich ihn nicht auch noch den ganzen Abend über allein lassen.«

»Klar, bring ihn ruhig mit. Bei ihm muss ich mich schließlich auch noch bedanken.«

Als Peter gegangen war, räumte Sophie schnell ihre Decke und den Kaffeebecher ins Haus und begutachtete ihre Vorräte. Heute hatte sie sich eigentlich nur einen Salat gönnen wollen. Den könnte sie ja auf jeden Fall machen, dazu ein paar Ofenkartoffeln. Und Fleisch, vielleicht etwas Kurzgebratenes.

Zehn Minuten später ging Sophie ein zweites Mal an diesem Tag zur Metzgerei Braubart. Den Weg kannte sie ja jetzt schon.

Das Abendessen

»Das war mit Abstand das beste Abendessen seit Langem!« Peter lehnte sich wohlig seufzend zurück.

»Na, du bist aber leicht zufriedenzustellen. Salat, Ofenkartoffeln mit Frischkäsecreme und ein paar Kräutersteaks. Vielleicht noch etwas Käse zum Dessert?«

»Himmel, Sophie, ich geb auf. Willst du mich mästen?«, lachte Peter. »Ich hab jetzt schon mehr gegessen als in der ganzen letzten Woche. Weißt du, ich hab oft keine Lust, groß zu kochen, und mittags in der Firma … na ja, in den letzten Monaten ist es ziemlich hektisch gewesen, da bleibt nur die Zeit für ein schnelles Sandwich zwischendurch oder einen Salat. Wenn ich jeden Tag so ein tolles Essen serviert bekäme, müsste ich meine Laufrunde glatt verdoppeln.«

Laufen? Kein Wunder, dass Peter so durchtrainiert aussah, dachte Sophie und musterte ihren Gast unauffällig, während sie die Teller in die Küche trug.

Sie hatte für das Abendessen den Tisch im großen Gastraum des Cafés gedeckt. Ein paar Kerzen tauchten den Raum in ein weiches, warmes Licht und schmeichelten dabei den Stilsünden der Inneneinrichtung.

»Wie wäre es denn noch mit einem Espresso?«, fragte Sophie über die Schulter hinweg.

»Espresso? Ja, das wäre jetzt klasse.« Peter nahm zwei Servierschüsseln und folgte Sophie in die Küche.

»Wow, ich hatte ja keine Ahnung, dass Dotti eine so große Espressomaschine besaß.« Staunend begutachtete Peter die Maschine.

»Du kennst dich mit Siebträgermaschinen aus?«, fragte Sophie.

»Nö, nicht wirklich, aber bei der Arbeit fachsimpeln die Kollegen ab und zu über die verschiedenen Modelle.«

»So? Was machst du denn beruflich? Ich meine, wenn es nicht hektisch ist und du gerade ein Sandwich verdrückst?«

»Ich arbeite in der Marketingabteilung bei ETA Consulting, nichts Aufregendes, die managen verschiedene Firmenketten. Und du – was tust du? Dotti hat mal erzählt, dass du Geografie studiert hast. Kann man davon in Hamburg leben?«

Sophie zögerte einen Augenblick. Was und wie viel wollte sie einem im Grunde wildfremden Mann erzählen? Andererseits hatte sie gar nicht das Gefühl, dass ihr Peter fremd war, obwohl sie doch so gut wie gar nichts von ihm wusste. Sophie genoss seine Gegenwart, er hatte sie beim Essen mit seinen Geschichten zum Lachen gebracht. Komisch, das war ihr mit Thorsten nie passiert.

In Hamburg spürte sie oft den Zwang, eine Rolle spielen zu müssen. Die künftige erfolgreiche Buchautorin, die Redakteurin des Szenemagazins – heute Abend musste sie nichts davon sein, weil Peter sie ja gar nicht kannte, weil der Mühlenhof so unendlich weit von Hamburg entfernt lag.

»Ach, eigentlich hatte ich vor, vom Schreiben zu leben. Da gibt es ein kleines Kulturmagazin, das meine Texte druckt, aber die zahlen miserabel. Und was noch schlimmer ist, sie wollen keine Redakteure fest anstellen. Na ja, ich habe noch einen weiteren Anlauf genommen und einen Reiseführer geschrieben. Nur liegt der wie Blei im Regal meiner Literaturagentin.« Sophie schwieg.

»Und jetzt?«

Sie zuckte mit den Achseln. »Ich habe die letzten Jahre meine Brötchen als Kellnerin in einem Hamburger Ausflugslokal verdient. Nicht gerade die schillerndste Karriere.«

»Unfug. Das klingt, als hättest du ein Ziel und würdest nicht so schnell aufgeben.«

Sophie lächelte Peter dankbar an. »Das ist die netteste Umschreibung für meine verfahrene berufliche Situation, die ich je gehört habe. Um ehrlich zu sein, war Dotti bei ihrem letzten Besuch überhaupt nicht begeistert von dem, was ich da tue. ›Du lässt dich ausnutzen‹ hat sie mir vorgeworfen, ich sei schließlich keine Studentin mehr.«

Der Espresso gurgelte aus der Maschine. Sophie reichte Peter seine Tasse, und während er gedankenverloren den Zucker umrührte, sagte er: »Dottis Mühlenhofcafé ist aber auch nicht gerade ein Senkrechtstarter gewesen.«

»Ja, das ist mir klar geworden, als mir Dottis Anwalt das Testament vorgelesen hat. Ich fürchte, dieses Café hier lebte mehr von Dottis Ersparnissen als von zahlenden Gästen.«

»Darauf lief es wohl hinaus. Obwohl Dotti ja wirklich die besten Voraussetzungen hatte.« Peter deutete mit einer Handbewegung auf die Kücheneinrichtung. »Hier könnten doch locker mehrere Köche nebeneinander arbeiten.«

»Ja, an der Küchenausstattung lag es sicher nicht, schon eher an der furchtbaren Inneneinrichtung des Cafés.«

»Und was willst du jetzt tun?«

Das ist wohl die Einhunderttausend-Euro-Frage, dachte Sophie und schaute sich um.

Laut antwortete sie: »Wenn ich das nur wüsste. Mir fehlt

das Geld, um Dottis Erbe anzutreten, und schließlich habe ich noch ein Leben in Hamburg, auch wenn es da sicher noch Verbesserungspotenzial gibt. Außerdem ist das hier Wümmerscheid-Sollensbach …«

Peter kicherte: »Oh je, haben meine lieben Mitbürger sich schon von ihrer schrecklichsten Seite gezeigt?« Er warf Sophie einen fragenden Blick zu. Sie nickte stumm. Peter lachte leise. Ganz ohne Spott sagte er: »Ich komme aus einem kleinen Dorf an der Mosel. Mir ging es genauso, als ich hierhergezogen bin. Dieser Graben zwischen Wümmerscheid und Sollensbach hat mich auch kalt erwischt.«

Während sie sich mit ihren Espressotassen wieder zurück an den Esstisch im Gastraum setzten, begann Sophie von ihren Erlebnissen zu erzählen. »… und dann wollte ich der armen Metzgersfrau mein Beileid aussprechen … fast hätte ich schon losgeheult …«

Peter unterbrach sie nur gelegentlich mit interessierten Rückfragen. In seinen Augen blitzte Vergnügen auf. Je länger Sophie redete, umso mehr gelang es ihr, die komische Seite zu sehen, und als Peter schließlich mit lautem Lachen herausplatzte, war es um sie geschehen, und sie musste einfach mitlachen. Herr Württemberg schaute kurz unter dem Tisch hervor, um sich dann wieder behaglich zusammenzurollen. Er war nicht der Einzige, der sich an diesem Abend entspannte.

Drei Telefonate

Die Einhunderttausend-Euro-Frage: Was willst du jetzt tun? Hätte irgendjemand Sophie erklärt, dass nur drei Telefonate innerhalb von weniger als einer Stunde nötig sein würden, um diese Frage für sie zu beantworten, hätte sie einfach nur laut gelacht.

Aber letzten Endes passierte genau das. Nur drei Telefonate. Es war so, wie Dotti immer gesagt hatte: Das Schicksal saß hinten im Saal und amüsierte sich, während vorne auf der Bühne Sophies Lebenspläne gerade durcheinandergewürfelt wurden.

*

Telefonat Nummer eins, Freitag, 2. September, kurz nach neun Uhr.

»Sophie von Metten.«

»Guten Morgen, Frau von Metten, Anwaltskanzlei Knese & Partner. Ich verbinde Sie mit Herrn Dr. Knese.«

»Frau von Metten? Hans-Werner Knese hier. Na, wie gefällt Ihnen der Mühlenhof?«

»Der Hof ist wunderschön, aber Dottis Pläne mit dem Café … na ja, es war wohl ein lang gehegter Lebenstraum von ihr. Ansonsten ist das hier alles so anders als in Hamburg.«

»Da ist was dran. Nun, aber egal, wie Sie sich entscheiden, ich wollte mich bei Ihnen melden, weil ich heute früh schon einen Anruf vom Steuerberater bekommen habe. Sie erinnern sich doch bestimmt? Ich hatte versprochen, mich zu erkundigen, welche Möglichkeiten es für Sie wegen der Erbschaftssteuer gibt. Wir machen das so: Sie beantragen eine sogenannte Optionsverschonung. Im Kern heißt das, Sie führen das Café sieben Jahre und bleiben von der Erbschaftssteuer zu hundert Prozent verschont.«

»Sieben Jahre? Sieben Jahre hier in diesem Kaff … äh … Dorf?«

»Nun ja, wenn Sie Dottis Erbe antreten würden, müssten Sie schon mindestens fünf Jahre das Café führen. So stand es ja im Testament. Da kommt es auf zwei weitere Jahre wohl kaum an. Sie müssen die Entscheidung ja auch nicht übers Knie brechen.«

»Gut. Spätestens am Montag muss ich zurück nach Hamburg. Ich melde mich wieder bei Ihnen. Und … danke, Herr Knese.«

*

Telefonat Nummer zwei, Freitag, 2. September, 9:15 Uhr.

»Sophie von Metten.«

»Hi, Sophie, Elke hier. Ich hab schon bei dir zu Hause angerufen.«

»Ich bin nicht in Hamburg, sondern für ein paar Tage an der Mosel.«

»Na, da hätte ich es ja lange versuchen können.«

»Was wolltest du denn?«

»Ach, dann hast du das ja auch noch gar nicht gehört. Das Gesundheitsamt hat Claas die Bude dichtgemacht. Irgendwer hat ihn angezeigt. Die Küche sei in einem miserablen Zustand, andere Einrichtungen seien nötig, Hygieneauflagen, Gesundheitszeugnisse für alle Mitarbeiter, bla, bla, bla, das ganze Programm. Claas musste sofort schließen, obwohl schon vier Reisebusse in Anmarsch waren. Er hat sich so aufgeregt, dass er jetzt im Krankenhaus liegt. Ein leichter Herzinfarkt, sagen die Ärzte. Du bist jetzt die Letzte auf meiner Liste, den übrigen Freien hab ich schon Bescheid gesagt.«

»Das … das heißt, ich kann in der nächsten Woche gar nicht arbeiten?«

»Sophie, wenn du meine ehrliche Meinung hören willst: Ich glaub nicht mal, dass du im nächsten Monat schon wiederkommen kannst. Es tut mir wirklich leid, gerade für dich und die anderen Aushilfen. Du, wir bleiben in Kontakt, und sobald ich weiß, wie es bei Claas weitergeht, bist du wieder an Bord.«

»Lieb von dir, Elke. Und bestell Claas gute Besserung von mir.«

»Mach ich.«

*

Telefonat Nummer drei, Freitag, 2. September, 9:30 Uhr.

»Hi, hier ist die Redaktion von Szenepunkt Hamburg, die Chantal am Apparat.«

»Chantal, ich bin's, Sophie. Ist Bernd in der Redaktion?«

»Hi, Sophie, Schätzchen. Klar. Wart mal. Bernie, Bernie, die Sophie ist dran. Was? Oh, klar. Sophie, ich stell dich durch.«

»Hallo, Sophie, bist du schon wieder zurück?«

»Guten Morgen, Bernd. Nein, aber ich werde am Sonntag wieder nach Hamburg fahren. Am Montag müssten wir uns mal zusammensetzen.«

»Ja?«

»Du hast mich doch im Sommer gefragt, ob ich mir vorstellen könnte, mehr für Szenepunkt zu schreiben.«

»Richtig, ich erinnere mich, aber du hast abgelehnt.«

»Na ja, mehr Artikel bei gleicher Bezahlung, das war bei mir finanziell nicht drin. Von irgendwas muss ich ja leben. Aber jetzt … ich werde jetzt mehr Zeit haben, und da würde ich gern auf dein Angebot zurückkommen. Über die Bezahlung werden wir uns sicher noch einig.«

»Du, Sophie, das tut mir jetzt irre leid, aber die Chantal …«

»Was ist mit Chantal?«

»Die hat den Job jetzt. Die ist unsere erste fest angestellte Redakteurin.«

»Chantal? Erzählst du mir gerade, dass eure Praktikantin einen Festvertrag bekommen hat?«

»Reg dich doch nicht auf, ich wollte es dir ja schon am letzten Dienstag erzählen. Aber dann kam die Sache mit deiner Erbschaft dazwischen. Du sahst ganz glücklich aus. Und es waren auch so viele Leute dabei, als wir gesprochen haben. Ich fand das irgendwie unpassend.«

»Irgendwie unpassend? Ich schreibe mir seit vier Jahren die Finger für euch wund, und das alles für ein besseres Taschengeld, und plötzlich ist Geld da für einen Festvertrag, und den kriegt diese Tussi, die das Wort Komponist nicht buchstabieren kann und Warhol für ein Computerspiel hält.«

»Du, Chantals Vater schaltet jetzt große Anzeigenstrecken bei uns …«

»Ach, daher weht der Wind. Papa hat seinem Töchterchen eine Festanstellung gekauft …«

»Das reicht jetzt, Sophie. Ich finde, da gehst du echt zu weit.«

»Weißt du was, Bernd? Du kannst mich mal. Szenepunkt kann mich mal, und das Honorar für die letzten beiden Artikel kannst du dir sonst wohin stecken. Kauf damit deiner Chantal einen Duden, den wird sie brauchen.«

*

Sophie saß an demselben Tisch, an dem sie gestern noch mit Peter gegessen hatte, und starrte wütend auf ihr Handy.

Claas war im Krankenhaus, das Ausflugslokal auf unbestimmte Zeit geschlossen, Chantal, die dumme Kuh, hatte den Job, der eigentlich ihr, Sophie, zugestanden hätte.

Du hast eben keinen reichen Papa, dachte Sophie verbittert.

Ping.

Wütend drückte Sophie mit einer viel zu heftigen Bewegung auf das Display, um die Nachricht abzurufen. Wenn das Bernds Entschuldigung war, müsste er aber mit mehr um die Ecke kommen als mit einer lausigen Mail.

Es war gar keine Nachricht von Bernd.

»Hi, Sophie, habe gerade noch eine Absage bekommen. Das Buch sei gut geschrieben, aber man sehe keinen Markt. Ich schlage vor, wir legen das auf Eis. Schon mal an einen Vampirroman gedacht? Vampire und Erotik, das läuft. Denk drüber nach. LG, Sabine.«

Die letzten Worte verschwammen vor Sophies Augen. Sie legte den Kopf auf die Arme und begann haltlos zu weinen.

Samstag, 3. September

Ich rege mich immer noch auf.

Nicht über Claas, das war ja abzusehen. Wie oft haben wir ihm gesagt, dass er was tun muss. So wenig, wie der in den letzten Jahren investiert hat. Nie war Zeit, um zu renovieren oder Geräte auszutauschen, immer standen die nächsten Tischreservierungen im Buch und die nächsten Reisebusse praktisch schon vor der Tür.

Tja, Sophie, Pech gehabt. Ich dumme Kuh hätte bei Claas sicher auch eine Festanstellung bekommen können. Aber wollte ich hauptberuflich Kellnerin werden? Solange ich studierte, war das für viele meiner Freundinnen an der Uni ein Traumjob. Die haben mich richtig beneidet. Aber ich habe doch nicht die ganzen Jahre gebüffelt und geschuftet, um an der Alster zwischen Krabbenpfanne und Schnitzel mit Bratkartoffeln zu enden!

So weit kommt es noch …

Die Sache mit der Redaktion steht auf einem ganz anderen Blatt. Bernd, diese Ratte, hat mich noch im letzten Monat angebaggert und sich an meiner Schulter darüber ausgeheult, wie schlecht es dem Magazin geht und wie gern er mehr Honorar für meine tollen, tollen Artikel bezahlen würde, wenn er nur könnte. Und irgendwann wäre sicher auch eine Festanstellung drin.

Und während er mir die Ohren vollgejammert hat, muss er doch schon das Geld von Chantals Papa im Visier gehabt haben. Ich möchte gar nicht wissen, was der Alte dafür zahlt, dass sein Töchterchen sich den Traum von der großen Journalistin verwirklichen kann.

Ausgerechnet Chantal! Szenepunkt hatte in den letzten Jahren so viele tolle Praktikantinnen, und nie durfte eine bleiben, geschweige denn eine Ausbildung machen. Aber Chantal kriegt alles auf dem Silbertablett serviert. Wenn ich an die ganzen Nächte denke, die ich mir für dieses Magazin um die Ohren geschlagen habe, wird mir noch im Nachhinein schlecht.

Draußen regnet es sich gerade ein. Das richtige Wetter für meine Stimmung. Was soll ich jetzt nur tun?

Okay – hier sind meine Möglichkeiten:

1. Ich fahre zurück nach Hamburg und pfeife auf Dottis Erbe. Mit meinen Ersparnissen komme ich noch zwei, drei Monate knapp über die Runden, in der Zeit finde ich einen richtigen Job.
   Vorteil: Ich bin in Hamburg.
   Nachteil: Ich muss einen richtigen Job finden, und zwar schnell. Aber das hat schon in den letzten zwei Jahren nicht geklappt.
2. Ich fahre zurück nach Hamburg, suche mir eine neue Stelle als Kellnerin und schreibe einen verdammten Vampirroman mit einem Hauch Erotik.
   Vorteil: Ich bin in Hamburg und schreibe ein Buch.
   Nachteil: VAMPIRROMAN UND EROTIK!!! So tief kann ich gar nicht sinken.

3. Ich bleibe hier und übernehme für sieben Jahre das Café.
   Vorteil: Sexy Nachbar, ein tolles Haus und die Erfüllung von Dottis letztem Wunsch.
   Nachteil: WÜMMERSCHEID-SOLLENSBACH!!! Sieben Jahre Pampa.

Tolle Liste. Da sagen alle, so was macht den Kopf frei. Davon merke ich nichts. Hoffentlich geht Miri endlich mal ans Telefon!

Miri

»Ich kann es nicht fassen, dass ich diesen Idioten auch noch zu Ernesto eingeladen habe. Und dann Chantal, ausgerechnet Chantal – diese blöde Schnepfe. Die macht sich doch vor allen Dingen Sorgen um ihre blonden Haare und ihre Fingernägel. Nee, Sophie, sei froh, dass es so gekommen ist. Irgendwann musste es ja knallen. Ich hab es dir immer gesagt, die ziehen dich über den Tisch.«

Miris Tiraden gegen Bernd und Chantal waren Balsam für Sophies wunde Seele, ihr Selbstvertrauen war nach den letzten Ereignissen doch ziemlich angeschlagen. Da konnte sie sogar darüber hinwegsehen, dass Miri gern mal die Karte »Ich-hab-es-ja-gewusst« ausspielte. Wenn Sophie ehrlich war, hatte Miri tatsächlich in den letzten Jahren immer mal wieder ihr Unverständnis darüber geäußert, dass sich Sophie bei »Szenepunkt« für ein Taschengeld engagierte. In Miris Augen verschleuderte Sophie ihr Talent, und die Arbeit für das Magazin war reine Zeitverschwendung.

»Es tut mir so leid, Sophie, dass ich erst jetzt anrufen kann.

Unsere Reederei hatte zwei ganz wichtige Kundentermine, und mein Chef wollte mich unbedingt dabeihaben. Du, die haben fast bis Mitternacht verhandelt, und danach musste ich auch noch die ganzen Verträge überarbeiten.«

»Ach, Miri, du hast immerhin einen festen Job«, seufzte Sophie.

»Ich bitte dich, du würdest hier im Büro eingehen wie eine Primel. Erzähl mir bitte nicht, dass du planst, nach Hamburg zurückzukommen.«

»Ja, was soll ich denn sonst tun?«

»Das fragst du noch? Du hast jetzt ein eigenes Haus, ein Auto. Mensch, Sophie, du kannst endlich selbst etwas auf die Beine stellen.«

»Wenn man dich hört, könnte man glauben, das hier wäre das ganz große Los, ist es aber nicht. Das hier ist Wümmerscheid-Sollensbach, die ticken hier alle nicht ganz richtig. Ich weiß nicht, was meine Tante sich dabei gedacht hat, ausgerechnet hier ein Café zu eröffnen.«

»Ach komm, Sophie, wo bleibt denn dein Ehrgeiz? Und dein Improvisationstalent? Das Haus und das Grundstück sind also furchtbar?«

»Nein, Miri, das ist es nicht einmal. Das Haus ist wunderschön, der Garten ist großartig, in Hamburg würden sie für einen solchen Garten morden. Die Inneneinrichtung ist allerdings ein möbelgewordener Albtraum, da trifft dich der Schlag. Aber zum Glück kann man eine Inneneinrichtung ja auch rauswerfen.«

Miris Lachen perlte aus dem Telefon. »Wusste ich es doch, du hast dich entschieden.«

»Nein, habe ich nicht«, protestierte Sophie. »Wie kommst du darauf?«

»Ach, Süße, weil ich dich kenne. Du hast doch gerade selbst gesagt, dass man die Inneneinrichtung rauswerfen kann, also erzähl mir jetzt bitte nicht, dass du dir noch keine

Gedanken darüber gemacht hast, wie man den ganzen Laden auf Vordermann bringen könnte. Und noch einmal fürs Protokoll: Du wohnst in Hamburg in einer WG, die du dir eigentlich nicht mehr leisten kannst. Dein tolles Buch liegt auf Eis, und deine Agentin, die das Buch verkaufen soll, macht jetzt einen auf Vampire und Erotik. Du hattest bisher zwei Möglichkeiten, deine Brötchen zu verdienen. Die eine ist auf unbestimmte Zeit nicht mehr verfügbar, und bei der anderen wurdest du gelinkt, weil du eben keinen Papi mit fetter Kohle in der Hinterhand hast. Wobei … bei dem Taschengeld pro Artikel, das die gezahlt haben, kann man ja nicht ernsthaft von einer Einnahmequelle sprechen.«

»Wenn du das so aufzählst …«

»Ja, wie soll ich es denn sonst aufzählen? Das ist die Wahrheit, die ungeschminkte, hässliche, gemeine Wahrheit. So, und auf der anderen Seite besitzt du ein wundervolles altes Haus in einer Traumlage und ein bisschen Startkapital. Also, wenn du meine Meinung hören willst: Pfeif auf Hamburg, willkommen Wümmerscheid-Sollensbach. Weißt du schon, wann du deine Sachen abholst?«

Miri hat recht, dachte Sophie. Miri nahm selten ein Blatt vor den Mund. Sophie bewunderte ihre Freundin für ihre Ehrlichkeit. Auf der anderen Seite hatte Miri gut reden, sie würde schließlich in Hamburg bleiben, hatte einen gut bezahlten Job und würde nicht allein irgendwo in der Pampa hausen.

»Sophie? Hallo, bist du noch dran? Ich hab gefragt, wann du zurück nach Hamburg kommen wirst.«

»Na ja, ich könnte am Sonntag fahren.«

»Super! Weißt du, was ich tun werde? Ich habe doch so viele Überstunden, und aus unserem Fuhrpark kann ich bestimmt einen Kastenwagen ausleihen, das haben schon ganz viele Kollegen gemacht. Ich hole den Wagen, wir packen deinen Kram ein und fahren zurück an die Mosel. Ich bleibe zwei oder drei Tage, helfe dir beim Auspacken und fahre wieder zurück nach Hamburg. Was hältst du davon?«

»Miri, das kann ich doch nicht annehmen.«

»Natürlich kannst du, ich habe nämlich nicht vergessen, wer in meiner neuen Wohnung die Zimmer gestrichen und renoviert hat, während ich arbeiten war. Genau, meine beste Freundin Sophie von Metten. Du musst langsam lernen, auch mal einen Gefallen anzunehmen, wenn man ihn dir anbietet.«

Sophie hätte Miri am liebsten umarmt.

»Abgemacht. Besorg den Kastenwagen und kläre das mit deinem Urlaub. Ich melde mich bei dir, wenn ich in Hamburg bin.«

»Süße, das wird großartig!«

*

Süße, das wird großartig! Miris letzter Satz ging Sophie durch den Kopf, als sie im Gastraum stand und sich auszumalen versuchte, wie es hier aussehen könnte. Von »großartig« war dieser Raum noch weit entfernt.

Denk an gestern Abend, als hier nur Kerzen brannten, ermahnte sich Sophie. Der hohe Raum hatte Atmosphäre gehabt, das ganze Haus mit seinen alten Deckenbalken und den Bodenfliesen hatte Atmosphäre. Man müsste einfach nur das Haus zu Wort kommen lassen, man durfte ihm nichts überstülpen.

Sophie drehte sich im Kreis, sah die bodentiefen Fenster, das Grün des Gartens, die alten Bruchsteine der Gartenmauern. Tante Dotti hatte ihren eigenen Geschmack gehabt, und dieser Geschmack hatte zu dem alten Haus leider ungefähr so gut gepasst wie ein zu enger, ungeliebter Anzug samt kratzigem Hemd zu einem Konfirmanden.

Jeder Stein da draußen und jeder Balken hier drinnen hatte eine Geschichte, und wenn es Sophie gelang, die Steine und Balken ihre Geschichte erzählen zu lassen … ja, dann würde das großartig werden.

Plötzlich wusste Sophie, was sie zu tun hatte: eine Liste schreiben. Vieles würde sie erst angehen können, wenn sie wieder aus Hamburg zurück war. Aber heute hatte sie noch Zeit, heute konnte sie ohne Druck Pläne schmieden.

Sophie holte sich aus Dottis Arbeitszimmer einen Schreibblock und einen Stift. Mit beidem setzte sie sich in den Gastraum und schaute sich prüfend um. Hier gab es eine Menge Arbeit, aber zum Glück musste sie nichts Grundlegendes verändern. Es würde nicht nötig sein, Wände einreißen zu lassen oder Öffnungen für neue Fenster herauszubrechen.

Das, was hier zu tun war, konnte sie alleine stemmen. Der Raum würde dann zwar noch nicht optimal aussehen – Sophie dachte an ihre Idee mit den verschiedenen Ebenen im Gastraum –, aber der erste wichtige Schritt wäre gemacht. Sie begann die einzelnen Punkte aufzuschreiben:

Tische und Stühle ersetzen.

Wände neu streichen.

Stuckrosetten entfernen.

Die Fliesen an der Kuchentheke … vielleicht einfach farbig lackieren?

Auf jeden Fall die Blütenvorhänge rausschmeißen!!!

Sophies Notizen füllten das Papier. Blieb noch die entscheidende Frage, wie sie kostengünstig an eine neue Einrichtung kommen könnte.

Nachdenklich kaute Sophie auf dem Bleistiftende herum. Sie brauchte einen Insider aus dem Ort, am besten jemanden, der keinen Cordhut trug.

Henry

Mit entschlossenen Schritten ging Sophie die Straße entlang. Hoffentlich war Peter zu Hause. Gestern Abend hatte er ihr beschrieben, wo er wohnte. In dem alten Bruchsteinhaus, gut vierhundert Meter die Straße hinunter – sozusagen in direkter Nachbarschaft zum Mühlenhof. Vierhundert Meter die Straße hinunter, in Hamburg standen auf einer solchen Strecke ein gutes Dutzend Häuser. Hier dagegen gab es lediglich ein paar Obstwiesen und Weiden. Als die Straße leicht anstieg, kam Sophie außer Atem.

Vielleicht sollte ich mir an Peter ein Beispiel nehmen und mit dem Laufen anfangen, dachte Sophie. Ein Übermaß an Straßenverkehr gab es hier jedenfalls nicht, sie könnte auch mitten auf der Straße trainieren, ohne auf Autos Rücksicht nehmen zu müssen. Plötzlich spürte Sophie ein Lachen, das sich tief in ihrem Innersten entwickelte und einfach herauswollte. Sie holte tief Luft und stieß ein helles Jauchzen aus, so wie sie es als kleines Mädchen immer gemacht hatte, wenn sie mit ihren Eltern bei einem Spaziergang durch einen Tunnel oder eine Unterführung gegangen war – einfach nur, weil das Echo so lustig klang. Leider gab es hier kein Echo, und die Einzigen, die Sophies Jauchzen hörten, waren ein paar Rinder, die den Kopf hoben und neugierig herantrabten.

An der Weggabelung mit dem alten Holzkreuz, die Peter ihr beschrieben hatte, gab es gleich zwei alte Bruchsteinhäuser.

Ach, was soll's, so lerne ich gleich alle Nachbarn kennen, dachte Sophie. Sie betrat den Vorgarten des linken Hauses. Neben der Haustür stand ein Paar lehmverkrustete Gummistiefel, und an der Hauswand lehnte eine schwere Mistgabel. Dass Peter am frühen Morgen als Erstes Mist schaufelte, glaubte Sophie eigentlich nicht. Aber jetzt war sie schon mal da, da konnte sie auch genauso gut klingeln. Das Problem war, dass es keine Klingel gab. Ein rostiger Eisenring in der Mitte der Haustür diente offenbar dazu, sich bemerkbar zu machen. Na ja, besser als sich die Fingerknöchel an der alten Eichentür wund zu klopfen. Sophie nahm den Ring und ließ ihn gegen das Holz knallen. Einmal, zweimal.

»Ja, schon gut, Himmelarsch, so schnell kann doch kein Mensch auf den Beinen sein.«

Sophie zuckte zusammen, das war ganz sicher nicht Peter. Das war … genau, Erwin Körten-Buschmeier. Die Schritte kamen näher, die Haustür wurde aufgerissen. Tatsächlich stand Sophie ihrem überaus wachsamen Nachbarn gegenüber. Ihr fielen die beiden alten Männer auf der Bank in Sollensbach wieder ein, die voller Mitleid von »dem Erwin« gesprochen hatten. Der trug jetzt zu Filzpantoffeln, einer ausgebeulten Arbeitshose und Feinripp-Unterhemd doch tatsächlich auch noch seinen Cordhut.

»Ja, was? Ach, *Sie!* Was fällt Ihnen denn ein, an meiner Haustür herumzurandalieren? Wissen Sie eigentlich, wie teuer eine Eichentür ist?«

»Entschuldigen Sie, Herr Körten, aber ich musste ja den Türklopfer nehmen.«

»Türklopfer? Schafsscheiße! Welchen Türklopfer? Haben Sie denn noch nie von einer Klingel gehört?«

Ihr Nachbar deutete mit dem Finger auf eine Stelle zwischen zwei Bruchsteinen. Tatsächlich, Sophie hatte doch glatt den kleinen schwarzen Klingelknopf übersehen.

»Oh, das tut mir leid, ich wollte eigentlich auch gar nicht stören«, stotterte sie.

»Haben Sie doch schon, also was?«

»Ich wollte zu Peter Langen.«

»Der wohnt hier nicht. Der und sein Drecksköter leben da drüben.« Erwin Körten-Buschmeier wies mit dem Zeigefinger auf das Nachbarhaus. »Und wenn Sie da rübergehen, dann können Sie dem gleich ausrichten, dass ich beim nächsten Mal Anzeige erstatten werde, wenn seine Töle es noch einmal wagt, an meine Gartenmauer zu pinkeln. War das dann alles?«

Sophie nickte.

»Dann guten Tag.«

Mit einem Rums schloss sich vor Sophies Nase die schwere Eichentür. Ohne Frage: Erwin Körten-Buschmeier war ganz sicher kein Kandidat für das Siegertreppchen beim Wettbewerb um den liebenswertesten Nachbarn des Jahres.

An der Gartentür drehte sich Sophie noch einmal um und streckte dem Haus im Allgemeinen und Erwin Körten-Buschmeier im Besonderen die Zunge heraus. Ganz schön kindisch, aber irgendwie tat es gut.

»Also, das wollte ich auch schon immer mal machen.«

Sophie zuckte zusammen. Ertappt! Sie hatte nicht bemerkt, dass Peter in seiner offenen Haustür stand.

»War wohl kein Erfolg, dein Anstandsbesuch bei meinem Nachbarn?«

Sophie beeilte sich, Abstand zu Körten-Buschmeiers Haus zu gewinnen, und betrat Peters Vorgarten. Leichthin sagte sie: »Guten Morgen, Peter. Leider hast du mir gestern Abend nicht verraten, in welchem der beiden Häuser du wohnst. Und ja, dein Nachbar war richtig unhöflich und hat mir die Tür vor der Nase zugeschlagen. Ich soll dir ausrichten, dass er das nächste Mal, wenn Herr Württemberg – ich glaube, die genaue Bezeichnung war ‚die Töle' – an der Gartenmauer das Bein hebt, Anzeige erstatten wird.«

»Ach herrje, und ich hatte schon befürchtet, dass unser lieber Erwin mich selbst in Verdacht hat.« Peter stieß einen langen Pfiff aus. Sekunden später kam sein Hund um die Ecke gerannt. Herr Württemberg beschnupperte kurz Sophies Beine, dann setzte er sich erwartungsvoll auf die Hinterläufe und jaulte leise. Sophie beugte sich herunter und streichelte Herrn Württemberg zwischen den Ohren.

»Bist du aber ein braver Hund.«

»Herr Württemberg, wir müssen ein ernstes Wort miteinander reden«, erklärte Peter mit gespielt ernster Stimme. »Es geht nicht, dass du ständig an irgendwelchen Mauern dein Bein hebst, so haben wir das nicht abgesprochen.« Der Hund hörte nur seinen Namen und jaulte noch ein weiteres Mal, bevor er aufsprang und sich von Peter streicheln ließ.

»Gut, dass wir darüber mal gesprochen haben, mein Lieber.« Peter grinste. Herr Württemberg warf sich auf den Rücken und ließ sich von Peter den Bauch kraulen. Peter schaute hoch. »Wolltest du mir einen Besuch abstatten?«

»Ja, ich brauche jemanden, der sich in dieser Gegend auskennt, und ich hatte gehofft, dass du mir womöglich weiterhelfen könntest.«

»Jemanden, der sich hier auskennt? Ich dachte, du sitzt morgen schon wieder im Zug nach Hamburg.«

Für einen kurzen Augenblick war da wieder die Frage, die sie sich gestern schon einmal gestellt hatte: Wie viel Privates erzählt man einem Mann, den man kaum kennt? Sophie benötigte nur einen Wimpernschlag, um sich selbst die Antwort zu geben: Dieser Mann, der da auf dem Boden hockte und in der Morgensonne seinem Hund den Bauch kraulte, war ihr gar nicht mehr fremd. Im Gegenteil, so wie gestern Abend hatte sie auch diesmal wieder das Gefühl, Peter schon seit Jahren zu kennen.

»Ich werde tatsächlich morgen wieder nach Hamburg zurückfahren, aber nur, um dort meine Sachen zu packen. Ich habe dir doch vom *Captain Claas* und von dem Szenemagazin erzählt. Eigentlich zwei gute Gründe für mich, in Hamburg zu bleiben und Dottis Erbe abzulehnen.«

»Und? Hat sich daran irgendetwas geändert?«

Sophie nickte. »Ist eine lange Geschichte, die könnte ich dir später erzählen. Auf jeden Fall werde ich in der nächsten Woche zurückkommen, und ich baue das Café um. Aber vorher muss ich wissen, ob es hier irgendeine Art von Trödelmarkt oder Secondhandladen gibt.«

Peter strahlte sie an. »Du bleibst? Hast du das gehört, Herr Württemberg? Sophie bleibt hier! Das muss gefeiert werden. Aber erst heute Abend – vorher müssen wir beide Sophie mit Henry bekannt machen.«

*

»Jetzt erzähl schon, wer ist Henry?« Sophie schaute kurz zu Peter auf dem Beifahrersitz hinüber, bevor sie sich wieder auf die Straße konzentrierte. Es war schon ziemlich lange her, dass sie hinter dem Steuer gesessen hatte, und der alte Landrover von Tante Dotti war alles andere als ein Kleinwagen. Aber Peter hatte darauf bestanden, dass sie Dottis Auto nahmen, weil es zu diesem Auto auch einen großen Anhänger gab.

Am liebsten hätte Sophie darauf verzichtet, selbst zu fahren, aber schließlich musste sie sich an den Wagen gewöhnen. Sie konnte genauso gut gleich damit anfangen. Peter deutete nach vorne.

»Da, an dem Feldweg musst du rechts abbiegen.«

»Henry? Du wolltest mir sagen, wer Henry ist.«

»Ja, wenn das so leicht wäre. Henry ist sozusagen die schillernde Künstlerpersönlichkeit, das bunte Huhn im Umfeld von Wümmerscheid-Sollensbach.«

Sophie konnte nicht sofort nachfragen, denn jetzt kam eine enge Kurve. Himmel, ging das schwer. Gab es wirklich noch Autos ohne Servolenkung? Sophie kurbelte am Lenkrad und trat mit ganzer Kraft auf das Bremspedal. Nur nicht darüber nachdenken, dass hinter ihr auch noch ein zweiachsiger Anhänger fuhr. Das war ein ziemlich langes Gespann für jemanden, der noch nie mit Anhänger gefahren war. Aber sie wollte sich im Beisein von Peter keine Blöße geben.

»Weißt du eigentlich, dass du die Zungenspitze herausstreckst, wenn du dich konzentrierst? Sieht süß aus.« Peter grinste über das ganze Gesicht.

Sophie wurde rot, teils vor Anstrengung, teils vor Verlegenheit. Na toll, ich fahre hier mit ausgestreckter Zunge, und mein Beifahrer findet, dass ich süß aussehe.

»Also, noch einmal zurück zu Henry, er ist Künstler?«

»Nee, nicht im eigentlichen Sinne, mehr so eine Art Lebenskünstler. Wo Henry wirklich herkommt, weiß keiner so genau. Die einen sagen, er hätte mal im Knast gesessen, die anderen behaupten, er käme aus England. Ich habe auch schon gehört, dass er eine Kunstgalerie in Paris besessen haben soll, die dann aber pleiteging. Ehrlich gesagt warte ich nur darauf, dass jemand das Gerücht weitererzählt, Henry habe auf seinem Bauernhof das Bernsteinzimmer versteckt. Fakt ist jedenfalls, dass er mittlerweile ganz allein auf seinem Hof lebt und keinen großen Wert darauf legt, was andere Leute über ihn erzählen. Und das ist, wie gesagt, ganz schön viel.«

»Und wie kann uns dieser Lebenskünstler weiterhelfen?«

»Indem er dir sein Reich öffnet. Du suchst einen Trödelmarkt, und Henry ist der größte Trödelsammler, dem ich je begegnet bin. Mich wundert, dass RTL noch keine Serie über ihn gedreht hat. Da vorne, die große Scheune, da hebt Henry einen Teil seiner Sachen auf. Und in der Größe dieses Lagerraums hat er noch mindestens drei weitere.«

Jetzt musste auch Sophie lächeln, auf Henry und seinen Trödel war sie richtig neugierig.

*

Henry war nicht sonderlich groß. Um seine leuchtend blauen Augen lagen Dutzende von Lachfältchen, und seine grauen, leicht strähnigen Haare waren zu einem Pferdeschwanz zusammengebunden. Um seinen Oberkörper schlotterte ein altes Tweedjackett, das er zu Stehkragenhemd und kurz abgeschnittener Jeans trug. Ein Paar ausgetretene Ledersandalen an den bloßen Füßen vervollständigte Henrys Outfit. Ein übrig gebliebener Alt-68er, schoss es Sophie durch den Kopf. Als Henry Peter erkannte, nahm er die gebogene Pfeife aus dem Mundwinkel und breitete die Arme aus.

»Peter, mein Junge, an mein Herz, wir haben uns ja ewig nicht gesehen.«

Peter umarmte Henry kurz und klopfte ihm auf den Rücken, dann sagte er laut: »Erstens hast du erst vorletzte Woche bei mir den halben Weinkeller leer gesoffen, von Ewigkeit kann also nicht die Rede sein, und zweitens hattest du versprochen, deinen fantastischen Lammbraten mit Knoblauch zu schmoren und mich einzuladen.«

Für einen Moment sah Henry tatsächlich zerknirscht aus.

»Ja, an den Lammbraten kann ich mich noch erinnern. Aber hattest du nicht gesagt, dass du in den nächsten drei Wochen so viel zu tun hast, dass du gar nicht weißt, wann du Zeit für deine Freunde finden wirst? Und was den Wein betrifft, … da musst du einem alten Mann verzeihen, dass er sich nicht an alle Einzelheiten erinnern kann.«

Henry lachte glucksend und schlug Peter freundschaftlich auf die Schulter. »Und nun, mein junger Freund, stell mir die reizende Dame vor, die es geschafft hat, mit diesem Ungetüm von Landrover bis zu meinem bescheidenen Heim zu fahren. Nebenbei bemerkt, das letzte Mal, dass ich ein solches Schmuckstück automobiler Baukunst zu sehen bekommen habe, war bei meinem Besuch in Dottis Café.«

»Kein Wunder«, grinste Peter, »schließlich ist das Dottis Wagen. Darf ich vorstellen: Sophie von Metten, Dottis Nichte aus Hamburg. Sie hat das Café geerbt und will tatsächlich von Hamburg nach Wümmerscheid-Sollensbach ziehen. Wobei – wenn sie dich alten Zausel erst einmal näher kennenlernt, wird sie sich das womöglich noch mal überlegen.«

Henry stieß Peter protestierend den Ellenbogen in die Seite, warf ihm einen kurzen Blick zu und verbeugte sich galant vor Sophie.

»Das höchste aber von allen Gütern ist der Frauen Schönheit.«

»Friedrich Schiller: Die Jungfrau von Orleans, wenn ich mich nicht irre«, parierte Sophie lächelnd. Henry stieß einen glücklichen Seufzer aus. »Eine schöne Frau, die auf Anhieb ein Schillerzitat erkennt. Peter, diese Frau muss hierbleiben. Ich baue darauf, dass du alles daransetzen wirst, sie von unserer zauberhaften Gegend zu überzeugen und sie damit von diesen furchtbar spießigen, kleingeistigen Bekloppten, nämlich unseren Mitbürgern, abzulenken. Lass sie bloß nicht in den Ort gehen und mit irgendjemandem aus Wümmerscheid oder Sollensbach sprechen, sonst ist Sophie schneller wieder in Hamburg, als wir blinzeln können.«

»Die Gefahr ist schon ausgestanden, Henry, Sophie hat schon ihre ganz eigenen Erfahrungen gemacht, Erwin Körten-Buschmeier inklusive«, erwiderte Peter.

»Und sie will trotzdem bleiben?« Henry breitete die Arme aus. »Es geschehen noch Zeichen und Wunder. Halleluja. Sophie, erlaube einem alten Mann, dir hiermit offiziell das Du anzubieten. Ich bin Henry, und glaube bitte nicht alles, was man dir in den nächsten Wochen über mich erzählen wird, davon stimmt allenfalls die Hälfte, und die ist noch gelogen.«

Dass die ehrbaren Bürger von Wümmerscheid-Sollensbach Probleme mit dem Trödelkönig hatten, wunderte Sophie nicht. Ihr dagegen war Henry auf Anhieb sympathisch.

»Du hast also Dotti auch gekannt?«

»Gekannt und aus tiefstem Herzen verehrt, meine liebe Sophie. Dorothee war eine bemerkenswerte Frau, und ich habe ihr mehr als einmal angeboten, mit ein paar Kleinigkeiten aus meinem Fundus das Mühlencafé zu verschönern. Aber Dotti hatte da ihren ganz eigenen Kopf. Deine Tante konnte einfach nicht gut Vorschläge von jemand anderem annehmen. Dabei hatte ich ein paar wirklich brauchbare Ideen.«

»Das trifft sich gut, Henry, denn ich brauche deine Hilfe. Ich möchte das Mühlencafé übernehmen, und dafür muss ich die Inneneinrichtung komplett verändern. Aber ich habe nur sehr begrenzte finanzielle Möglichkeiten. Ich werde …«

»Kein weiteres Wort«, unterbrach Henry Sophie, »auf diesen Moment warte ich bereits seit drei Jahren.«

Henry machte eine einladende Handbewegung in Richtung seiner großen Scheune. »Henrys Trödelreich steht dir zur Verfügung. Ich glaube sogar, ich habe da ein paar Sachen, zu denen du unmöglich Nein sagen kannst.«

*

Henrys Trödelreich, wie er es nannte, war ein riesiger Raum, der mit Tausenden von Dingen vollgestopft war. Auf den ersten Blick konnte Sophie nicht einmal unterscheiden, ob manche Schränke und Regale nur zur Aufbewahrung von zusätzlichem Trödel dienten oder Teil des Möbelangebots waren. Schränke, Regale, Stühle, alte Sessel, Stehlampen, Ölgemälde,

Truhen mit alten Schallplatten, Gasmasken, Uniformen, Lampenschirme, altes Werkzeug, Pappkisten voller Porzellan – Sophie fühlte sich von dem unglaublichen Wirrwarr um sie herum geradezu erschlagen. Henry dagegen war hier offensichtlich in seinem Element. Mit schnellen Schritten folgte er einem für Sophie nahezu unsichtbaren Trampelpfad quer durch seine Trödeltürme. Sophie kam sich vor, als würde sie einem Eingeborenen durch einen dichten Dschungel folgen. Dabei wusste Henry genau, was er tat, während sie selbst auf der Stelle im Dickicht verloren gegangen wäre.

»Du musst ja Ewigkeiten gesammelt haben«, staunte Sophie. Henry blieb für einen Moment stehen und lächelte geschmeichelt. »Sicher, ich mach das schon ein paar Jahre, und was du hier siehst, ist ja nur eins meiner Lager. Landwirtschaftliche Geräte, Küchenkram und Elektronik bewahre ich in den anderen Scheunen auf. Ich geh mal davon aus, dass bei Dotti in der Küche alles picobello ist.«

»Ja, die Ausstattung ist durchaus großküchentauglich.«

»Ein Punkt, über den du dir keine Gedanken machen musst, meine Liebe.«

»Was mir Sorgen macht, ist der Gastraum …«

»Dachte ich es mir doch. Resopaltische und Metallstühle, das Ganze mit dem Charme einer Kantine, einer heruntergekommenen Kantine. Ich bekomme eine Gänsehaut, wenn ich nur daran denke. Was du brauchst, habe ich hier.«

Henry deutete auf ein gut drei Meter hohes Gebilde, das mit einem Laken überdeckt war. Sophie hätte unmöglich sagen können, was sich unter dem riesigen staubigen Laken verbarg. Henry baute sich daneben auf und schlug mit einer theatralischen Handbewegung eine Ecke des Lakens nach oben.

»Die habe ich vor ein paar Jahren in Prag entdeckt.«

Das Gebilde bestand aus Stühlen, aus vielen Stühlen, die aufeinandergestapelt waren.

»Kaffeehausstühle! Sind das etwa ...« Sophie verschlug es die Sprache.

»Oh ja, meine Liebe, ich hab hier fast sechzig alte Kaffeehausstühle, und ich würde meinen geliebten Pferdeschwanz darauf verwetten, dass es sich dabei um Originale aus den Thonet-Werkstätten handelt. Ein paar Stühle wurden mal überlackiert, und bei einigen ist das Korbgeflecht auf der Sitzfläche nicht mehr in Ordnung. Aber das lässt sich leicht reparieren. Ich schlage vor, wir bringen die Schätzchen hier einmal ans Tageslicht und sortieren aus. Vorher will ich dir aber noch etwas zeigen.« Henry ließ das Laken wieder fallen und zog Sophie am Arm in den hinteren Teil der Scheune.

»Schau mal her. Ich glaube, das könnte hervorragend passen.« Henry deutete auf eine ganze Reihe von schwarzen Gestellen.

»Seit Jahren sammle ich nun schon jedes schmiedeeiserne Nähmaschinengestell, das ich kriegen kann. Ich weiß auch nicht, ist so ein kleiner Tick von mir.«

Sophie musste bei diesem Eingeständnis grinsen. Henry besaß vier Scheunen voller Trödel, es war ja wohl offensichtlich, dass er mehr als nur einen kleinen Sammeltick hatte. Sophie aber war höflich genug, ihn nicht darauf hinzuweisen.

»Nähmaschinengestelle? Aber ...«

»Kein Aber, Sophie, denk doch einmal nach. Wir nehmen ein solches Gestell, du besorgst dir eine Holzplatte oder sogar eine dünne Marmorplatte, und schon hast du den ersten Tisch fertig.«

Sophie sah die eisernen Gestelle plötzlich mit ganz anderen Augen. Henry hatte recht. Auf diese Weise konnte sie Tische für den Gastraum bauen, und das ohne großen Aufwand.

»Henry, das ist eine wundervolle Idee.« Sophie zögerte unmerklich. »Ich weiß bloß nicht, ob ich mir das wirklich leisten kann. Was willst du denn für alles zusammen haben?«

Henry nannte einen Preis, der so viel niedriger war, als

das, was Sophie erwartet hatte, dass sie sofort einschlug. »Kannst du ruhig annehmen, Sophie, das Angebot hatte ich Dotti auch schon gemacht. Ist ein Freundschaftspreis.«

»Dann lass uns doch prüfen, wie viele Stühle vorhanden sind. Ich möchte im Gastraum kleinere Tische für nur zwei Personen aufstellen und auch ein paar größere.«

Henry klatschte in die Hände und rief über die Schulter: »Peter, mein Junge, jetzt kannst du dir deinen Lammbraten verdienen. Fang an, die Stühle nach draußen zu tragen.«

*

Zwei Stunden später hatten sie achtundvierzig Stühle aus den Tiefen der Scheune nach draußen ans Tageslicht befördert und durchgesehen. Tatsächlich waren nur wenige Stühle farbig lackiert worden, sodass sich Sophie das Abbeizen erst einmal sparen konnte. Die sechs Stühle, bei denen das Korbgeflecht repariert werden musste, hatten sie erst einmal zur Seite gestellt. Henry versprach, sich darum zu kümmern, was Sophie angesichts seiner Großzügigkeit fast ein bisschen peinlich war. Gemeinsam luden sie die Stühle auf den Anhänger und trugen danach noch etliche Nähmaschinengestelle aus der Scheune, um sie ebenfalls mitzunehmen.

»Hier ist meine Visitenkarte.« Henry reichte Sophie ein kleines Klappkärtchen. »Ruf mich einfach an, wenn du aus Hamburg zurück bist. Ich bringe dir dann die restlichen Gestelle vorbei.«

Sophie umarmte Henry und drückte ihm einen Kuss auf die Wange. »Ich danke dir, ich weiß gar nicht, wie ich das wiedergutmachen soll.«

»Wie wäre es mit Cappuccino auf Lebenszeit? Aber im Ernst, ich freu mich, wenn ich dir helfen kann. Dotti war eine wunderbare Frau. Wie gern hätte ich es gesehen, wenn sie diese Stühle schon zu Lebzeiten in ihrem Café aufgestellt hätte.

Ach, und was die Resopaltische und Metallstühle angeht, stell sie einfach in der Scheune der Mühle unter, vielleicht finde ich ja einen bekloppten Käufer, der genau so etwas sucht.«

»Du meinst, jemanden mit einem noch schlimmeren Sammeltick, als du einen hast«, lachte Peter.

»Werd' mir nur nicht frech, Junge. Ich verzeihe dir diese vorlaute Bemerkung, weil du Sophie zu mir auf den Hof gebracht hast. So, und nun ab mit euch. Ich hab schließlich noch andere Sachen zu erledigen.«

*

»Was für ein ungewöhnlicher Mann.« Sophie schaute vom Beifahrersitz zurück zu der großen Scheune voller Trödel und einem winkenden, immer kleiner werdenden Henry.

Peter hatte angeboten, auf dem Rückweg den Landrover zu fahren, was Sophie nur recht war.

»Ja, ich mag Henry auch. Und ich glaube, dass er Dotti wirklich verehrt hat.«

»Dotti hat nie etwas von Henry erzählt«, überlegte Sophie laut. »Sie hat aber auch nie über ihr Leben in Wümmerscheid-Sollensbach geredet. Warum hätte sie dann ausgerechnet einen heimlichen Verehrer erwähnen sollen?«

Montag, 5. September

Mein letzter Abend in Hamburg. Wie das klingt. So endgültig, als würde ich nie wieder hier am Alsterufer sitzen und den Joggern und Spaziergängern hinterherschauen. Ja, aber vielleicht ist es tatsächlich so. Natürlich werde ich Hamburg besuchen, aber irgendwie fühlt sich dann bestimmt alles ganz fremd an. Vielleicht war ich auch nie wirklich mit ganzem Herzen Hamburgerin. Vielleicht war ich hier immer nur zu Besuch.

Jetzt, wo ich mich einmal entschieden habe, frage ich mich, warum ich es so lange ertragen konnte: die Aushilfsarbeiten bei Claas, die schlecht bezahlten Jobs für die Redaktion, die Ungewissheit, wie es weitergehen soll. Miri hat recht, irgendwann musste es knallen.

Wie laut es hier ist. Sogar nachts! Dabei dachte ich immer, meine Wohnung würde in einem ruhigen Viertel liegen. Ich habe nur vier Nächte im Mühlenhof geschlafen, und trotzdem ist mir gestern Abend, nach meiner Ankunft, Hamburg laut und schrill vorgekommen.

Okay, das hier ist also mein persönliches Abschiednehmen. Hier in der Abendsonne auf meiner Lieblingsbank an der Alster, mit dem Tagebuch auf dem Schoß und dem Kopf voller Ideen, was ich in den nächsten Tagen im Mühlencafé alles tun könnte.

Heute früh habe ich im Baumarkt Umzugskisten besorgt und alles eingepackt, vor allem Kleidung und Bücher. Viele Möbel gehören ja Steffi, und meine Sachen werde ich locker morgen zusammen mit den Umzugskisten in Miris Kastenwagen unterbringen. Mit Steffi habe ich auch schon telefoniert. So richtig glücklich war sie nicht, aber am Ende hat sie verstanden, dass ich Hamburg den Rücken kehren muss. Himmel, so viele Möglichkeiten habe ich schließlich nicht, und Steffi wird leicht eine neue Mitbewohnerin finden. Sie hat sogar versprochen, mich in Wümmerscheid-Sollensbach zu besuchen. Vielleicht, wenn sie von Verona aus nach Hause fährt.

Gerade eben geht ein Mädchen an meiner Bank vorbei, deren Hund fast so aussieht wie Herr Württemberg. Und schon muss ich wieder an meinen netten Nachbarn denken. Wenn ich ehrlich bin, dann ist Peter auch ein guter Grund, Hamburg zu verlassen. Dabei kenne ich ihn doch erst seit ein paar Tagen.

Rückkehr

»Da drüben links und dann die Straße weiter geradeaus.« Sophie dirigierte Miri, die am Steuer des Kastenwagens saß. Dieser war zwar groß genug für ihre ganzen Habseligkeiten, besaß aber kein Navigationssystem. Sophie hätte gerne ihr Handy benutzt, aber der Akku war leer, und so hatten die beiden Frauen einen alten Autoatlas aus dem Handschuhfach herausgekramt, um den Weg nach Wümmerscheid-Sollensbach zu finden. Die Autobahn lag längst hinter ihnen. Leider hatte Sophie bei ihrer Busfahrt vor fast einer Woche überhaupt nicht auf die Umgebung geachtet, und die kleinen Dörfer oberhalb der Mosel sahen in ihren Augen mehr oder weniger alle gleich aus.

»Es muss hier irgendwo sein«, stöhnte Sophie, »schließlich haben wir vor ein paar Kilometern doch schon das Hinweisschild nach Wümmerscheid gesehen.«

Miri am Steuer schnaubte nur und konzentrierte sich darauf, den großen Kastenwagen unfallfrei durch die engen Kurven zu lenken.

»Wenn hier gleich noch eine Schafherde auftaucht, würde mich das überhaupt nicht überraschen. Ich war mal vor ein paar Jahren in Schottland, erinnerst du dich, da gab es ähnlich schmale Straßen. Da musste man aufpassen, wenn der Postbus kam. Echt jetzt, das ist ja wohl die tiefste Wildnis hier. Hundert Meter vor den beiden tauchte zum Glück ein gelbes Verkehrsschild auf. Wümmerscheid-Sollensbach, drei Kilometer.

Sophie hatte genug, sie wollte endlich ankommen. Miri war mit dem Kastenwagen schon um fünf Uhr früh bei ihr vorgefahren. Keine Ahnung, wann ihre Freundin aufgestanden war. Und doch war Miri, im Gegensatz zu ihr selbst, wie immer die Energie in Person. Während der langen Fahrt von Hamburg bis an die Mosel hatten sie sich am Steuer abgewechselt, jetzt aber schien auch Miri sichtlich erleichtert zu sein, dass das Ziel in greifbare Nähe gerückt war. Als die ersten Häuser sichtbar wurden, atmete Sophie erleichtert auf, sie erkannte tatsächlich zwei Straßen wieder und wusste, wie sie nun zu fahren hatten.

»Gleich da vorne bei den beiden Bruchsteinhäusern musst du rechts reinfahren, und dann sind es nur noch ein paar hundert Meter.«

»Sind das etwa deine nächsten Nachbarn, von denen du mir erzählt hast?«

»Ja, in dem einen Haus wohnt Erwin Körten-Buschmeier, eine Seele von Mensch.« Miri kicherte, sie hatte Sophies Ironie sofort verstanden. »Und in dem anderen Haus«, Sophie zeigte zur Seite, »leben Peter Langen und sein Hund Herr Württemberg.«

»Na, auf den bin ich ja gespannt. Und damit meine ich nicht den Hund. Du hast ja nur so geheimnisvolle Andeutungen gemacht. Da werde ich schon ganz zappelig, wenn ich nur das Haus sehe.«

»Ach, Quatsch! Ich habe lediglich gesagt, dass Peter nett

ist, und sonst nichts weiter. Ich weiß doch, wie das endet: Du wirst die ganze Zeit fragen, wie das mit diesem Traummann weitergeht, obwohl ich ihn erst ein paarmal getroffen habe.«

»Rede du dich ruhig raus, ich kenne dich viel zu lange und viel zu gut, um nicht die Anzeichen zu erkennen. Mal ehrlich: Wenn Thorsten in Hamburg auf einer Skala von, sagen wir mal, eins bis zehn eine gute Vier ist, wo würde dann wohl Peter liegen?«

Sophie verdrehte die Augen, aber sie wusste, dass ihre Freundin ganz sicher keine Ruhe geben würde, bevor sie nicht eine Antwort bekam.

»Also mindestens eine acht, na ja, vielleicht sogar eine neuneinhalb.«

»Wow, neuneinhalb? Du meine Güte, du musst mir unbedingt Mister Right vorstellen.«

»Vorher aber musst du bitte hier rechts reinfahren, sonst werde ich dir nichts und niemanden vorstellen können. Wir sind nämlich da.«

Miri bremste scharf ab und lenkte den Kastenwagen geschickt durch die Einfahrt zwischen den beiden Bruchsteinmauern.

Sophie hatte sich gestern Abend noch gefragt, wie es wohl sein würde, wieder in Wümmerscheid-Sollensbach anzukommen. Womit sie nicht gerechnet hatte, war dieses Gefühl von Vertrautheit und zu Hause sein. Als beide ausgestiegen waren und ums Haus herumgingen, stieß Miri kleine Bewunderungsschreie aus. Die Begeisterung, mit der ihre Freundin das alte Haus begutachtete, erfüllte Sophie mit Stolz. Das war jetzt ihr neues Zuhause, hier würde sie die nächsten Jahre leben. So wie jetzt hatte sich Sophie eigentlich in Hamburg nie gefühlt. Die Hamburger Wohnung hatte zwar ihren Zweck erfüllt, aber im Grunde hatte Sophie immer Rücksicht auf Steffis Geschmack und ihre Wünsche genommen. Damit war jetzt Schluss – hier konnte sie endlich genau die Umgebung schaffen, die zu ihr passte.

»Das ist ja ein Traum! Dieses Haus sieht aus wie eines der alten Cottages, die man immer in den Rosamunde-Pilcher-Verfilmungen zu sehen bekommt.«

Miri drehte sich einmal im Kreis und betrachtete dabei die Kieszufahrt und den großen Garten mit seinen alten Walnussbäumen. »Und dann das Grundstück. Sophie, ist dir klar, dass du an jedem anderen Ort für dieses Haus und sein Grundstück einen Riesensack voller Geld bekommen würdest?«

»Leider steht das Haus aber in Wümmerscheid-Sollensbach, Miri, und du hast noch nicht meine neuen, herzensguten Mitbürger erlebt. Da zerbrechen Familien, weil ein Kind hundert Meter weiter jenseits der Dorfgrenze leben will. Die haben sie nicht mehr alle. Aber ich muss dir recht geben, der Mühlenhof ist tatsächlich ein Schmuckstück. Oder sagen wir mal: Er kann es werden. Hinter dem Haus gibt es noch ein Stück Rasen, umgeben von einer Bruchsteinmauer. Dort möchte ich zusätzliche Tische aufstellen. Der Gastraum hat bodentiefe Fenster, die könnte man bei schönem Wetter zum Garten hin öffnen.«

»Also, der Raum, in dem das Café untergebracht ist, muss eine wirkliche Netzhautpeitsche sein – ansonsten kann ich mir nicht erklären, warum du überhaupt gezögert hast, das alles hier zu übernehmen. Ich meine, Sophie, jemand wie Claas würde sich nach so einem Ort die Finger lecken. Und das alles, Süße, gehört jetzt dir, und trotzdem musste ich dir noch gut zureden.«

»Ach, Miri, es ist doch ein Unterschied, ein Haus hübsch zu finden oder sein gesamtes bisheriges Leben umzukrempeln. So, lass uns jetzt erst mal reingehen. Ich mache uns was zum Abendessen, und dann zeige ich dir das Haus von innen.«

*

Zwei Minuten später stieß Miri wieder kleine Schreie aus, diesmal allerdings vor Entsetzen.

»Hatte deine Tante sie nicht mehr alle? Wie kann man denn einen Raum so verschandeln? Ihhh, da vorne die Kuchentheke, bei dem Anblick kann man ja froh sein, wenn hier nicht regelmäßig die Geschmackspolizei auf der Matte steht. Und dann diese Tische! An die würden sich ja nicht mal unsere Matrosen zur Mittagspause setzen, es sei denn, man würde sie mit Waffengewalt zwingen. Hoffentlich hat deine Tante dafür kein Geld bezahlt. Für diesen ganzen Schrott hier muss sie doch noch Geld dazubekommen haben.« Miris Fassungslosigkeit brachte Sophie zum Lachen. »Jetzt weißt du wenigstens, was wir in den nächsten Tagen tun müssen.«

Miri blies die Wangen auf und schnaubte. »Süße, ich sag dir, wir sollten früh anfangen, sehr früh.«

Ausmisten

Sie fingen tatsächlich früh an, sehr früh morgens. Sophie hatte sich extra den Wecker auf sechs Uhr gestellt, doch als der klingelte, hörte sie Miri bereits unten in der Küche rumoren. Am liebsten hätte sich Sophie noch einmal umgedreht, aber das konnte sie jetzt vergessen. Wenn es noch still im Haus gewesen wäre, wenn Miri noch geschlafen hätte … wenn, wenn, wenn. Sophie seufzte und wankte schlaftrunken ins Bad. Die heiße Dusche machte sie halbwegs munter. Miri konnte sie nur bewundern. Wenn sich ihre Freundin etwas in den Kopf gesetzt hatte, war sie nicht mehr davon abzubringen. Miris erklärtes Ziel war es, in ihren drei Tagen in Wümmerscheid-Sollensbach so viel wie möglich zu schaffen. Sie wollte vorankommen, etwas auf die Beine stellen, und wenn es dafür nötig war, schon vor sechs Uhr morgens aufzustehen – dann tat sie genau das.

Nach dem Duschen war Sophie zumindest für den Augenblick so wach, dass sie sich vorstellen konnte, mit dem Energiebündel Miri zusammen loszulegen.

»Mensch, Miri, guten Morgen …«

Sophie verschlug es die Sprache. Miri hatte nicht nur die Espressomaschine in Gang gebracht, sondern auch schon einen Tisch und zwei Stühle in die Küche geschleppt, das Frühstück vorbereitet und sogar noch Rührei gezaubert.

»Sag mal, seit wann bist du denn auf den Beinen?«

Miri schaute kurz auf die Küchenuhr und zuckte nur mit den Achseln.

»Ich bin schon vor einer guten Dreiviertelstunde hellwach gewesen. Und weißt du, warum? Weil es hier so unheimlich still ist. Keine Autos, nichts, null. Nur so ein blöder Vogel, der sich direkt vor meinem Fenster die Seele aus dem Leib gezwitschert hat. Ich wusste gar nicht, dass mir der Hamburger Verkehr mal fehlen würde. Und dann gibt es im Gästezimmer keine Vorhänge. Die Morgensonne mitten im Gesicht und diesen Vogel im Ohr – da konnte ich nicht mehr schlafen, also habe ich mich nützlich gemacht.«

Sophie schnupperte, roch die wunderbaren Düfte von frischem Kaffee und aufgebackenen Brötchen und hätte am liebsten die ganze Welt umarmt. Weil das aber nun wirklich schwierig war, begnügte sie sich damit, ihre Freundin zu drücken. »Du bist ein Schatz, Miri.«

»Ach«, Miri winkte ab, »du willst doch auch nur das eine, Süße, eine große Tasse Milchkaffee.« Miri kicherte.

»Lass mich das machen«, bot Sophie an. »Ich weiß, wie man das Ding bedienen muss.«

»Hah, dann sieh zu und staune. Mein Onkel Ulle hatte doch eine Frühstückspension, und er liebte Espresso. Ich bin praktisch mit Siebträgermaschinen groß geworden.«

Meine Freundin Miri!, dachte Sophie überrascht. Und ich dachte, ich würde sie schon in- und auswendig kennen.

Miri hatte nicht übertrieben. Tatsächlich fabrizierte sie

in bemerkenswerter Geschwindigkeit zwei große Tassen Milchkaffee. Mit einer kleinen Verbeugung und einem breiten, zufriedenen Lächeln im Gesicht servierte Miri den Kaffee.

»Wow, da ist ja sogar ein Herz im Milchschaum, wie hast du denn das gemacht? Das wollte ich schon immer können«, sagte Sophie bewundernd.

»Das ist doch leicht. Also, du brauchst Milchschaum, die H-Milch hier, die du gekauft hast, ist dafür nicht mal schlecht. Je feiner der Schaum, desto besser. Ich glaub, der Eiweiß- und Fettgehalt der Milch spielen eine Rolle, aber nagel mich nicht darauf fest. Erst den Espresso in die Tasse geben und dann einfach die Milch hineinschütten, und zum Schluss … ach, komm, ich mach noch eine Tasse und zeig es dir.«

Zwei Minuten später schüttete Miri unter Sophies wachsamen Augen Milchschaum in eine neue Tasse. Wieder entstand ein kleines Herz. Dann war Sophie an der Reihe. Sie brauchte noch drei weitere Tassen, dann hatte sie den Dreh raus.

»Wenn wir jetzt aber nicht gleich frühstücken, wird das heute nichts mehr mit dem Renovieren«, verkündete Miri und setzte sich zurück an den Frühstückstisch, um sich ein Brötchen aufzuschneiden.

Zwischen zwei Bissen sagte sie: »Pass mal auf, ich kann zwar Herzen im Milchschaum zaubern, aber beim Renovieren habe ich zwei linke Hände. Das Beste wird sein, wenn du sagst, was getan werden muss.«

Sophie nickte zustimmend, sie hatte sich schon seit Tagen einen genauen Plan im Kopf zurechtgelegt.

»Als Erstes müssen die Tische und Stühle raus. Es gibt hinten noch ein Nebengebäude, wo auch der alte Landrover steht, da ist genug Platz. Dann müssen wir die Vorhänge abnehmen, die gruseligen Stuckrosetten vorsichtig von der Wand lösen, ausspachteln und alles streichen. Wenn du mit der Rolle die großen Flächen übernimmst, mach ich mit dem Pinsel die Kanten und Ecken.«

»Das klingt doch gut, und wenn wir alles gestrichen haben, können wir neu einräumen.«

»Genau. Ich rufe heute Vormittag bei Henry an, der wollte noch Möbel bringen, und ich brauche Holzplatten für die Tische.«

»Wir sind doch gestern an einer Tischlerei vorbeigekommen, frag die mal.«

Miri hatte recht.

»Oh, die Tischlerei Weibold, das sind die, von denen ich dir unterwegs erzählt habe.«

Miri griff sich theatralisch ans Herz: »Gott, diese Schande, unsere Chantal heiratet einen Weibold.«

»Jennifer, die Tochter heißt Jennifer, aber der Rest war sehr authentisch. Hetti und Renate hätten ihre Freude an dir«, gluckste Sophie. »Aber die Idee mit der Tischlerei ist klasse. Also, im Moment ist es ja noch zu früh, aber um kurz nach neun rufe ich bei Weibolds an. Und jetzt los, lass uns anfangen.«

*

Die hässlichen Tische und Stühle waren zwar nicht besonders schwer, aber nach dem zwölften Tisch war Sophie ziemlich froh, dass sie nicht alles alleine schleppen musste.

»Den nächsten Zumba-Abend kann ich mir sparen«, schnaufte Miri. »Ich hole mal ein bisschen Luft, trinke was und schnappe mir danach die Leiter, um die Vorhänge abzunehmen. Du darfst in der Zwischenzeit telefonieren. Und dann rückst du den Stuckrosetten zu Leibe.«

Sophie wischte sich den Schweiß von der Stirn.

»Gut. Die schwere Theke werden wir nicht rauskriegen. Die decken wir einfach mit Folie ab. Die Farbeimer sind ja noch im Auto und …«

»Sophie, Süße, mach deine Anrufe, na los«, kommandierte Miri.

*

»Du bist tatsächlich zurück, ich hatte schon befürchtet, dass sie dir in Hamburg deine Pläne ausreden.« Henry klang am Telefon ehrlich erfreut.

»Ich habe es doch versprochen, Henry. Und in Hamburg hat mich nicht mehr viel gehalten. Außerdem hat meine beste Freundin zahlreiche gute Gründe gefunden, die für den Mühlenhof sprechen.«

»Eine Frau nach meinem Geschmack.«

»Sie ist für ein paar Tage hier bei mir, du kannst sie kennenlernen.«

»Dann ist es jetzt an mir, mein Versprechen einzulösen. Ich habe die Sachen schon zusammengesucht. Wann soll ich kommen? Morgen Abend vielleicht?«

»Morgen Abend wäre natürlich toll. Ich hoffe, wir werden bis morgen fertig, wenn nicht, müssen wir die Stühle und Tischgestelle unterstellen.«

»Das wird schon. Ich rufe später noch Peter an, der kann mir beim Aufladen helfen. Wir sehen uns morgen, meine Liebe.«

Für den zweiten Anruf blätterte Sophie das Telefonbuch durch, das im Flur neben dem Telefon lag. Die Anzeige der Tischlerei Weibold sprang ihr sofort ins Auge.

»Tischlerei Weibold, Klaus-Jürgen Weibold, guten Tag.«

»Ja, guten Tag, Herr Weibold. Ich heiße Sophie von Metten.«

»Ah, die neue Besitzerin des Mühlenhofes. Sicher interessieren Sie sich für Holzplatten, um daraus Tische zu bauen.«

»Das … das können Sie doch unmöglich …«

Ein Lachen unterbrach Sophie.

»Sorry, Frau von Metten, aber die Versuchung war einfach zu groß.«

»Ich verstehe nicht, was Sie meinen.«

»Na ja, Peter hat mit mir gesprochen, und gestern hat Henry hier angerufen und mir von seinen alten Nähmaschinengestellen vorgeschwärmt, die bei Ihnen im Café ein zweites Leben bekommen sollen. Henry hat mir auch verraten, dass Sie Holzplatten benötigen. Und am nächsten Tag rufen Sie an. Ehrlich, da konnte ich einfach nicht widerstehen.«

Das Lachen war ansteckend. Sophie lächelte in den Telefonhörer. »Alles klar, Herr Weibold, Sie hatten Ihren Spaß, aber die Holzplatten brauche ich tatsächlich, und zwar möglichst bald.«

»Haben Sie heute Mittag kurz Zeit? Ich muss jetzt gleich raus zu einem Kunden, aber gegen vierzehn Uhr bin ich wieder zurück. Ich glaube, ich habe genau das Richtige für Sie.«

»Wenn Henry und Peter Sie schon vorgewarnt haben … also gut, ich werde um vierzehn Uhr bei Ihnen sein.«

»Sie wissen, wo die Tischlerei liegt?«

Jetzt musste Sophie breit grinsen. »Herr Weibold, ich war sozusagen Ohrenzeugin, als Hetti Braubart in ihr Hackfleisch geweint hat. Muss ich mehr sagen?«

Ein tiefes Seufzen war Antwort genug. »Ach herrje, dann haben Sie in den wenigen Tagen schon unsere Dörfer in ihrer ganzen Tragik erleben dürfen. Noch ein Grund, dass wir uns kennenlernen sollten. Ich freue mich.«

Sophie legte auf – und freute sich auch. Henry und Peter wollten ihr wirklich helfen.

Jetzt aber würde sie erst einmal den Stuckrosetten den Garaus machen.

*

Zur Mittagspause hatte Miri bereits die Vorhänge abgenommen und zwei große Wände gestrichen. Die Rosetten waren glücklicherweise leicht abgegangen. Sophie musste nur an zwei kleinen Stellen nachspachteln.

Jetzt saßen die beiden Frauen erschöpft, aber rundum zufrieden auf einer Bank vor dem Haus, ließen sich die Spätsommersonne ins Gesicht scheinen und löffelten jede einen großen Joghurt.

»Ich mache uns gleich noch Brote, und heute Abend koche ich Nudeln mit Lachs und Rucola«, kündigte Sophie zwischen zwei Löffeln an.

»Ich warne dich, wenn wir so weitermachen, verputze ich heute Abend einen kleinen Bären. Halt dich bloß nicht mit der Nudelmenge zurück.«

»Das werde ich nicht, und wenn ich gleich zur Tischlerei gehe, kaufe ich noch ein paar Kleinigkeiten für ein Dessert und bringe einen Salat mit, versprochen.«

»Salat, Nudeln mit Lachs und Nachtisch. Ach, wäre doch schon Abend.« Miri stieß einen Seufzer aus. »Na los, ich will heute noch mindestens eine Wand streichen. Aber erst einmal müssen wir die Leiter aufstellen, damit ich überhaupt bis ganz nach oben komme.«

Tischlerei Weibold

Klaus-Jürgen Weibold war ungefähr in Sophies Alter und sah in ihren Augen aus wie ein groß gewordener Michel aus Lönneberga. Tiefblaue Augen, flachsblonde Haare und ein rundes Gesicht mit einem breiten Lächeln. Er wirkte, als würde er sich gerade den nächsten Streich ausdenken.

»Sie sind aber pünktlich, Frau von Metten«, begrüßte er Sophie und wischte sich die Hände an einem alten Lappen ab, bevor er ihr die Hand reichte.

»Sorry, die Bandsäge streikt, und ich hatte gehofft, ich müsste nur das Getriebe ölen. Aber ich fürchte, ich komme besser mit Holzplatten und Balken klar als mit einer Motorwelle.«

Sophie schüttelte die angebotene Hand. »Sophie, sagen Sie einfach Sophie. Wo doch Henry und Peter schon so viel über mich erzählt haben.«

»Klaus-Jürgen, aber die meisten sagen einfach Klaus. Und keine Sorge, die beiden haben gar nicht viel verraten, nur, dass du Dottis Café weiterführen willst. Lief ja bei deiner Tante wohl nicht so gut, zumindest hat man sich das hier im Dorf erzählt.«

»Ja, deshalb möchte ich auch erst einmal renovieren, und dann muss ich sehen, dass ich neue Gäste anspreche.«

»Wird schon, ich werde auch mal die Werbetrommel rühren. Wann soll es denn losgehen?«

»Ja, das ist die Frage. Im Moment renovieren wir gerade den Gastraum – am liebsten wäre mir natürlich, wenn ich so schnell wie möglich loslegen könnte. Ich muss allerdings auch noch die Bescheinigungen bei den Ämtern einholen, mich bei der IHK anmelden und den Papierkram erledigen. Vielleicht kann ich dann schon in der kommenden Woche eröffnen. Aber dafür brauche ich ganz sicher eine Einrichtung.«

»Richtig, die Tischplatten. Henry sagte, dass man die Platten auf den Gestellen mit Schrauben festmachen könnte. Komm mal mit, ich zeig dir was.«

Klaus-Jürgen führte Sophie über den gepflasterten Hof, vorbei an einer großen Maschinenhalle bis zu einem weiteren Nebengebäude. Er schob eine große Stahltür zur Seite und zeigte mit der Hand ins Halbdunkel.

»Vor drei Wochen habe ich in Wümmerscheid den Innenausbau der neuen Akademie fertiggestellt. Da gibt es jetzt Managementseminare, Yogakurse, Berufsfortbildungen, solche Sachen. Jedenfalls hatten sie lange Arbeitstische aus Birkenschichtholz bestellt. Bis der Innenarchitekt aus Köln kam und einen Tobsuchtsanfall kriegte, weil er das ganze Farbkonzept auf geölte Buche abgestimmt hatte. War wohl nur nicht bis zum Einkauf durchgedrungen. Ich habe mit dem Holz jetzt schon einen Bioladen ausgestattet, aber es gibt immer noch Plattenreste. Welche Tischgrößen schweben dir denn so vor?«

Auch das hatte Sophie sich schon überlegt. »Ich hätte gerne Zweiertische, die so zwischen sechzig und achtzig Zentimeter breit sind, und natürlich auch ein paar größere Tische für Gruppen.«

»Mhmm, das würde schon passen.«

»Für die kleinen Tische habe ich mir was überlegt. Ich

könnte organische, abgerundete Formen mit der Stichsäge ausschneiden. Allerdings müssen sich noch genügend Tische zusammenschieben lassen, wenn mehr Gäste zusammensitzen wollen.«

»Das mit den freien Formen passt gut, da könntest du sogar Reste verwenden. Die würde ich dir kostenlos dazugeben, wenn du die anderen Platten kaufst. Ich habe Holzöl da, soll ich die Platten für dich behandeln, oder willst du das selbst übernehmen? Und soll ich die Platten für dich auf den Tischgestellen anbringen?«

Am liebsten hätte Sophie das Angebot angenommen, aber sie wusste, dass noch genug Ausgaben auf sie zukommen würden. »Das Holzöl kaufe ich gern, die Platten natürlich auch, und die Reste nehme ich mit Kusshand. Ich denke aber, ich werde die Tische selbst bauen. Ich fürchte, es wird noch eine ganze Menge geben, was ich nicht selbst übernehmen kann, und ich habe kein großes Budget.«

Klaus-Jürgen Weibold nickte anerkennend. »Finde ich gut, die Einstellung. Ich bringe dir morgen früh die Platten vorbei, einverstanden?«

»Einverstanden!«

Erst als Sophie schon fast vor dem Supermarkt stand, fiel ihr ein, dass sie Klaus-Jürgen Weibold gar nicht nach dem Preis gefragt hatte. Für einen Moment überlegte sie, umzukehren und das Versäumte nachzuholen, aber schließlich entschied sie sich dagegen. Ihr Bauchgefühl sagte ihr, dass sie Klaus-Jürgen Weibold vertrauen konnte, er würde sie schon nicht über den Tisch ziehen.

Umbau

»Hallo, irgendjemand zu Hause? Hallo!«

Die Stimme kam aus dem Haus. Sophie und Miri, die im Garten an den Tischplatten gearbeitet hatten, hörten Schritte im Gastraum.

»Du bekommst Besuch. Hast du die Haustür offen gelassen?« Miri schob sich die Schutzbrille auf die Stirn und nahm die Staubmaske vom Mund.

»Klar, wir wollten doch lüften. Aber keine Sorge, das ist kein unerwünschter Einbrecher, sondern Peter.«

»Ein Einbrecher, der laut Hallo ruft, muss auch erst mal erfunden werden«, murmelte Miri.

»Wow, na, das sieht ja schon richtig klasse aus.«

Die Bewunderungsrufe kamen aus dem Gastraum. Die beiden Frauen schauten sich zufrieden an. Ja, die ganze Schufterei hatte sich wirklich gelohnt: Der Raum erstrahlte in einem zarten Gelb, die Kanten waren weiß abgesetzt und betonten den dunklen, warmen Holzton der Balken.

»Hier hinten, wir sind im Garten am Schuppen!«, rief Sophie. Hundegebell antwortete ihr, und Augenblicke später lag Herr Württemberg vor ihr auf dem Boden, um sich den Bauch kraulen zu lassen.

»Das, Miri, ist Herr Württemberg«, erklärte Sophie ihrer Freundin.

»Und ich bin das dazugehörende Herrchen«, tönte es vom Haus. Peters Lächeln reichte von einem Ohr zum anderen.

»Der würde sich dir auch am liebsten zu Füßen werfen, um sich den Bauch kraulen zu lassen«, raunte Miri Sophie zu, bevor sie laut sagte: »Ich bin Miri aus Hamburg, hallo.«

Peter nickte grüßend. »Hallo, Miri aus Hamburg. Ihr beiden habt euch ja richtig ins Zeug gelegt.«

Zu Sophies Erstaunen trat Peter zu ihr und drückte ihr einen leichten Kuss auf die Wange. Für einen Moment war Sophie von der plötzlichen Nähe überrascht, aber es fühlte sich gut an.

»Entschuldige bitte, dass ich nicht schon gestern vorbeikommen konnte. Ich war bis spät abends im Büro, wir haben ein neues Großprojekt, und da gibt es jede Menge zu tun. Leider konnte ich nicht einmal Henry zur Hand gehen, aber wie ich sehe, habt ihr meine Hilfe auch gar nicht gebraucht.«

Sophie antwortete nicht gleich. Sie stand nur da, hörte Peter reden, und in ihrem Kopf flatterte immer noch der Begrüßungskuss herum wie ein aufgeregter Schmetterling.

»Hallo, Miri an Sophie! Dein gut aussehender Nachbar hat uns gerade seine Hilfe angeboten.«

Sophie blinzelte sich zurück in die Wirklichkeit. Sie hatte nicht einmal mitbekommen, dass Peter noch etwas gesagt hatte.

»Ja, gern«, antwortete sie schnell. »Wir können jede Hilfe gebrauchen. Miri schleift gerade die Kanten an den Holzplatten ab, ich wollte sie gleich ölen. Du kannst gern die Platten auf die Gestelle da drüben montieren.«

»Was meinst du, Herr Württemberg, sollen wir den hübschen Damen mal zur Hand gehen?«

Der Hund winselte einmal.

»Also gut, dann her mit dem Werkzeug und den Schrauben. Eigentlich wollte ich ja nur ankündigen, dass ich heute Abend zwei Bleche meiner berühmten Pizza in den Ofen schieben werde und ihr beide zum Essen eingeladen seid. Aber vorher schraube ich auch gerne noch Tischplatten fest.«

Die drei arbeiteten den ganzen Nachmittag über Hand in Hand, und zum Schluss standen die fertigen Tische im Gastraum. Miri ließ es sich nicht nehmen, auch noch die Stühle dazuzustellen.

Peter machte sich auf den Weg, um das Abendessen vorzubereiten und schärfte den beiden Frauen ein, auf keinen Fall später als halb acht zu kommen, denn sonst würde die Pizza verbrennen.

So standen Miri und Sophie schließlich zu zweit in dem neuen Raum und bewunderten ihr Werk.

Als die Abendsonne ihre Strahlen durch die Fenster hineinwarf, war es Sophie, als würde das Haus einen Seufzer der Zufriedenheit ausstoßen. Als hätte alles endlich das Gesicht, das es schon immer hätte haben müssen.

»Was jetzt noch fehlt, sind helle Vorhänge, und die Kuchentheke muss ich auch noch lackieren – aber das sind ja nur noch Kleinigkeiten«, zählte Sophie auf.

»Schade, dass ich morgen schon wieder fahren muss. Ich wäre gern geblieben und hätte die Neueröffnung des Mühlencafés miterlebt«, bedauerte Miri.

Sophie legte den Arm um die Schultern der Freundin. »Ich finde das auch schade. Ohne dich hätte ich das alles nicht geschafft.«

»Dafür sind Freundinnen schließlich da. So, und jetzt springe ich unter die Dusche, um auf diesen Traummann da unten an der Straße einen ordentlichen Eindruck zu machen.«

»Meinst du, Erwin Körten-Buschmeier hat dafür einen Blick?«

»Sehr witzig!« Miri streckte Sophie kurz die Zunge heraus. »Der Mann ist es jedenfalls wert, dass man sich ins Zeug legt. Er will ja sogar für uns kochen. Ich sag dir, nichts gegen deine Nudeln mit Lachs. Aber einen Mann, der gerne kocht, den muss man sich warmhalten.«

Während Miri duschte, stand Sophie nachdenklich vor ihrem Kleiderschrank.

Entschlossen zog sie den kurzen Rock und die Pumps heraus und entschied sich für ein Top mit Spitze und eine dünne Baumwolljacke. Jeans und Fleecepulli wäre zwar bequemer gewesen, aber Sophie wollte Peter am heutigen Abend eine andere, ihm noch unbekannte Sophie vorstellen.

Der sanfte Begrüßungskuss fiel ihr wieder ein.

Miri hatte recht, es war an der Zeit, sich mal etwas ins Zeug zu legen.

Freitag, 16. September

Sieben lange Tage, eine ganze Woche … und ich dachte, ich wäre fast fertig. Wirklich!

Als Miri nach Hamburg abgefahren ist, hätte ich fast geheult. Plötzlich war mir klar, dass es für mich kein Hamburg mehr geben würde. Miri fuhr zurück, zurück in ihr geregeltes Leben, zu unseren Freundinnen. Ich sah die Rücklichter vom Kastenwagen und fühlte mich, als wäre ich auf einer einsamen Insel ausgesetzt worden. Irgendwo im Niemandsland zwischen Wümmerscheid und Sollensbach, wo nur Verrückte auf die Idee kommen können, ein Café zu eröffnen. An meinem ersten Abend allein habe ich mir aus Dottis Vorrat einen großen Grappa gegönnt.

Na ja, vor sieben Tagen, als Miri abfuhr, war ich zwar ziemlich niedergeschlagen, aber immerhin dachte ich, dass ich fast alles geschafft hätte. Pustekuchen.

Was habe ich in den letzten Tagen alles an Behördenkram erledigt! Einen neuen Gewerbeschein beantragt, die Konzession erneuert, ein Gesundheitszeugnis bekommen und eine Hygienebescheinigung, mich bei der Berufsgenossenschaft angemeldet, die steuerliche Unbedenklichkeitsbescheinigung beantragt … Ich wundere mich ehrlich, dass bei diesem Ämter-Marathon überhaupt noch Pommesbuden und Cafés freiwillig eröffnen. Und dass der Mühlenhof weder richtig zu Wümmerscheid noch zu Sollensbach gehört, hat das alles nicht gerade einfacher gemacht, dabei dachte ich, das wäre zumindest offiziell ein- und derselbe Ort. Aber selbst im Rathaus machen sie da noch feine Unterschiede. Da kann man sich nur an den Kopf fassen.

Egal, jetzt habe ich fast alles zusammen. Wenn ich mir nicht gerade einen Lehrfilm über die Hygiene in der Gastronomie anschauen musste oder auf einem unbequemen Holzstuhl darauf wartete, in ein Amtszimmer gerufen zu werden, war ich einkaufen und habe Ware besorgt: Kaffee, Zucker, Milch, Servietten, Zutaten zum Backen und Dutzende andere Dinge. Ich muss mir noch eine Speisekarte einfallen lassen, und Dottis kunstledergebundene Mappen will ich nicht mal mit der Kneifzange anfassen.

Mal sehen, vielleicht schreib ich alles mit Kreide auf eine große Tafel. Dotti hat aber auch einen ordentlichen Drucker. Da kann ich mich nicht beschweren. Damit lässt sich einiges machen.

Sowohl der *Wümmerscheider Bote* als auch das Blättchen *Unser Sollensbach* wissen Bescheid. In einer Woche geht es los. Peter und Henry sind davon überzeugt, dass der Samstag genau der richtige Tag für die offizielle Wiedereröffnung des Cafés ist. Vielleicht sollte ich in den nächsten Wochen noch Anzeigen schalten, mal sehen, was das so kostet. Noch ein Punkt auf meiner Liste. Die wird immer länger. Hoffentlich habe ich bis zur kommenden Woche alle Unterlagen und Genehmigungen.

Was soll ich bloß backen? Ich habe mir noch gar keine Gedanken gemacht, was ich anbieten will. Es fühlt sich an, als würde ich von einer Erledigung zur nächsten zu hetzen.

Ach, Dotti – wie hast du das alles nur hinbekommen? Warst du auch so aufgeregt und durcheinander? Wie gern würde ich dich jetzt um Rat fragen. Wie gern hätte ich das Mühlencafé zusammen mit dir auf Vordermann gebracht. Ich glaube, der neue Raum hätte dir auch gefallen. Wahrscheinlich wärst du zuerst ungehalten gewesen, natürlich hättest du nicht laut protestiert, eher so in dich hineingebrummelt. Das Sonnenlicht, das warme Gelb der Wände – ich denke, das hätte am Ende auch dich überzeugt. Ja, da bin ich mir sicher. Oh, unten schellt es, möglicherweise ist das ja der Lokalreporter vom *Wümmerscheider Boten*, der vorbeikommen wollte. Klar, es ist nach drei, das muss er sein. Besser, ich gehe direkt runter und mache auf.

Das neue Mühlencafé

»Frau Mehten, würden Sie sich bitte mal dort ans Fenster stellen?«

»Metten, ich heiße Sophie von Metten.«

»Oh, sorry, also bitte dort drüben hin, ja, so ist es gut. Und jetzt halten Sie Ausschau nach Ihren neuen Gästen … ja, genau so. Das sieht gut aus.«

Der Mitarbeiter des *Wümmerscheider Boten*, ein schmalgesichtiger junger Mann mit Igelhaarschnitt und Hornbrille, sprang im Gastraum herum und drückte auf den Auslöser seiner Kamera.

Nachdem er die Bilderserie kurz geprüft hatte, zog er Notizblock und Stift heraus.

»Alles klar, Frau Mehsen …«

»Von Metten, Sophie von Metten.«

»Sorry, war grad noch in Gedanken, also Frau von äh …«

»Metten!«

»Genau, Sie haben ja das Café hier von der Vorbesitzerin übernommen. Was erwarten Sie von den Wümmerscheidern als Kunden?«

Sophie schaute den Lokalreporter an. Viel älter als achtzehn

Jahre konnte der unmöglich sein. Ihre eigene Arbeit für *Szenepunkt* fiel ihr ein und damit unweigerlich auch Chantal. Nein, an die wollte sie heute ganz sicher nicht denken. Also, konzentrier dich, Sophie!, ermahnte sie sich selbst.

»Ich habe dieses Café von meiner Tante Dorothee von Metten geerbt.«

Sophie linste kurz auf den Block. »Metten schreibt man M … e … doppeltes t … e … n. Wie gesagt, meine Tante hat mir das Café vererbt, und ich würde mich freuen, wenn die Wümmerscheider hier zahlreich erscheinen würden. Schließlich haben wir sonst keine Cafés, weder in Wümmerscheid noch in Sollensbach.«

»Okay, dann stell ich mal gleich die nächste Frage: Was werden Sie anbieten? Mittagstisch, Schnitzelkarte …«

»Ähm, das Ganze hier heißt Mühlencafé, weil es ein Café ist.«

»Sorry, klar, verstehe, Café wie Kaffee, so in der Art.«

Sophie zügelte ihre Ungeduld. »Nicht nur so in der Art, sondern genau so. Das Mühlencafé bietet selbst gebackene Kuchen und Torten an. Außerdem Kaffee- und Teespezialitäten. Ich lege großen Wert auf ausgesuchte Röstungen und eine hohe Qualität, denn das ist schließlich der Grund, warum Menschen ein Café besuchen wollen. Sie sollen sich hier bei mir wohlfühlen und für einen Moment abschalten können.«

»Cool. Abschalten bei ausgesuchten Röstungen, also werden Sie auch grillen?«

»Ich meine Kaffeeröstungen.«

»Ach so, klar, verstehe. Wobei – ich dachte, der wird gekocht.«

Sophie war sich nicht sicher, ob sie lachen oder den Knaben vor die Tür setzen sollte. Aber sie wollte es sich nicht gleich mit einer der beiden Lokalzeitungen verderben, also entschied sie sich für den dritten Weg.

»Kaffeebohnen müssen geröstet werden. Sie sind wohl noch nicht lange Reporter, oder?«

»Nee, ist meine zweite Woche. Vorher hab ich nur beim Verteilen geholfen. Aber der Chef sagt, ich hab ein gutes Auge für Szenen.«

»Passen Sie auf. Ich will ja nur einen Zeitungsartikel zur Neueröffnung haben, und in dem soll mein Name richtig geschrieben sein. Sie sollten erwähnen, dass es hausgemachte Kuchen und Torten gibt, und ich werde ganz sicher kein Schnitzel oder Grillgerichte anbieten. Ich habe ein paar Jahre in Hamburg für ein Szenemagazin geschrieben. Wenn Sie wollen, dann mailen Sie mir den Text, ich schau drüber, und Sie stehen hinterher gut bei Ihrem Chef da.«

Sophie befürchtete, dass sie zu weit gegangen sein könnte, aber der Lokalreporter grinste nur breit und erwiderte:

»Cool! Supernettes Angebot, auf den Deal geh ich ein.«

*

Am Abend vor der Eröffnung

»Mir gefällt dieser Abschnitt besonders gut: Die neue, engagierte Besitzerin des Mühlencafés legt großen Wert darauf, ihre Gäste mit ausgesuchten Kaffee- und Teespezialitäten zu überraschen. ›Ich liebe selbst gebackene Kuchen und möchte, dass meine Gäste von dieser Leidenschaft profitieren‹, erklärt Sophie von Metten. Genuss inmitten einer wunderbaren Landschaft in der Nähe der Mosel – das ist das Motto der jungen Unternehmerin. ›Wenn Sie so wollen, vermittelt das Mühlencafé die neue Freude am Landleben‹, betont Sophie von Metten und freut sich darauf, dies ihren Gästen zu beweisen.«

Peter ließ den *Wümmerscheider Boten* sinken, aus dem er gerade vorgelesen hatte. »Ist ein toller Artikel geworden, und das Foto von dir am Fenster gefällt mir besonders gut.«

Sophie freute sich darüber, dass Peter den Artikel gut fand.

Ein Anflug von schlechtem Gewissen trübte die Freude, weil sie für sich behielt, dass sie selbst für Jan, den jungen Lokalreporter, einen Großteil des Textes aufgesetzt hatte. Eigenlob stinkt, hatte ihre Mutter immer gesagt, und sich selbst in der Zeitung zu loben, war sicher noch schlimmer. Aber die Alternative wäre Jans holpriger Text gewesen, in dem es ihm tatsächlich gelungen war, ihren Namen zweimal falsch zu buchstabieren. Auf zwei verschiedene Arten falsch. Nein, dann doch besser selbst schreiben und schweigen.

»Ich denke, mehr kann man sich nicht wünschen. Ich hoffe nur, dass das morgen mit der Neueröffnung hinhaut. Ich kann gar nicht richtig abschätzen, wie viele Gäste kommen werden.«

»Hast du denn genug Kuchen?«

»Natürlich. Ich habe zwei Torten gebacken, außerdem kann ich warmen Kirschstreuselkuchen anbieten, Apfelstrudel, und vor allem will ich für den Anfang Brüsseler Waffeln auf die Karte setzen, zusammen mit verschiedenen Obstkompotten. Da habe ich den Vorteil, dass ich den Waffelteig bei Bedarf immer frisch anrühren kann.«

»Du hast wirklich an alles gedacht, Sophie«, lobte Peter. »Ich denke, du kannst da ganz entspannt sein. Schade, dass ich morgen Vormittag arbeiten muss, aber abends schau ich vorbei, und dann feiern wir deinen Erfolg.«

Der Blick, den Peter ihr dabei zuwarf, sorgte bei Sophie für ein Flattern im Bauch. Plötzlich war sie sich seiner Nähe sehr bewusst.

»Wir können doch feiern, oder?«

Peters Frage holte sie zurück aus ihrem Tagtraum, in dem sie mit Peter ganz sicher mehr als nur feiern würde.

»Ja, klar. Ich würde mich riesig freuen, mit dir anzustoßen.«

Sophie schaute Peter in die Augen, suchte in ihnen nach Anzeichen von Einverständnis und sah, dass Peter plötzlich trocken schlucken musste. Seine Augen begannen zu strahlen. Wie zufällig legte er seine Hand auf ihre. »Das wird toll, versprochen.« Sophies Haut fing unter seiner Berührung zu kribbeln an.

Sanft zog sie ihre Hand unter seiner hervor und stand auf.

»Dein Glas ist ja leer. Ich hol uns rasch Wasser. Du wolltest doch auch noch was trinken?«

»Sicher, ähm, das ist eine gute Idee.« Peters Stimme klang mit einem Mal ganz heiser.

Als Sophie in der Küche am Kühlschrank stand, fragte sie sich, warum sie es nicht einfach zuließ. Warum nahm sie nicht sein Gesicht in beide Hände und küsste ihn?

Weil du morgen das Café eröffnest und dein Leben hier schon kompliziert genug ist, mahnte ihre innere Stimme, außerdem kennst du ihn erst seit zwei Wochen.

»Gab es denn schon Reaktionen zum Lobgesang auf die neue, junge Unternehmerin?«

Sophie schrak zusammen und drehte sich zu Peter um, der von ihr unbemerkt ebenfalls in die Küche gekommen war. Sie lächelte schief, um ihr Zusammenzucken zu überspielen. »Jedenfalls keine aus Wümmerscheid oder Sollensbach. Ich habe allerdings einen Brief aus Frankfurt bekommen.«

»Aus Frankfurt?«

»Ja, von der Zentrale der Cafékette *Coffee Express.* Die kenne ich bereits aus Hamburg, sie expandieren in vielen Städten. Offenbar will die Firma die US-Konkurrenz hier in Deutschland überholen. Ich habe ja keine Ahnung, woher die von meinen Plänen wissen, aber in dem Brief machen sie mir das Angebot, hier im Mühlenhof eine *Coffee-Express*-Filiale zu eröffnen. Stell dir das vor, ich starte erst morgen mein Café, und mir liegt bereits das erste Übernahmeangebot vor.«

Sophie sah, wie Peter das Gesicht verzog, er wirkte enttäuscht. Nein, nicht enttäuscht, eher ärgerlich. Offenbar hatte er sich von diesem Abend mehr erhofft als die Vorstellung ihrer beruflichen Pläne. Das freute Sophie natürlich. Vorhin am Tisch, als sie so nah beisammen gesessen hatten, wäre sie fast schwach geworden, aber sie wollte nichts überstürzen.

»Möchtest du nur Wasser, oder soll ich eine Flasche Wein öffnen?«

»Nein, ein Glas Wasser ist okay. Den Wein sparen wir uns für morgen Abend auf. Ich muss jetzt auch gleich los, morgen heißt es früh aufstehen. Und ich will noch eine kleine Runde mit Herrn Württemberg drehen.« Peter hatte ihre Körpersprache richtig gedeutet und leitete gekonnt den Rückzug ein. Sophie schenkte ihm Wasser ein, reichte ihm das Glas und hauchte einen Kuss auf seine Wange.

»Ich danke dir für deine Hilfe.«

Jetzt schaute er ihr direkt in die Augen, ruhig und lächelnd.

»Du hast dir jede Hilfe verdient, Sophie.«

Die Neueröffnung

Am nächsten Morgen war Sophie früh wach, sie hatte vor lauter Aufregung schlecht geschlafen. Um elf Uhr wollte sie das Café öffnen. Da blieb ihr jetzt noch genug Zeit, um die letzten Vorbereitungen zu treffen.

Als sie sich im Gastraum umsah und die frischen Blumen auf den neuen Tischen verteilte, konnte sie selbst kaum glauben, dass es heute endlich losgehen würde. Eine kleine Fanfare auf ihrem Handy kündigte eine Nachricht an. Es war Miri, die das Foto von einem großen Blumenstrauß und eine Sprachnachricht schickte: »Hi, Sophie, ich wünsch dir einen tollen ersten Tag. Das wird ganz großartig bei dir. Ich will hoffen, dass du jedem erzählst, wer die ganzen Wände gestrichen hat. So, ich muss jetzt los, ich rufe später an. Hab dich lieb. Das war deine neidische Freundin Miri.«

Miris Stimme klang surreal laut in dem großen leeren Raum.

Sophie lächelte. Ja, sie war so weit. Frühstückshunger hatte sie keinen, aber eine Tasse Kaffee mit einem Herz im Milchschaum würde sie sich jetzt gönnen. Danke, Miri.

*

»Hallo, Sophie, bin ich der erste Gast?«

Mit ausgebreiteten Armen betrat Henry das Café. Sophie hatte seit zehn Uhr in der Haustür gestanden, war danach sogar ins Schlafzimmer gegangen, um vom ersten Stock aus einen besseren Blick auf die Landstraße zu haben. Das war ihr dann allerdings nach einer Weile doch zu dumm geworden. Gäste würden kommen oder auch nicht kommen, aber sie konnte unmöglich den ganzen Vormittag im ersten Stock auf der Lauer liegen.

Also hatte sie unten in der Küche alles vorbereitet, schließlich musste sie fürs Erste sowohl im Café die Bestellungen aufnehmen als auch in der Küche den Kaffee zubereiten, die Waffeln backen und den Kuchen anrichten. Dass das keine optimale Lösung war, wusste sie selbst. Und wenn erst einmal draußen zusätzliche Gäste bedient werden mussten, das kannte Sophie von ihrer Arbeit bei Claas, würde mindestens eine Aushilfe notwendig werden. Aber nicht heute, noch hatte sie dafür kein Geld. Heute musste sie alleine klarkommen.

»Herzlich willkommen im Mühlencafé, Henry. Was darf ich dir bringen? Du bist natürlich eingeladen.«

»Nichts da, das kommt überhaupt nicht infrage. Mädchen, du brauchst jede einzelne Einnahme, und der alte Henry wird seinen Milchkaffee genauso bezahlen wie jeder andere Gast, der heute dieses Café stürmen wird.«

Henry drehte sich einmal um die eigene Achse und schaute sich alles genau an. »Sophie, ich bin beeindruckt. Und diese Tische! Genau so habe ich mir das all die Jahre vorgestellt, als ich die alten Nähmaschinengestelle gesammelt habe. Ganz ehrlich: In diesem Raum wird ein lang gehegter Traum von mir wahr. Ich such mir einfach einen Sitzplatz aus, und du machst mir bitte einen großen Milchkaffee. Hast du auch Kuchen? Natürlich hast du Kuchen. Was kannst du mir empfehlen?«

Sophie deutete mit der Hand auf eine fast zwei Meter große alte Schiefertafel in einem alten Eichenrahmen, die Klaus-Jürgen Weibold bei einer Entrümpelung gefunden und Sophie für einen Spottpreis überlassen hatte. In schwungvoller Schreibschrift hatte Sophie am Morgen die aktuellen Kuchenangebote auf der Tafel notiert.

»Ah, da weiß ich ja gar nicht, was ich nehmen soll«, schwärmte Henry. »Sag mal, Dotti hatte immer so kleine gefüllte Windbeutel mit einer ganz köstlichen Creme, sie nannte sie Kaffeeküsse. Die hast du nicht zufällig auch auf der Karte?«

»Nein, von Dottis Kaffeeküssen höre ich zum ersten Mal.«

»Schade, ich hatte mich schon darauf gefreut. Egal, ich nehme ein Stück von deiner Kirschtorte. Ach ja, und eine Scheibe warmen Apfelstrudel mit Vanillesauce. Schließlich ist heute ein besonderer Tag.«

Und für diesen besonderen Tag hatte sich Henry sichtlich in Schale geworfen. Statt der kurzen Hose trug er eine etwas zu weite helle Sommerhose, und die Ledersandalen waren ausgetretenen Bootsschuhen gewichen. Henry griff in einen Baumwollbeutel und zog ein flaches Päckchen heraus.

»Bevor ich das vergesse, Sophie, alles Gute zum Neustart. Ich habe hier noch eine Kleinigkeit für dich.«

Sophie, die eigentlich gerade in die Küche gehen wollte, um Henrys Kaffee zuzubereiten, kehrte um und nahm das Päckchen entgegen. »Das wäre doch nicht nötig gewesen, Henry. Du hast mir so viel geholfen und jetzt auch noch ein Geschenk.«

»Mädchen, schon der alte Wilhelm Busch hat gesagt: Ein Onkel, der Gutes mitbringt, ist besser als eine Tante, die bloß Klavier spielt. Ich werde doch dem alten Busch nicht widersprechen. Ich denke, es wird gut hier ins Café passen.« Sophie öffnete das Papier, und zum Vorschein kam ein Bilderrahmen mit einem alten Stich.

»Das ist ja der Mühlenhof«, rief Sophie überrascht.

»Wirklich alt wird der Stich nicht sein, allerhöchstens zweihundert Jahre. Ich habe ihn in der letzten Woche bei einem Kollegen in Belgien gefunden. Schau, dort steht als Titel: ›Ein Bauernhaus oberhalb der Mosel‹, aber ich habe gleich den Mühlenhof erkannt. Ich hoffe, das Bild gefällt dir.«

Sophie küsste Henry auf die Wange und drückte ihn. »Es ist wunderbar. Da drüben an der Wand bekommt es einen Ehrenplatz. So, und jetzt werde ich für meinen einzigen Gast kurz in der Küche verschwinden.«

»Ja, mach schnell, dann bist du fertig, bevor der große Andrang kommt.«

*

Leider blieb in den nächsten drei Stunden das Café menschenleer. Henry hatte sich sogar noch ein Stück Streuselkuchen bestellt, musste aber schließlich doch wieder aufbrechen. Sophie hatte ihm versichert, dass er nicht bleiben müsse, sie käme schon zurecht.

Aber der Anblick der leeren Tische trübte ihre Stimmung: Neueröffnung mit einem Gast – damit hatte sie nicht gerechnet.

Sophie ließ die Tür des Cafés weit offen stehen, der Geruch von frisch gemähtem Gras wehte herein, vermischte sich mit dem Duft von Kaffeebohnen und den ersten gebackenen Waffeln. So musste es in einem Landcafé riechen. Fehlten nur noch die Gäste, die das ebenso angenehm fanden wie Sophie.

Neben dem Durchgang zur Küche stand ein kleiner Zweiertisch, an den setzte sie sich nun und wartete. Sie wollte schließlich nicht draußen vor der Tür »herumlungern«. Doch ihre innere Unruhe war zu groß, sie hielt es keine drei Minuten aus, einfach nur dazusitzen und den Gastraum anzustarren. Sophie ging in die Küche, um sich ein Wasser zu holen.

Gerade als sie sich eingeschenkt hatte, hörte sie im Nebenraum ein Geräusch. Da war doch jemand gekommen. Rasch stellte sie das Glas zur Seite und ging ins Café.

Eine ältere Dame stand mitten im Raum, drehte sich einmal im Kreis und klatschte begeistert in die Hände. »Ach, das ist aber schön geworden«, sagte sie laut, bevor sie nach draußen rief: »Mädels, wo bleibt ihr denn! Das müsst ihr euch ansehen!«

»Hallo, guten Tag«, begrüßte Sophie die Dame, »herzlich willkommen im Mühlencafé.«

»Wie schön, wirklich nett«, bekam Sophie als Antwort. »Augenblick, meine Freundinnen fehlen noch.«

Zwei weitere Frauen betraten den Raum. So wie die drei nebeneinanderstanden, hätten sie nicht unterschiedlicher sein können. Zwar schätzte Sophie alle drei auf ungefähr das gleiche Alter, sechzig Jahre, aber die Erste war klein, eher mollig, mit tiefschwarz gefärbten Haaren und einer Menge Goldschmuck. Die Zweite dagegen war groß, schlank und mit einem, wie es schien, maßgeschneiderten Hosenanzug eher overdressed.

Als Sophie die dritte Frau musterte, stockte ihr für einen Moment der Atem: Dieses runde Gesicht mit den lachenden Augen kannte sie. Die Frau trug alte Jeans, Sneakers und eine einfache Bluse über der Hose, aber trotzdem gab es für Sophie keinen Zweifel: Hier, mitten in ihrem Café, stand Heidi Schwarzbeck. Die Heidi Schwarzbeck, eine der wenigen erfolgreichen Spitzenköchinnen in Deutschland. Sophie besaß drei, vier Kochbücher von ihr. Was hatte eine Sterneköchin in Wümmerscheid-Sollensbach verloren?

Die Antwort kam von der Sterneköchin selbst. Die drehte sich nämlich zu Sophie um, breitete die Arme aus und rief: »Sie müssen Sophie sein. Oh, es tut uns so furchtbar leid, dass wir uns nicht früher gemeldet haben.«

Sophie verstand nur noch Bahnhof. Heidi Schwarzbeck kannte ihren Namen? Die beiden anderen Frauen nickten zustimmend.

»Ich … ähm … ja, Frau Schwarzbeck … ich verstehe nicht …«

»Ach, Heidi«, beschwerte sich die Frau im Hosenanzug, »immer glaubst du, alle Welt würde dich gleich erkennen und fällst mit der Tür ins Haus. Du kannst doch Sophie nicht so überfallen.«

»Genau!«, bekräftigte Miss Goldschmuck. »Wir haben uns ja nicht mal vorgestellt. Also: Liebe Sophie, entschuldige bitte unseren Überfall. Ich bin Marita Gräfin von Fahrensbeck, aber sag ruhig Rita, das sagen alle meine Freundinnen. Und das hier ist Karin Mahler und, na ja, unsere überschwängliche Heidi hast du offensichtlich selbst erkannt. Das ist natürlich wieder einmal Wasser auf ihre Mühlen.«

»Ja, guten Tag«, stammelte Sophie.

» Dotti hat ganz viel von dir erzählt«, erklärte jetzt Karin Mahler, die Dame im Hosenanzug. »Dotti war unsere beste Freundin. Ihr Tod kam so plötzlich …«

»… und deshalb sind wir drei erst mal nach Wien gefahren. Da wollten wir sowieso hin, und nach der Beerdigung brauchten wir alle einen Tapetenwechsel«, ergänzte Heidi Schwarzbeck.

»So haben wir dich hier verpasst. Wir hätten natürlich gleich am ersten Abend da sein sollen, aber wir waren ja unterwegs, und der Knese hat uns nicht informiert«, grollte Rita. »Zum Glück habe ich die Zeitung gelesen! Ich komme also gestern Abend nach Hause, und was sehe ich da: Dottis Nichte führt das Mühlencafé weiter. Also habe ich die Mädels angerufen und ihnen erklärt, dass wir schleunigst herkommen müssen. Da sind wir. Und jetzt lass dich erst mal umarmen.«

Marita Gräfin von Fahrensbeck zog eine immer noch sichtlich verdutzte Sophie in ihre Arme und drückte sie. »Wir vermissen Dotti so sehr«, flüsterte Rita Sophie ins Ohr.

Die anschließende Umarmung von Karin Mahler fiel sichtlich zurückhaltender aus, offenbar war sie bei Weitem nicht so überschwänglich wie Rita und Heidi, Letztere wischte sich sogar noch eine Träne aus dem Auge. »Du siehst Dotti so ähnlich, ich habe ja immer gesagt, unsere Dotti war in jungen Jahren eine richtige Schönheit.«

Sophie trat einen Schritt zurück. »Ich wusste nicht, dass Dotti hier Freundinnen hatte, und ich freue mich, dass ihr da seid. Bitte nehmt Platz, darf ich euch einen Kaffee bringen?«

»Wir sitzen sonst immer da hinten.« Karin Mahler deutete auf eine Ecke an einem großen Fenster, wo jetzt nur noch ein kleiner Tisch stand.

»Oh, dann schiebe ich einfach zwei Tische zusammen«, bot Sophie an, »oder wir tauschen den Tisch direkt gegen einen großen, ist ja kein Aufwand.«

Schnell schob Sophie den kleinen Tisch zur Seite und rückte einen größeren an dessen Stelle.

»Und jetzt einen Kaffee?«

»Für mich einen doppelten Espresso, Sophie«, bestellte Heidi. »Ich nehme einen Milchkaffee und ein Stück Torte«, ergänzte Rita, »und komm ja nicht auf den Gedanken, uns einzuladen, du musst schließlich Geld verdienen.«

»Deswegen bleib ich auch bei meinem kalten Weißwein. Dafür hat sogar Dotti an manchen Tagen eine Bezahlung akzeptiert«, sagte Karin.

»Aber wir haben hier gar keine Ausschanklizenz«, gab Sophie zu bedenken.

»Nee, hatte Dotti auch nicht, der Weißwein steht im großen Kühlschrank unten im Keller, und Dotti hat ihn immer als Traubensaft in einem normalen Trinkglas serviert.« Karin Mahler lächelte, und dieses warme Lächeln nahm ihrem Gesicht die Strenge.

»Dann schaue ich mal, was ich finde«, antwortete Sophie und ging in die Küche, um den Espresso und den Milchkaffee fertig zu machen. Tatsächlich fand sie wenige Minuten später im Kellerkühlschrank mehrere Flaschen Mosel-Riesling.

Was hat Dotti hier alles getrieben, dachte Sophie amüsiert, als sie die Kellertreppe mit der Weißweinflasche in der Hand wieder hochstieg. Weißwein als Traubensaft ausschenken … das war typisch Dotti.

Die nächste Überraschung erlebte Sophie, als sie die Getränke servierte. Auf dem Tisch lagen Spielchips, und Rita war gerade dabei, Karten auszuteilen.

»Ihr spielt Karten?«, fragte Sophie.

»Das ist ja wohl offensichtlich, Liebes«, kicherte Heidi. »Rita, ich nehme zwei Neue und erhöhe den Pott.«

»Wir pokern, jede Woche einmal, immer nachmittags, meistens samstags«, erklärte Karin.

»Möchtest du vielleicht mitspielen?«, fragte Rita.

»Nein, nein«, wehrte Sophie ab, »ich habe ja hier genug zu tun.«

*

Das war die Fehleinschätzung des Tages. Die drei Freundinnen pokerten gut zwei Stunden und orderten weitere Getränke. Aber sie blieben die einzigen Gäste. Niemand kam an diesem Tag mehr herein.

Irgendwann glaubte Sophie nicht mehr an weitere Gäste. Für einen Café-Besuch war es mittlerweile zu spät, also begann sie, in der Küche aufzuräumen.

»So viel Arbeitsfläche, Dotti hatte wirklich große Pläne.« Heidi stand in der Küchentür mit ihrem leeren Teller in der Hand.

»Aber das brauchen Sie doch nicht zu bringen, ich hätte gleich abgeräumt«, sagte Sophie.

»Unsinn, ich wollte eh noch was loswerden. Also, erstens bin ich Heidi, ich finde, auf das ›Sie‹ können wir gut verzichten. Und ich wollte dir sagen, dass ich Dotti immer wieder Hilfe angeboten habe, aber sie war zu stolz, um sie anzunehmen.«

Sophie strich sich eine Haarsträhne hinters Ohr. »Na ja, eine Sterneköchin und ein kleines Landcafé …«

»Ja, da fängt der Unfug schon an – als ob ich was Besonderes wäre. Ich hatte doch einfach nur Glück und einen Beruf, der mir Spaß gemacht hat. Aber diese ganze Sterneküche hat auch ihre stressigen Seiten. Ich habe aufgehört, mir wurde der ganze Druck zu viel. Es war an der Zeit, jüngeren Talenten in meinem Restaurant Platz zu machen. Jetzt genieße ich den Ruhestand, und auch deshalb wiederhole ich noch einmal mein Angebot: Wenn du Fragen hast, dann frag mich einfach. Ich will mich nicht aufdrängen …«

»Nein, nein, dein Angebot ist großartig. Ich werde darauf zurückkommen.«

Heidi strahlte über das ganze Gesicht. »Ich würde mich freuen. So, wir sind drüben fertig, du kannst zum Kassieren kommen. Bestimmt haben Rita und Karin schon alles eingepackt.«

Sophie folgte Heidi zurück an den »Pokertisch«. Die Freundinnen bezahlten, es gab eine Abschiedsumarmung und die Beteuerung, dass sie ihr weiterhin viel Glück wünschten, und dann war Sophie allein.

Die Stille legte sich wie ein schweres Tuch über das Mühlencafé, und Sophie war froh, die Eingangstür abzuschließen. So musste sie nicht mehr auf weitere Gäste hoffen, sondern konnte für heute Schluss machen.

Das Mühlencafé war wieder eröffnet, nur schien sich dafür niemand zu interessieren.

Angezählt

»Nicht mal die Ortsbürgermeister sind vorbeigekommen?« Peter kratzte sich nachdenklich am Kopf. »Die Situation ist verfahrener, als ich gedacht hätte.«

Sophie trank noch einen Schluck Wein und nickte zustimmend. »Ich werde wohl doch mehr Werbung machen müssen.«

Es tat ihr gut, dass Peter vorbeigekommen war und sie diesen ersten furchtbaren Tag nicht allein abschließen musste.

»Mal sehen, was ich noch tun kann. Leider fehlen mir hier vor Ort die wirklich wichtigen Verbindungen, du weißt schon: Schützenverein, freiwillige Feuerwehr, Karnevalsvereine. Das heißt nicht, dass ich nicht ein paar Leuten mahnend auf die Füße treten werde.«

»Lieb von dir, Peter.« Sophie schaute auf die Uhr. Sie war hundemüde, der Tag mit der ganzen Warterei und der Aufregung hatte an ihren Kräften gezehrt.

»Sei mir nicht böse, aber ich muss jetzt ganz dringend ins Bett«. Oh Gott, was redete sie denn da? Einen Wimpernschlag lang befürchtete Sophie, Peter könnte das falsch verstehen – für eine wilde erste Liebesnacht war sie wirklich zu fertig. Aber Peter stand nur auf und trank im Stehen sein Glas aus. »Natürlich, es war ja auch ein langer Tag für dich.«

Als sie keine zwanzig Minuten später die alte Nachttischlampe ausschaltete und durchs offene Fenster den Wind in den Bäumen rauschen hörte, bereute Sophie, dass sie Peter weggeschickt hatte. Du weißt auch nicht, was du willst, dachte sie beim Einschlafen.

Die nächsten fünf Tage flossen für Sophie zäh wie Honig dahin. Sie öffnete morgens um zehn Uhr das Café, bereitete alles für mögliche Gäste vor und fing an zu warten.

Am Sonntag kamen immerhin zwei Wanderer vorbei, die eigentlich nur nach dem Weg fragen wollten, sich dann aber doch für eine Tasse Kaffee und ein Stück Kuchen entschieden. Am Montag schaute ein älterer Herr herein, der sich als Dieter Overhofen-Dümpels vorstellte und dabei so tat, als müsse Sophie ihn bereits kennen. Tat sie aber nicht. Sie musste allerdings auch nicht lange auf eine Erklärung warten. Overhofen-Dümpels war der Ortsvorsteher von Wümmerscheid.

»Ich wünsche Ihnen Glück und Erfolg für Ihr Vorhaben, mehr Glück, als es Ihrer Tante beschieden war.« Mit diesen Worten überreichte Wümmerscheids oberster Bürgervertreter Sophie einen kleinen Blumenstrauß. Er lehnte jedes Getränk mit dem Hinweis ab, er habe noch etliches zu tun, und war sichtlich erleichtert, nach gerade mal fünf Minuten das menschenleere Café wieder verlassen zu können.

Sophie konnte es ihm nicht einmal verübeln, sie wäre an seiner Stelle auch erleichtert gewesen. Der leere Gastraum und die Stille im Haus schlugen ihr auf die Stimmung.

Aber Sophie machte eisern weiter. Abends räumte sie auf, morgens stellte sie frische Blumen auf die Tische, den Apfelstrudel hatte sie eingefroren, die Kuchen schweren Herzens entsorgt. Sie konnte ihren Gästen ja keine Torten vom Vortag anbieten. Sie entschied sich fürs Erste, bei Strudel und Waffeln zu bleiben. Wohl war ihr bei dem Gedanken nicht, für sie hatte diese Entscheidung schon den Beigeschmack von Kapitulation.

Als an Tag drei, vier und fünf kein einziger Gast im Mühlencafé auftauchte, war Sophie klar, dass sie etwas grundlegend anders machen musste.

Sie fühlte sich wie ein Boxer, der angezählt durch den Ring taumelt und krampfhaft versucht, nicht auf die Bretter zu gehen. Was sie nicht ahnte, war, dass der K.-O.-Schlag sie schon am nächsten Tag treffen würde.

Absturz

Als Sophie an diesem Morgen die Haustür aufschloss und das große »Geöffnet«-Schild auf den Weg stellte, lag der ganze Garten im Nebel.

Na prima, genau das richtige Wetter für eine Wanderung und einen Besuch im Café, dachte Sophie verbittert und seufzte. Sie wollte gerade wieder ins Haus zurückgehen, als ein Wagen in ihre Einfahrt einbog. Hinterm Steuer saß Hans-Werner Knese, und er sah sehr unglücklich aus.

»Guten Morgen, Frau von Metten, entschuldigen Sie, dass ich hier unangekündigt auftauche, aber ich habe schlechte Nachrichten, und die wollte ich so schnell wie möglich mit Ihnen persönlich besprechen.«

Sophie spürte einen Kloß im Hals. Was für schlechte Nachrichten konnte Knese haben?

»Kommen Sie doch erst einmal herein, einen Kaffee oder Tee lehnen Sie sicher nicht ab, oder?«

»Nein, ich nehme sehr gern einen Tee mit Milch und Zucker. Ich war noch gar nicht in der Kanzlei, sondern bin direkt zu Ihnen gefahren.«

Knese setzte sich an einen Fenstertisch und lobte die neue Einrichtung, aber Sophie hatte dafür keinen Kopf. Sie war viel zu neugierig und angespannt. So ruhig wie möglich fragte sie: »Herr Knese, könnten Sie mir jetzt sagen, warum Sie hier sind? Bitte. Es muss etwas Ernstes sein, sonst wären Sie ja nicht extra hergefahren.«

»Ich will nicht lange um den heißen Brei herumreden. Gestern, kurz vor Feierabend, hat mich der Steuerberater, mit dem ich zusammenarbeite, angerufen, und danach habe ich selbst Rücksprache mit dem Sachbearbeiter des Finanzamtes gehalten. Die Behörde wird uns das in den nächsten Tagen auch noch schriftlich schicken.«

»Was, Herr Knese, was werden die schicken?«

»Nun, das Finanzamt stuft Dottis Café aufgrund der Ertragslage der letzten Jahre als Liebhaberprojekt ein. Sie hat ja kaum Einnahmen erzielt, für die Behörde war das mehr ein Hobby.«

»Ein Hobby? Ein Liebhaberprojekt?«

»Ja, genau, in letzter Konsequenz heißt das, dass unser Plan der Betriebsfortführung nicht greift.«

Sophie wirbelte alles Mögliche durch den Kopf, gepaart mit einer wachsenden Wut auf den unbekannten Sachbearbeiter. Eine Wut, die auch von dem Frust der letzten Tage genährt wurde.

»Verdammt noch mal, die haben sie ja nicht alle. Nun lassen Sie sich doch nicht jeden Satz einzeln aus der Nase ziehen, Herr Knese. Himmel, reden Sie.«

Sophie sah, wie Hans-Werner Knese beleidigt das Gesicht verzog.

»Entschuldigen Sie, Sie können ja nichts dafür«, schob sie schnell hinterher.

»Ich kann ja Ihre Aufregung verstehen, Frau von Metten.«

»Aber was genau kommt jetzt auf mich zu?«

»Sie haben das Erbe angenommen, das Finanzamt hat den Wert der Immobilie und des Grundstücks geschätzt, der Freibetrag wird abgezogen, der Rest mit der Steuerklasse II …«

»Herr Dr. Knese – bitte verschonen Sie mich mit weiteren Fachbegriffen. Sagen Sie einfach die Summe.«

»57.500 Euro. Das Finanzamt will 57.500 Euro von Ihnen, Frau von Metten.«

*

»57.500 Euro? Die sind ja total verrückt. Das können die doch nicht machen, Sophie.«

Sophie hatte, direkt nachdem Knese gefahren war, Miri angerufen. Miris Wutausbruch sprach ihr zwar aus der Seele, aber er änderte nichts an ihrer ausweglosen Lage.

»Doch, Miri, genau darauf läuft es hinaus. Die können das machen, und die werden das machen. Und ich habe überhaupt keine Ahnung, woher ich das Geld nehmen soll. Die Bank wird mir so viel nicht leihen, nicht mit den Zahlen aus Dottis Büchern. Knese will versuchen, für mich eine Ratenzahlung zu erwirken, aber ob das klappt, ist noch fraglich.«

»Dann musst du das Haus also verkaufen?«

»Ich kann das Haus nicht verkaufen. Dottis Testament war in dem Punkt ganz eindeutig, ich erbe nur, wenn ich das Café weiterführe. Ich habe das Erbe angenommen, da kann ich nicht einfach nach zwei Wochen sagen, Pech gehabt, ich habe es mir anders überlegt.«

»Ach du heilige Scheiße«, entfuhr es Miri. »Und was willst du jetzt tun?«

»Offengestanden habe ich darüber noch nicht richtig nachgedacht. Ich habe erst mal dich angerufen, weil ich mit irgendjemand anderem außer Knese darüber sprechen musste«, gab Sophie zu.

»Ach, Liebes, ich hätte dir wirklich Besseres gewünscht.«

»Erst mal mache ich weiter, bis ich mehr Einzelheiten kenne und alles schriftlich habe. So schnell gebe ich nicht auf.«

»Das ist meine Sophie, wie ich sie kenne. Bist du den ganzen Tag allein, oder hat sich Mr Traummann in letzter Zeit mal sehen lassen?«

»Nee, der ist auf Dienstreise und kommt erst morgen oder so zurück.«

»Ja, dann. Du, ich muss Schluss machen, mein Chef will gleich noch ein Meeting einberufen. Aber ich ruf dich heute Abend noch mal an, versprochen.«

Nach dem Telefonat mit Miri ging es Sophie zwar nicht besser, aber immerhin hatte sich so etwas wie Trotz in ihr aufgebaut. Es gab bisher schließlich nichts Schriftliches.

Sophie überlegte, was sie heute noch zu tun hatte. Sie brauchte ein paar Kleinigkeiten aus dem Supermarkt. Dottis Kaffeeküsse gingen ihr nicht mehr aus dem Sinn. Ob Dotti das Rezept wohl irgendwo notiert hatte? Danach wollte sie später suchen. Bis dahin könnte sie ja selbst schon einmal herumprobieren, backen konnte sie schließlich.

Eigentlich konnte sie auch gleich einkaufen gehen. Es wäre schon ein dummer Zufall, wenn nach all den Tagen ohne einen einzigen Gast ausgerechnet in der halben Stunde, in der sie zum Einkaufen weg war, jemand ins Café wollte. Sophie entschied sich, das Risiko einzugehen.

*

Sie ging zu Fuß zum Supermarkt. Das Auto war zu umständlich, und so viel musste sie auch gar nicht besorgen.

Eine Viertelstunde später hatte sie alle Einkäufe in ihren Rucksack gepackt und wollte sich auf den Rückweg machen, als ihr ein großes Schild in einem leeren Ladenlokal zwischen dem Supermarkt und dem Getränkehändler ins Auge fiel. Eigentlich war es nicht mal das Schild, sondern das Logo auf dem Schild. Sie trat näher an die Fensterscheibe heran und las: »Hier entsteht in Kürze Ihr neues *Coffee-Express*-Café.«

Das darf doch nicht wahr sein, dachte Sophie bestürzt. Das war doch genau die Café-Kette, die ihr ein Angebot geschickt hatte. Die wollten hier in Sollensbach einen Laden aufmachen?

»Na, junge Frau, da müssen Sie noch ein paar Tage warten, bevor Sie hier Kaffee bekommen. Die suchen übrigens nette junge Damen für den Service.« Ein Handwerker entlud gerade seinen Kombi und stellte mehrere Farbeimer vor der Ladentür ab.

»Sie arbeiten hier?«, fragte Sophie neugierig.

»Ist schon die vierte Filiale, die ich für *Coffee-Express* herrichte. Geht eigentlich immer ganz fix, ist ja alles im Vorfeld festgelegt.«

»Und wissen Sie auch, wann das Café eröffnet?«

Der Maler zuckte mit den Schultern. »Nee, nach mir kommen ja noch die Jungs für den Fußboden und die Inneneinrichtung. Aber lange wird das nicht dauern. Ich meine, im Blättchen hätte was gestanden.«

»Im Blättchen?«

»Na, wie heißt das doch gleich, *Unser Sollensbach*, da war ein großer Artikel drin, von wegen neue Arbeitsplätze, das Ortszentrum stärken und so.«

Sophie bedankte sich und machte sich auf den Heimweg. *Coffee Express* in Sollensbach, direkt neben dem einzigen Einkaufszentrum des Ortes, wo die Leute im Supermarkt, in der Bäckereifiliale oder dem Getränkemarkt einkauften, gegenüber der Bushaltestelle. Das war nicht gut, das war gar nicht gut. Sophie beschloss, einen kleinen Umweg zu nehmen und bei der Geschäftsstelle von *Unser Sollensbach* vorbeizugehen. Sie war bei ihren Spaziergängen schon ein paarmal an der Lokalredaktion vorbeigekommen. Tatsächlich hatte die Geschäftsstelle nur an vier Tagen in der Woche geöffnet und war freitags geschlossen, aber in einem Kasten gab es Exemplare der aktuellen Ausgabe zum Mitnehmen. Sophie fischte eine

Zeitung heraus und blätterte sie durch. Die Neueröffnung von *Coffee Express* war Topthema auf Seite drei. Auf der Seite davor prangte eine ganzseitige Anzeige der Caféhaus-Kette. Klotzen, nicht kleckern war da offenbar die Devise.

Sophie überflog im Gehen den Artikel. Plötzlich fiel ihr ein Abschnitt ins Auge. Abrupt blieb sie stehen. Das konnte doch nicht wahr sein! Aber da stand es schwarz auf weiß: »›Mit dem Ort Sollensbach beginnt die zweite Phase der Expansion des Unternehmens. Zuerst haben wir uns die Städte erschlossen, jetzt werden wir auch im ländlichen Raum unsere Kaffeespezialitäten anbieten‹, betont Peter Langen, verantwortlich für das *Coffee-Express*-Marketing. Langen sieht hier vor allem die Nähe zur Mosel als große Chance. ›Wir wollen den Menschen Genuss inmitten einer wunderbaren Landschaft, in der Nähe der Mosel, bieten, sozusagen die neue Freude am Landleben vermitteln, das ist auch für einen Marktführer wie *Coffee Express* eine ganz neue Stoßrichtung …‹«

Die Buchstaben verschwammen Sophie vor den Augen. Das waren ihre Sätze! Dieser Peter Langen, der Marketingleiter der Kette, das war ihr Peter. Sophie stieß einen Wutschrei aus. Und verbesserte sich sofort selbst. Das war ganz sicher nicht mehr *ihr* Peter.

Hier stand sie, mitten auf der Straße, und plötzlich wurde ihr alles klar. Was bildete sich dieser Kerl eigentlich ein? Betrogen hatte er sie, betrogen und belogen. Mit ihren Gefühlen herumgespielt und sich wahrscheinlich noch hinter ihrem Rücken darüber kaputtgelacht, wie sie sich abstrampelte, das Mühlencafé auf Vordermann zu bringen. Peter, dieser verlogene Mistkerl, war ein Spion! Ein Spion und ein Dieb. Er hatte sich nicht mal etwas Eigenes ausgedacht. Ohne Skrupel hatte er einfach Sophies Motto wörtlich übernommen.

Wütend stampfte Sophie zurück nach Hause. Sie konnte sich nicht entscheiden, ob sie schreien oder heulen sollte. Erst als sie die Haustür hinter sich zugeknallt hatte und das

Schweigen der Räume über sie hereinbrach, verlor Sophie die Fassung. Sie pfefferte die Zeitung in eine Ecke, schrie laut auf, und dann kamen die Tränen.

Der Streit

»Wann? Wann hattest du vor, mir zu sagen, dass du der Marketingchef einer der größten Café-Franchiseketten in Deutschland bist? An dem Tag, an dem du das Mühlencafé für *Coffee Express* übernehmen kannst?«, schrie Sophie wütend.

Herr Württemberg hatte sich bei ihrem Wutausbruch winselnd unter einen Tisch verkrochen, und Peter sah aus, als wäre er seinem Hund am liebsten gefolgt. Dass er heute Abend bei Sophie vorbeigekommen war, ersparte ihr den Fußweg hinunter ins Dorf, um ihn zur Rede zu stellen.

»Ich bin ja gar nicht der Marketingchef von *Coffee Express*, wir betreuen doch nur diese Firma und übernehmen verschiedene Aufgaben für sie.«

»Was soll das? Willst du dich jetzt etwa herausreden? Mir ist doch völlig egal, ob du dort fest angestellt bist oder ob du nur für die arbeitest. Fakt ist, dass du mich die ganze Zeit belogen hast.«

»Hab ich nicht«, versuchte Peter sich halbherzig zu verteidigen.

Sophie schlug mit der flachen Hand auf den Zeitungsartikel, der vor ihr auf dem Tisch lag.

»Ach, hör doch auf. Für wie blöd hältst du mich eigentlich? Ich erzähle dir von dem Angebotsbrief, und du schweigst lächelnd dazu. Keine zwei Wochen später macht deine Kette eine Filiale in Sollensbach auf. Und willst du mir vielleicht erzählen, dass die wörtlichen Zitate in diesem Artikel auch nur Zufall sind? Na klar: Wahrscheinlich hat sich der Autor das Motto ›Neue Freude am Landleben‹ selbst einfallen lassen.« In Sophies Stimme mischte sich jetzt auch noch Sarkasmus unter die Wut.

»Ich kann das alles erklären, Sophie. Ja, ich hätte dir schon damals erzählen sollen, für welche Firmen ETA Consulting arbeitet. Aber der Brief mit dem Übernahmeangebot hat mich genauso überrascht wie dich. Den muss jemand aus der *Coffee-Express*-Zentrale geschickt haben. Ich … ich wollte dich nicht verärgern. Der Abend mit dir war so schön. Und der Zeitungsartikel ist von einem Kollegen aufgesetzt worden. Ja, der hat abgeschrieben, aber ich habe es zu spät bemerkt.«

»Und da hast du dir gedacht, du hältst einfach mal die Klappe, die doofe Kuh mit ihrem Café wird es schon nicht mitbekommen. Ich habe es aber mitbekommen, und ich verrate dir eins, und das ist das Letzte, was du von mir hören wirst: Das Mühlencafé wird *Coffee Express* nie in seine Finger kriegen. Und jetzt will ich, dass du dieses Haus verlässt und nie wiederkommst.«

»Aber Sophie, ich bitte dich …«

»Raus, habe ich gesagt, und zwar sofort!«

Peter zuckte zusammen, als hätte sie ihn geschlagen. Er stand wortlos auf, nahm seinen Hund am Halsband und verließ das Haus. Sophie sah durch das Fenster, wie er langsam mit hängendem Kopf über den Hof ging.

Sie hatte Hoffnungen gehabt, den Traum von einem Leben, in dem Peter die Hauptrolle übernahm. Als er sich an der

Toreinfahrt noch einmal zum Mühlenhof umdrehte, wich Sophie vom Fenster zurück. Sie wollte nicht, dass er bemerkte, wie sie ihm mit brennenden Augen hinterhersah.

Sie war am Ende.

Die Pokerrunde greift ein

Das laute Klopfen an der Eingangstür ließ Sophie hochfahren. Sie lag mit dröhnenden Kopfschmerzen im Bett. Dottis Grappa, in Kombination mit einer halben Flasche Riesling, war der Grund dafür. Was für eine dumme Idee! Hätte sie wissen müssen. Aber sie war zu wütend und zu niedergeschlagen gewesen, um klar denken zu können.

Irgendwann in der Nacht hatte sie aufgehört zu weinen. Vielleicht, weil ihr klar geworden war, dass sie keine Lösung für ihre Lage finden würde, wenn sie halb betrunken herumheulte. Das hieß nicht, dass sie heute Morgen vergnügt den Tag begonnen hätte. Im Gegenteil – Sophie fehlte jede Lust, irgendetwas zu tun. Dreimal hatte Peter versucht, sie anzurufen. Dreimal hatte sie den Anruf weggedrückt. Wie gerne hätte sie mit Miri gesprochen. Trotz ihrer Ankündigung hatte Miri abends nicht mehr angerufen, sondern nur eine kurze SMS geschickt, dass sie ihren Chef überraschend begleiten müsste und sich am Sonntag wieder bei Sophie melden würde.

Sophie war nach dem Aufwachen immer wieder eingenickt, und so war sie schließlich den ganzen Vormittag im Bett geblieben. Zwischendurch hatte sie versucht, ein wenig zu lesen, hatte dann ihr neues Buch aber resigniert zugeklappt, weil ihr die Lust auf eine heitere Liebeskomödie vergangen war.

Das Klopfen unten an der Tür hörte nicht auf. Mürrisch stand Sophie auf, zog sich ihren Bademantel über und ging hinunter.

»Ist ja gut. Ich komme schon«, rief sie laut. »Das Café ist heute geschlossen.«

»Sophie! Ich bin das. Mach bitte auf.«

Sophie erkannte Heidis Stimme und seufzte. Am liebsten wäre sie zurück ins Bett gegangen und hätte sich die Decke über den Kopf gezogen. Aber jetzt wusste Dottis Freundin, dass sie zu Hause war, und es wäre albern gewesen, die Tür nicht zu öffnen. Sophie schob den Innenriegel zurück und riss die Eingangstür auf. Sonnenlicht blendete sie und ließ sie blinzeln.

»Ach du meine Güte, es ist gleich zwölf Uhr mittags, das Café ist geschlossen, und du siehst aus, als wärst du gerade erst aufgestanden.«

»Dir auch einen guten Tag, Heidi. Ja, das Mühlencafé ist geschlossen, ja, ich habe gestern Nacht zu viel getrunken, und – drittes Ja – ich bin gerade erst aufgestanden.«

»Rita und Karin kommen auch gleich.« Heidi schob sich an Sophie vorbei. »Ich schlage vor, du ziehst dir was Anständiges über, während ich dir in der Küche etwas zu essen mache. Hast du Tomatensaft im Haus? Das hilft vielleicht gegen die Kopfschmerzen, sagt man zumindest. Egal, auf jeden Fall musst du etwas in den Magen bekommen. Also los jetzt!«

Sophie fühlte sich von Heidi überrumpelt, aber sie wusste auch nicht, was sie ihr entgegensetzen sollte. Also schlurfte sie zurück ins Schlafzimmer, tauschte den Schlafanzug gegen

Jeans und T-Shirt und machte sich im Bad frisch. Als sie in die Küche zurückkam, stand Heidi am Herd und goss aufgeschlagenes Ei in eine Pfanne. »Eiertoast, du kannst ihn süß mit Zimt und Zucker oder herzhaft haben. Wie hättest du ihn gerne?«

»Arme Ritter? Immer mit Zimt und Zucker.«

Die Antwort zauberte ein Lächeln auf Heidis Gesicht. »Ja, genau so mag ich es auch am liebsten.«

»Bitte erkläre mir, Heidi, was du hier machst.«

»Oh, wir haben eins und eins zusammengezählt.« Heidi drehte sich zu Sophie um und hielt nacheinander einzelne Finger hoch. »Erstens, Rita hat von Henry gehört, dass bei dir die Gäste ausbleiben. Zweitens haben wir den Artikel im Sollensbach-Blättchen gelesen. Drittens hat Karin von Hans-Werner Knese eine Anfrage auf den Tisch bekommen. Wusstest du, dass unsere Karin ein hohes Tier bei der Bank in Cochem ist? Und wenn man nun alle drei Punkte zusammenzählt, dann hat man auf einmal Grund genug, sich Sorgen zu machen. Du bist nicht ans Telefon gegangen, also haben wir beschlossen, nicht erst am Nachmittag zum Pokern vorbeizukommen.«

Sophie hatte einige Schwierigkeiten, Heidis Ausführungen zu folgen, aber in ihrem verkaterten Kopf blieb immerhin hängen, dass Dottis Freundinnen nicht nur pokern wollten. Stimmt, sie war nicht ans Telefon gegangen, und sie hatte ihr Handy ausgeschaltet, um nicht weitere Anrufe von Peter wegdrücken zu müssen.

»Das ist lieb von euch, aber ich befürchte, ihr werdet mir nicht helfen können. Es sei denn, ihr habt zufällig knapp 60.000 Euro herumliegen, könnt außerdem dafür sorgen, dass hier endlich Gäste vorbeischauen und gleichzeitig *Coffee Express* davon abhalten, in Sollensbach eine Filiale zu eröffnen«, zählte Sophie auf. Sie ließ den Kopf hängen und seufzte resigniert.

Heidi dagegen strahlte sie an: »Genau das, Sophie von Metten, genau das haben wir vor!«

*

Tatsächlich fühlte sich Sophie nach Heidis Frühstück, mehreren Tassen Kaffee und einer Kopfschmerztablette wieder besser. Ihre Neugierde wuchs von Minute zu Minute, aber Heidi hatte darauf bestanden, dass zunächst das Frühstück gegessen werden müsse. Sophie schob den leeren Teller ein Stück von sich weg und schaute die drei Freundinnen an, die mit ihr am Tisch saßen.

»Am besten fängst du an, Karin«, schlug Heidi vor. Die Angesprochene sah ein bisschen verlegen aus, Sophie ahnte, warum. Bestimmt war es nicht üblich, dass Anfragen von einem Rechtsanwalt Dritten mitgeteilt wurden. Sophie sollte recht behalten.

»Also, ich muss eines vorwegschicken: Ich rede normalerweise nie mit anderen über meine Arbeit, zumindest nicht über Details.« Karin Mahler zupfte ihre Bluse zurecht, nötig war das nicht. »Ich kenne Hans-Werner Knese seit vielen Jahren, tatsächlich habe ich Dotti bei der Geburtstagsfeier seiner Frau zum ersten Mal getroffen. Damals erzählte mir Dotti, dass sie vorhabe, das Mühlencafé zu eröffnen. Heidi, Rita und ich gehörten zu Dottis ersten Gästen, und so begann unsere Freundschaft. Na ja, und gestern rief mich Hans-Werner Knese an. Hans-Werner war aber nicht indiskret, er hat sich lediglich bei mir erkundigt, ob ich irgendwelche Förderprogramme für Start-up-Unternehmen kenne. Seine einzige Indiskretion war, dass er dabei dich ins Spiel gebracht hat. Er weiß von meiner Freundschaft mit Dotti, und er sieht es wohl als seine Pflicht an, dir zu helfen.«

»Das sehen wir alle so«, warf Rita ein. Sophie konnte nur staunen. Das war das Letzte gewesen, was sie erwartet hatte. »Aber ihr kennt mich doch gar nicht.«

»So ein Quatsch«, sagte Heidi, und ihre beiden Freundinnen nickten zustimmend. »Wir haben drei Jahre lang mit angesehen, wie Dotti sich hier abgestrampelt hat. Dotti war zu stolz, um unsere Hilfe anzunehmen …«

»… und wir waren zu blöd, darauf zu bestehen«, ergänzte Karin Heidis Satz. »Dotti hat immer gute Miene zum bösen Spiel gemacht, sie hat sich nie beklagt, und als wir sie auf die fehlenden Gäste angesprochen haben, hat sie nur abgewinkt und uns erklärt, dass das Café ein alter Jugendtraum von ihr sei und sie sich freue, wenn Gäste kämen – aber nötig hätte sie das nicht. Davon haben wir uns einlullen lassen.«

»Aber das wird uns nicht noch einmal passieren«, sagte Rita. »Also waren wir diesmal aufmerksamer. Natürlich ist uns die gähnende Leere am Eröffnungstag aufgefallen. Danach habe ich dann mit Henry telefoniert. Bevor du fragst: Ich halte ihn für einigermaßen verrückt, aber er war ein enger Freund von Dotti, und er ist ein scharfer Beobachter.« Sophie spürte neue Tränen in ihren Augen brennen, diesmal aber Tränen der Rührung über so viel Mitgefühl. Heidi tätschelte beruhigend ihre Hand. »Das ist alles ein bisschen viel, nicht wahr, meine Liebe? So was kann den dicksten Küchenchef vom Hocker hauen, da hast du dich bisher ganz wacker gehalten.«

»Aber was soll ich denn jetzt tun?« Sophie schaute die drei Freundinnen an. »Ich finde es toll, dass ihr mir helfen wollt, aber was könnt ihr schon ausrichten?«

»Oh, eine ganze Menge.« Rita lächelte zuversichtlich. »Die Frage ist nur, ob du dir helfen lassen möchtest.«

Natürlich wollte Sophie sich helfen lassen, sie konnte jede Hilfe gebrauchen, die ihr angeboten wurde. Aber wie würde sie mit Peters Verrat umgehen? Wie konnte sie danach in Wümmerscheid-Sollensbach bleiben?

Karin beugte sich vor und musterte Sophie. »Diese Entscheidung können wir dir nicht abnehmen, Sophie. Wir können dir nicht einmal versprechen, dass sich alles auf einmal lösen lässt. Das wird nicht mit einem Fingerschnippen passieren, dazu wird harte Arbeit nötig sein.«

Sophie schaute in die Gesichter der drei Frauen. Alle drei wirkten zuversichtlich und entschlossen. Und sie dachte an Dotti, an ihren Brief, an Dottis Lebenstraum, den sie hier, oberhalb der Mosel, hatte verwirklichen wollen.

»Ja, ich würde gerne bleiben, schließlich hat Dotti auch nicht so schnell aufgegeben.«

Der Plan

»Was wir brauchen, ist ein Plan. Schließlich haben wir es hier mit verschiedenen Baustellen zu tun.« Karin Mahler griff nach ihrer Handtasche aus dunkelblauem glattem Leder. Der silberne Verschluss war der einzige Schmuck daran. Sie holte ein Notizbuch und einen Füller heraus. »Natürlich hängen Sophies Probleme miteinander zusammen, aber trotzdem sollten wir sie zumindest einmal einzeln notieren. Da haben wir das Geld, die fehlenden Gäste und die Konkurrenz.« Karin machte sich zu den drei Punkten entsprechende Notizen, bevor sie sich an Sophie wandte: »Wie gesagt, alles hängt miteinander zusammen.« Mit dem Zeigefinger fuhr Karin nachdenklich die Zeilen im Notizbuch nach. Zum ersten Mal fiel Sophie auf, wie gepflegt Karins Hände aussahen. Die Nägel waren kurz geschnitten und unlackiert, aber auf Hochglanz poliert und wurden offenbar regelmäßig professionell manikürt.

»Ist die Konkurrenz besser, fehlen die Gäste. Fehlen die Gäste, gibt es kein Geld. Aber Hans-Werner Knese hat sicherlich nicht ohne Grund bei mir angerufen – oder, Sophie?«

»Du hast vorhin in der Küche von knapp 60.000 Euro gesprochen«, warf Heidi ein.

»60.000!« Rita stieß einen leisen Pfiff aus.

»Es sind 57.500 Euro, um genau zu sein«, erklärte Sophie und berichtete dann von dem, was Hans-Werner Knese ihr erzählt hatte. Wenn Sophie erwartet hatte, dass die drei Frauen an ihrem Tisch angesichts dieser Nachrichten klein beigeben würden, hatte sie sich gründlich getäuscht. »Na, das könnte ja schlimmer sein«, erklärte Karin zuversichtlich.

»Noch schlimmer?«, entfuhr es Sophie. »Du machst Witze!«

»Ach was, zunächst einmal muss es einen schriftlichen Bescheid geben, dann kann man gegen diesen Bescheid Einspruch erheben und sich möglicherweise auf eine Ratenzahlung verständigen. Das alles gibt uns ein wenig Luft, um darüber nachzudenken, wie du an flüssige Mittel kommst. Vor allem aber verschafft es uns etwas Zeit, um den Laden hier auf Vordermann zu bringen.« Sophie holte tief Luft. Wie einfach sich die Dinge anhörten, wenn Karin sie darstellte! »Ich denke, wir werden drei Wege verfolgen. Du, Sophie, hast mit der Renovierung hier schon einmal den Grundstein gelegt.«

»Nur dass sich dafür keine Sau in diesen beiden Orten interessiert«, stieß Sophie mit einem Anflug von Verbitterung hervor. Karin hatte offenbar das Kommando übernommen, denn sie zeigte mit dem Füller auf Rita.

»Rita, das ist dein Feld. Ich denke, einer *Gräfin von Fahrensbeck* wird da schon etwas einfallen. Du solltest zusammen mit Sophie überlegen, wie man das Café hier bekannter macht, und vor allen muss es euch gelingen, sowohl den Wümmerscheider als auch den Sollensbacher Sturköpfen Feuer unter dem Hintern zu machen. Damit könnten wir auch gegenüber der Konkurrenz an Boden gewinnen.«

Rita zwinkerte Sophie zu. »Ich glaube, ich habe da auch schon eine erste Idee.«

»Gut, nächster Punkt.« Karin machte in ihrem Notizbuch einen Haken hinter einem Stichwort. »In der Vergangenheit hat sich niemand für das Mühlencafé interessiert. Jahrelang. Und jetzt ist es bei Sophie genauso. Ich denke, da kommst du ins Spiel, Heidi. Wenn dieses Café ein normales Wirtschaftsunternehmen wäre, würde ich bei einem Kundengespräch sagen, dass ein neues Konzept hermuss.«

»Damit bin ich bei Dotti schon zweimal auf taube Ohren gestoßen«, erklärte Heidi.

»Ich glaube, es ist mittlerweile klar, dass ich nicht Dotti bin.« Sophie lächelte Heidi auffordernd an. »Ich bin wirklich für jeden Vorschlag und jede Hilfe dankbar.«

Der nächste Haken in Karins Notizbuch.

»Also, Mädels, wir haben das Thema Gäste, wir haben das Thema Konzept. Ich habe zwar gerade gesagt, dass uns das Finanzamt wohl etwas Luft geben wird, aber ohne einen vernünftigen Geschäftsplan wird unsere ganze Arbeit für die Katz sein. Wir beide, Sophie, werden uns darüber Gedanken machen.«

In der nächsten halben Stunde vereinbarte Sophie mit Karin, Rita und Heidi, wann sie sich jeweils zusammensetzen wollten. Da die Zeit drängte, Karin aber arbeiten musste und Rita zunächst einmal ein paar Gespräche führen wollte, war schnell klar, dass Heidi den Anfang machen würde.

»Entschuldigen Sie bitte, haben Sie heute geöffnet?« Die Männerstimme ließ die vier Frauen herumfahren. Sophie hatte die Eingangstür zum Café, nachdem die drei Freundinnen hereingekommen waren, nicht wieder verschlossen.

»Natürlich, natürlich, kommen Sie ruhig herein.« Heidi winkte dem Gast auffordernd zu.

»Prima, ich sage nur schnell meiner Familie Bescheid, wir waren uns nicht sicher, ob geöffnet ist, deswegen bin ich vorausgegangen.«

Der Mann verließ das Café, und Sophie beeilte sich, in der

Küche rasch eine Schürze umzubinden. Als sie wieder ins Café kam, hatten sich die drei Frauen mit ihren Getränken an ihren Stammplatz gesetzt und tatsächlich das Kartenspiel herausgeholt. Zwei Minuten später ging die Tür erneut auf, und der Mann kam wieder herein, gefolgt von einer Frau und zwei kleinen Mädchen.

»Suchen Sie sich einen Platz aus, es ist noch fast alles frei. Was darf ich Ihnen anbieten?«

Der Familienvater warf einen Blick auf die Tafel und fragte dann: »Haben Sie noch die Kaffeeküsse? Ich war vor ein paar Monaten während einer Fahrradtour hier, und seitdem schwärme ich meiner Frau von diesen Kaffeeküssen vor. Warme kleine Schokoladenmuffins mit einem Kern aus geschmolzener Schokolade und einem Hauch Mokka«. Er seufzte glücklich.

»Mein Mann liegt mir schon seit Wochen damit in den Ohren«, ergänzte seine Frau. »Aber ich bin wirklich keine begnadete Bäckerin.«

»Und jetzt muss ich Sie auch noch enttäuschen«, bedauerte Sophie. »Ich habe dieses Café kürzlich von meiner Tante übernommen. Und ein Rezept für Kaffeeküsse hat sie mir leider nie verraten. Wie wäre es stattdessen mit frischen Waffeln?«

Der Mann war zwar etwas betrübt, sein Traumgebäck nicht mehr auf der Speisekarte zu finden, ließ sich aber von seiner Familie überzeugen, dass Waffeln und Obstkompott keine schlechte Wahl seien.

Kaffeeküsse! Das ist jetzt schon das dritte Mal, dass jemand begeistert von Dottis Gebäck erzählt, dachte Sophie in der Küche. Nur dass die Sache einen Haken hatte: Jeder Gast beschrieb Dottis Kaffeeküsse anders. Merkwürdig!

*

Die Familie blieb eine knappe Stunde, lobte die warmen Waffeln und verabschiedete sich schließlich mit dem Versprechen, bald wieder vorbeizukommen. Als sie gegangen waren, schaute Karin hoch und sagte laut: »Sophie, mach uns doch bitte die Rechnung fertig.«

Sophie schüttelte energisch den Kopf. »Das könnt ihr vergessen. Ich werde eure Hilfe nur dann annehmen, wenn ihr versprecht, nie wieder nach einer Rechnung zu fragen.« Die drei Freundinnen schauten sich an, Heidi verdrehte die Augen, und Rita zuckte nur mit den Schultern.

»Gut, abgemacht. Wir helfen dir, und dafür dürfen wir hier am Fenster jeden Samstag pokern«, schlug Karin lächelnd vor.

»Abgemacht!«, bekräftigte Sophie und strahlte die Frauen an.

Miri hat Zweifel

»Und die drei Freundinnen von Dotti wollen dir wirklich helfen? Ich meine, welchen Grund haben sie? Da ist doch was faul!« Miris Zweifel weckten in Sophie Widerspruch.

»Sie hätten auch Dotti unterstützt, aber die war zu stolz. Na ja, und ich kann mir im Gegensatz zu meiner Tante keinen Stolz leisten, da reicht mir ein Blick auf meine Kontoauszüge.«

»Mensch, wenn ich das alles gewusst hätte, hätte ich schon früher angerufen«, sagte Miri zerknirscht. »Es tut mir so leid, aber hier in der Reederei brennt gerade die Hütte. Ich wäre sonst glatt noch mal zu dir runtergefahren.«

»Lass mal, du hast schon genug getan. Das heißt nicht, dass du nicht jederzeit herzlich willkommen wärst. In der nächsten Zeit gibt es eine Menge zu tun.«

»Aber was wollen die drei denn schon groß anders machen? Die können doch schließlich auch keine zahlenden Gäste herbeizaubern.«

»Ehrlich, Miri, ich weiß es nicht. Aber alle drei sind unglaublich optimistisch.«

»Wenn die mal nur nicht am Ende voller Optimismus sagen: So, Mädchen, war alles eine doofe Idee, wir sind dann mal weg. Sieh zu, wie du klarkommst.«

»Das glaube ich nicht.«

»Ich hätte auch nicht geglaubt, dass Peter so eine linke Bazille ist. Dabei war er sooo süß.«

Sophie hatte bei ihrem Telefonat mit Miri natürlich als Erstes von Peter, seinem Verrat und der drohenden Konkurrenz durch *Coffee Express* erzählt.

»Ich finde, wir dürfen Karin, Heidi und Rita nicht mit Peter in einen Topf werfen.«

»In einen Topf werfen, pah. Mit dem würde ich noch ganz andere Sachen machen, und die würden ihm alle nicht gefallen«, fauchte Miri. »Was hat der sich nur dabei gedacht? Ach, sag nichts, ich weiß schon: Männer und Nachdenken. Alle in einen Sack stecken und draufhauen, da triffst du garantiert den Richtigen!«

»Sei mir nicht böse, Miri, aber ich muss noch einen Kuchen für morgen vorbereiten. Vielleicht kommen ja am Sonntag Spaziergänger, und dann ist da auch noch der Feiertag.« Sophie wusste, wenn sich Miri erst einmal in Rage redete, war an Kuchenbacken nicht mehr zu denken.

»Ich will dich auch gar nicht mehr aufhalten, aber versprich mir, sofort anzurufen, wenn es etwas Neues gibt. Ich will auf dem Laufenden bleiben.«

»Wird gemacht, wobei ich ja bislang ausgesprochen ruhige Tage hatte«, versprach Sophie. Sie konnte nicht ahnen, dass es der letzte ruhige Abend für viele Monate werden sollte.

Samstag, 1. Oktober, weit nach Mitternacht

Ich kann einfach nicht einschlafen. Was für ein Tag! Noch vor einer Stunde sind mir unten in der Küche fast die Augen zugefallen, aber ich musste ja wach bleiben, um den Kuchen aus dem Ofen zu holen. Kaum liege ich im Bett, geht die Grübelei wieder los, und ich bin hellwach. Als ich heute Abend mit Miri telefoniert habe, erschien mir alles, was Heidi, Rita und Karin gesagt haben, so vernünftig. Aber vielleicht hat Miri doch recht. Ich kenne die drei gar nicht richtig, woher soll ich wissen, ob sie es ernst meinen? Und was können sie schon ausrichten, damit der Laden hier läuft? Fast 60.000 Euro! 60.000 – Tante Dotti hat knapp 15.000 Euro auf dem Bankkonto, damit bringe ich niemanden vom Finanzamt zum Jubeln. Und jetzt hoffe ich darauf, dass drei Frauen, die ich gerade erst kennengelernt habe, die Sache in Ordnung bringen. Bin ich möglicherweise völlig wahnsinnig? Ich meine, viele Alternativen habe ich nicht. Wenn das hier nicht klappt – wo soll ich dann hin? Zurück nach Hamburg? Nie im Leben!

Ich sollte besser versuchen einzuschlafen, Heidi hat sich schon für morgen früh angemeldet. Sie will mit mir reden, früh, noch bevor ich das Café aufmache. Wobei, wenn morgen, am Sonntag, so viele Gäste wie in den letzten Tagen hier auftauchen, haben wir sehr viel Zeit zum Reden. Irgendwie ist mir das Ganze nicht geheuer. Heidi und ich, wir spielen doch nicht in der gleichen Liga. Heidis Küche hatte schließlich einen Stern, ich dagegen habe lediglich mehrere Jahre in einem Ausflugslokal gekellnert. Hoffentlich blamiere ich mich nicht. Toll, noch so ein Gedanke, der mich am Einschlafen hindert. Tagebuch weg, Licht aus, schlafen. Ich wünschte, es wäre so leicht, wie es sich schreibt. Die Nacht ist ganz still, der schneidende Wind hat sich gelegt. Trotzdem spürt man, dass der Sommer im Endspurt liegt. Oh Gott, ob es hier früh zu schneien anfängt?

Ich sollte wirklich Schluss machen – wenn ich jetzt auch noch über das Winterwetter nachgrüble, werde ich morgen beim Gespräch mit Heidi sicher keinen klaren Gedanken fassen können. Also noch mal: Tagebuch weg, Licht aus, schlafen. Was soll daran schon schwer sein?

Peter

Er schaute schon gar nicht mehr auf die Uhr. Es war spät, weit nach Mitternacht. Aber er fand einfach keine Ruhe. Peter rieb sich die Augen. Herr Württemberg schnaubte leise im Schlaf. Der hat's gut, dachte Peter resigniert. Ein Hund interessiert sich nur für die nächste Mahlzeit und einen warmen Platz zum Schlafen. Der ist zufrieden, wenn er bei einem Spaziergang einen Hasen jagen kann. Schöne, simple Hundewelt. Leider war seine Welt alles andere als simpel.

Peter starrte in die Flammen seines Kaminofens. Der Streit mit Sophie war der Grund dafür, dass er den ganzen Tag schlecht gelaunt zu Hause herumgetigert war. Eigentlich hatte er noch zwei Konzepte auf dem Schreibtisch liegen, die er überarbeiten musste, aber immer wenn er sich auf die Details konzentrieren wollte, schweiften seine Gedanken ab.

Ja, er hätte Sophie gleich reinen Wein einschenken müssen, aber an diesem einen Abend hatte er den richtigen Zeitpunkt einfach verpasst. Das unbekannte Übernahmeangebot aus der Zentrale hatte ihn schlicht überrumpelt. Da half es auch nicht, dass er sich nachträglich bei den Kollegen beschwert hatte. Und dann kam alles noch schlimmer. Irgendwer im Vertrieb brachte diese Studie über die Potenziale kleiner Orte ins Spiel. Als dann plötzlich Sollensbach auf der Liste stand, war es schon zu spät, um Einwände zu erheben. Was hätte er auch sagen sollen? Da gibt es eine attraktive Frau, die ich unwiderstehlich finde, und es wäre doch schön, wenn wir ihr keine Konkurrenz machen würden?

Ja, Peter wusste ganz genau, dass das alles über seinen Kopf hinweg entschieden worden war. Und der Kollege, der den Artikel verfasst hatte, hatte natürlich ihm, dem Marketingleiter, die Zitate in den Mund gelegt, das war in der Firma so üblich. Im Grunde traf ihn keine Schuld, und Sophie hatte einfach nur zu heftig reagiert.

Aber warum ließ dann sein mieses Gefühl im Bauch nicht nach?

Weil sie sich auf ihn verlassen hatte, sie hatte ihm vertraut. Und als es plötzlich schwierig wurde, musste sie erfahren, dass er sie belogen hatte. Na ja, nicht direkt belogen, aber etwas zu verschweigen war fast wie lügen. Das hatte er nie gewollt.

Seufzend brachte Peter sein halb volles Weinglas zurück in die Küche und schüttete den Inhalt ins Spülbecken. Der trockene Riesling schmeckte heute Nacht so bitter, wie er sich fühlte.

Heidi

»So, Sophie, lass uns anfangen.« Heidi klatschte auffordernd in die Hände.

»Wenn ich nur wüsste, womit, wäre ich nicht so nervös«, gestand Sophie.

»Aber nein, du hast keinen Grund, nervös zu sein. Das ist schließlich keine Prüfung. Hör zu, alles, was wir zusammen tun werden, soll dir helfen. Du hast hier schon ganz viel geleistet. Das Letzte, was ich möchte, ist, dir irgendetwas vorzuschreiben. So, und nun schauen wir uns die Küche mal genauer an.«

Sophie zeigte Heidi alles, die begutachtete den großen Herd, den Ofen, prüfte die Ausstattung in den Schubladen und Schränken. »Na, das ist doch wirklich ordentlich. Etwas anderes hätte ich von unserer Dotti auch nicht erwartet, da war sie sehr anspruchsvoll. Damit können wir arbeiten. Gut, setzen wir uns hin. Wir brauchen Papier und Stifte.«

»Du hast gesagt, du hättest eine erste Idee. An was hast

du denn gedacht?«, fragte Sophie, nachdem sie sich im Café ans große Fenster gesetzt hatten. Die Neugier war einfach zu groß, um noch länger zu warten.

Heidi lächelte. »Wie gesagt, ich werde dir ganz sicher nicht vorschreiben, was du tun sollst. Wenn man in unserer Branche nicht mit Herzblut dabei ist, geht es garantiert schief. Aber ich habe mich gefragt, warum die Gäste ausbleiben. Das Mühlencafé ist eine Augenweide geworden, deine Kuchen sind übrigens hervorragend.«

»Nur hat das bislang noch niemand bemerkt«, warf Sophie ein.

»Ganz genau. Es gibt immer mehrere Möglichkeiten, wenn ein Lokal nicht läuft. Es muss bekannter werden oder andere Kunden ansprechen, theoretisch könnte man über den Standort nachdenken, aber das kommt in deinem Fall natürlich nicht infrage. Fakt ist: Du musst unabhängig davon werden, ob dich unter der Woche hier draußen jemand findet. Wenn du weiterhin nur auf Café-Gäste setzt und hier an den Wochentagen zu wenig Betrieb ist, fliegt dir deine ganze Kalkulation um die Ohren.«

Sophie musste ans *Captain Claas* denken. Das hatte auch zunächst als Café begonnen. »In Hamburg habe ich viele Jahre in einem Ausflugslokal gekellnert. Das lag auch endlos weit vom Schuss.«

»Und warum kamen die Gäste?«

Ja, warum?, überlegte Sophie. »Der Chef hat auf Reisebusse gesetzt, viele hatten Paketangebote: Musical in Hamburg und Essen an der Alster.«

»Gute Idee, lass uns das erst mal aufschreiben«, lobte Heidi. »Wir haben hier zwar keine Musicals, aber genügend Touristen, die die Mosel und Cochem besichtigen. Da müsste sich was machen lassen.«

»Moment mal, das hieße ja, ich müsste von Freitag bis Sonntag den Wochenumsatz erzielen. Ich will aber nicht vier Tage in der Woche Däumchen drehen«, beschwerte sich Sophie.

»Oh, das wirst du auch nicht, wir erweitern das Angebot, sodass wir Gäste für den Mittagstisch ansprechen können.« Heidi sagte das mit einer zufriedenen Selbstverständlichkeit, die Sophie sprachlos machte. Mittagstisch?

Sophie war keine ausgebildete Köchin, und um jemanden einzustellen, fehlte ihr das Geld. Das musste Heidi doch auch bewusst sein. Obwohl Heidi eben erst ausdrücklich betont hatte, dass sie ihr nichts vorschreiben wollte, war sie auf dem besten Weg, genau das zu tun. Sophie schluckte. Wie sollte sie reagieren? Nichts sagen und ihre Sorgen und Bedenken für sich behalten? Nein, die alte Sophie hatte sich viele Jahre den Wünschen anderer angepasst, ob nun Zeitschriftenredaktion, Verlage, Agentin oder Claas – die neue Sophie wollte da nicht mehr mitmachen.

»Heidi, vergiss nicht, du hast das alles gelernt, du bist Profi. Meine Erfahrung beruht dagegen nur auf vielen Jahren im Service.« Ihre Stimme hatte einen scharfen Klang angenommen, viel schärfer als beabsichtigt. Sie lenkte ein. »Versteh das bitte nicht falsch, aber das hier ist kein Spiel. Ich will nicht am Ende allein vor einer Aufgabe stehen, die zwei Nummern zu groß für mich ist.«

Heidi sah Sophie betroffen an. »Himmel, nein. Sophie, ist das so rübergekommen? Das wollte ich nicht. Natürlich! Das alles muss dir schon merkwürdig vorkommen. Wir drei stellen uns einfach hier hin und wollen dir erklären, wo es lang geht. Ist es das?«

Sophie nickte zögernd. Sie hatte ihre Bedenken, wollte aber Heidi nicht vor den Kopf stoßen und undankbar erscheinen. Heidi ahnte offenbar, welcher Widerstreit sich in Sophie abspielte. Sie beugte sich zu ihr herüber und legte ihre Hand auf Sophies Unterarm. Es war eine beruhigende und entschuldigende Geste zugleich.

»Ich verspreche dir, Sophie, dass du das alles nicht alleine stemmen musst. Wir haben nicht vor, Dottis Andenken zu zerstören. Du kannst dir nicht vorstellen, wie schlimm es für uns war, mit ansehen zu müssen, wie Dotti sich abgestrampelt und dabei jede Hilfe von uns abgelehnt hat. Ja, wir tun das auch für Dotti. Und nein, ich will nicht wieder zwölf Stunden am Tag in einer Küche stehen. Das hatte ich lange genug. Aber wenn wir mit einem Mittagstischangebot neue Gäste bekommen, sollten wir in diese Richtung weiterdenken.«

Sophie wollte noch einmal etwas einwerfen, aber Heidi hob die Hand.

»Moment, lass mich ausreden. Ich weiß, dass du noch keine professionelle Köchin bist, aber du bist gut, und du hast die nötige Begeisterung. Wenn du für, sagen wir mal, drei, vier Monate die richtige Begleitung und Anleitung hast, dann kannst du das alles leicht schaffen. Wir wollen schließlich hier keinen Gourmettempel eröffnen.«

Was Heidi sagte, hatte Hand und Fuß, und Sophie entschied sich, ihr zu vertrauen. Sie musste ihr vertrauen, bei irgendjemandem musste sie damit anfangen, und Heidi schien es wirklich ernst zu meinen.

»Wenn wir die Waffeln und Kuchen mit kleineren Snacks, Salaten und vielleicht einer Suppe ergänzten, hätten wir tatsächlich ganz andere Möglichkeiten«, überlegte Sophie laut.

»Eben, auch wenn wir hier weder eine Gaststätte noch eine Dönerbude eröffnen wollen«, bestätigte Heidi.

»Die Zutaten müssten alle aus der Gegend kommen. Wir machen kleine, leichte Gerichte. Ja, genau, wir machen sogar ein Thema daraus: die neue frische Landküche. Vielleicht könnte ich eine Lizenz bekommen für den Ausschank von Wein? Dann könnten wir Wein von den Moselwinzern anbieten.« Sophie begann sich mehr und mehr für dieses Thema zu begeistern.

»Ja, Sophie, da hast du, glaube ich, genau den richtigen Ansatz. Das passt zu dem, was du in der Zeitung gesagt hast, du weißt schon, ›die neue Freude am Landleben‹. Nur der Name Mühlencafé … mhmm, vielleicht musst du dir da etwas Neues einfallen lassen.«

»Warum, Heidi?«

»Weil viele in Wümmerscheid und Sollensbach mit diesem Namen den Betrieb von Dotti in Verbindung bringen. Falls sie ihn überhaupt kennen. Und sei mal ehrlich, würdest du in ein Café gehen, wenn du nach einer Möglichkeit suchst, einen frischen Salat zu essen?«

Sophie schloss kurz die Augen und dachte nach. Plötzlich kam ihr eine Idee. »Heidi, ich glaube, ich hab's: Das Mühlencafé wird geschlossen und ich eröffne *Tante Dottis Bistro*.«

Heidi strahlte über das ganze Gesicht und klatschte begeistert mit der flachen Hand auf die Tischplatte. »*Tante Dottis Bistro* – das ist genial!«

»Leider habe ich nur den Namen und ein paar gute Ideen. Ich weiß immer noch nicht, wie ich das umsetzen soll.«

Heidi dachte einen Moment lang nach und sagte dann: »Darf ich mal kurz telefonieren?«

Sophie stand auf und holte das neue schnurlose Telefon aus der Ladeschale im Flur.

»Hier, bitte schön, Heidi.«

Heidi hatte ein Adressbuch aus ihrer Handtasche gezogen und blätterte nun stirnrunzelnd in dem sichtlich abgegriffenen Verzeichnis herum.

Sophie hörte gemurmelte Satzfetzen wie »Wo hab ich ihn bloß …« und »Nicht unter L, vielleicht unter S wie Stromburg …«. Schließlich aber schien Heidi gefunden zu haben, was sie suchte.

»Da ist er ja.« Heidi wählte eine Telefonnummer und lächelte Sophie aufmunternd zu, während sie darauf wartete, dass am anderen Ende jemand abnahm.

»Johann? Ja, hallo, hier ist Heidi … Was? … Ich habe versprochen, im Sommer bei dir vorbeizuschauen? Ach, du weißt ja noch nicht, wie das ist, wenn man plötzlich Zeit hat. Die Tage hier an der Mosel vergehen so schnell. Aber ich verspreche dir, dass ich demnächst einmal auf die Stromburg komme. Doch … ganz sicher. Du, weshalb ich anrufe: Weißt du, was Jean-Pierre gerade so macht? Wirklich … na, das trifft sich ja gut. Hast du seine Telefonnummer?«

Sophie bekam vor Staunen den Mund kaum zu, sie ahnte, mit wem Heidi da gerade telefonierte, und wollte es trotzdem kaum glauben. Heidi schrieb eine längere Telefonnummer auf einen Zettel und beendete dann das Telefonat, nachdem sie ein drittes Mal versichert hatte, dass sie sich bald melden würde, aber keine Zeit hätte, an einer Kochsendung im Fernsehen teilzunehmen.

»Kochsendung, das fehlte gerade noch«, brummelte Heidi, bevor sie hochschaute. »So, Sophie, der erste Schritt ist gemacht. Jetzt hoffe ich nur, dass er auch Zeit hat.«

Wer da Zeit haben sollte, das ließ Heidi offen. Sophie vermutete aber, dass es sich um den geheimnisvollen Jean-Pierre handelte – und sie sollte recht behalten.

»Bonjour Jean-Pierre, hier ist Heidi Schwarzbeck. Johann hat mir deine Telefonnummer gegeben. Ich brauche deine Hilfe bei einem Projekt … Nein, es wird dir gefallen, dafür müsstest du aber, sagen wir mal, bis zum Ende des Jahres an die Mosel kommen. Nein, dafür gibt es kein Geld, du kleiner gieriger Franzose. Wer hat dir denn kostenlos zur Seite gestanden, als du … Ach, ich wusste, dass ich auf dich zählen kann. Johann sagte, dass dein neues Restaurant erst im kommenden Jahr eröffnet, da hast du doch Zeit, einer alten Freundin zu helfen. Fantastisch. Ich schicke dir eine Mail mit den Einzelheiten. Ja, ich freue mich auch. Salut, Jean-Pierre.«

Sophie war vor lauter Spannung ganz unruhig geworden. »Jetzt sag schon, wen du da gerade angerufen hast! Wer ist denn dieser Jean-Pierre?«

»Das war Jean-Pierre Garbon, ein wirklich hervorragender

Koch, der mittlerweile, glaube ich, ein Dutzend Bistros ans Laufen gebracht hat. Und was noch viel wichtiger ist«, hier lächelte Heidi verschwörerisch, »ich habe ihm mal aus der Patsche geholfen. Ist eine lange Geschichte, das erzähle ich dir ein anderes Mal. Auf jeden Fall schuldet er mir mehr als nur einen Gefallen, und er hat bis zum nächsten Jahr Zeit. Natürlich ist er immer unglaublich beschäftigt, aber er will es gar nicht anders haben. Im Grunde geht er nach ein, zwei Wochen Pause schon die Wände hoch. Und mein lieber Jean-Pierre ist genau der Richtige, um dir hier zur Seite zu stehen.«

»Aber … aber das kann ich unmöglich annehmen. Ein Profi hier in meiner Küche! Ich meine, ich kann ihm ja nicht einmal ein ordentliches Gehalt zahlen.«

»Nein, das musst du auch nicht. Wenn er das verlangen würde, wäre ich wirklich ernsthaft böse. Du wirst ihn natürlich hier schlafen lassen müssen.«

»Er kann das große Gästezimmer haben«, überlegte Sophie.

»Perfekt. Und nun lass uns weiter planen. Ich möchte Jean-Pierre ein paar erste Ideen präsentieren, wenn er hier ankommt.«

Rita wird aktiv

Marita Gräfin von Fahrensbeck, geborene Brammel, wusste bereits als kleines Mädchen ganz genau, was sie nicht wollte. Sie wollte auf keinen Fall wie ihre älteren Schwestern einen Landwirt oder einen Winzer heiraten. Den ganzen Tag auf dem Hof, im Weinberg oder im Haushalt schuften – nein danke.

Wenn Marita eines war, dann zielstrebig. Dass ein reicher, gut aussehender Mann sich einfach so in ein unscheinbares Dorfmädchen verlieben würde, gab es allenfalls im Kino, das war ihr schon sehr früh klar. Also verfolgte Marita ihren ganz persönlichen Masterplan, den sie niemandem, nicht einmal ihren besten Freundinnen, verriet. Zu diesem Masterplan gehörten Allgemeinbildung, Fremdsprachen und die neuesten Modetrends aus Paris. Letztere scheiterten zunächst am nötigen Kleingeld, also begann Marita, zusätzliche Jobs anzunehmen. Nun könnte man sagen, dass das alles sehr berechnend gewesen war, aber einfach hatte es sich Marita nie gemacht.

Als Bruno Hermann Graf von Fahrensbeck, der sein väterliches Erbe durch geschickte Immobiliengeschäfte vervielfacht hatte, ihr bei einer Vernissage geradezu über die Füße stolperte, griff Marita beherzt zu. Dass Bruno durchaus ansehnlich war, machte alles viel leichter, und schließlich war auch Marita eine hübsche junge Frau, dazu noch intelligent und sprachbegabt. Tatsächlich behauptete Bruno seit dreißig Jahren, dass er es war, der diese Traumfrau noch vor seinen Freunden entdeckt und mit seinem Charme für sich gewonnen hatte. Er hatte ja keine Ahnung.

Rita jedenfalls hatte ihr Ziel erreicht. Ihr Lebensstil änderte sich, sie war jetzt reich, doch zwei Dinge blieben davon unberührt: ihre Loyalität gegenüber ihren Freundinnen und ihre Hartnäckigkeit, wenn es darum ging, ein einmal anvisiertes Ziel zu erreichen. Genau deshalb stand Rita jetzt vor dem alten Pfarrhaus der Gemeinde St. Antonius und klingelte.

Pastor Markus Kernmann hatte die Gemeinde erst im letzten Jahr übernommen. Bei einem Adventskaffee, der durch zusätzlichen Glühwein an Schwung gewann, hatte Pastor Kernmann Rita sein Herz ausgeschüttet. Möglicherweise war auch der Glühwein daran schuld gewesen, dass der junge Geistliche seine sonst übliche Zurückhaltung verlor. Als Rita über Sophies Problem nachgedacht hatte, war ihr der Pastor wieder eingefallen.

»Oh, guten Tag, Frau von Fahrensbeck, das ist aber eine Überraschung. Kommen Sie doch bitte herein, was kann ich für Sie tun?«

»Entschuldigen Sie, Herr Pastor, dass ich Sie an einem Sonntagnachmittag so überfalle, aber die Nichte einer verstorbenen Freundin braucht dringend Hilfe, und da habe ich an Sie gedacht.«

»Meinen Sie die junge Frau von Metten, die das Mühlencafé übernommen hat? Ich habe es leider in den letzten Tagen nicht geschafft, dort vorbeizuschauen und Hallo zu sagen. Eine Schande, wo ich doch für jedes neue Gemeindemitglied dankbar sein sollte. Aber bitte, bitte kommen Sie, wir wollen doch nicht im Hausflur weiterreden.«

Pastor Kernmann führte Rita in sein Arbeitszimmer und bot ihr einen Platz auf einem alten Ledersofa an, während er sich seinen Schreibtischstuhl zurechtrückte.

»Also, wie kann ich Ihnen helfen?«

»Sie hatten doch Ende letzten Jahres darüber geklagt, wie sturköpfig die Gemeindemitglieder aus Wümmerscheid und Sollensbach sind«, begann Rita.

»Das können Sie laut sagen. Es ist zum Verzweifeln. St. Antonius ist die einzige Kirche hier und soll eigentlich für beide Orte da sein, aber mal kommen nur die Wümmerscheider, ein anderes Mal nur die Sollensbacher. Und wenn an Feiertagen Gemeindemitglieder aus beiden Orten in die Kirche kommen, dann sitzen sie fein säuberlich getrennt auf den Kirchenbänken rechts und links.«

»Genau das ist das Problem meiner jungen Freundin. Für die einen liegt das Mühlencafé in Wümmerscheid und ist deshalb tabu, für die anderen liegt es in Sollensbach und kann deshalb nicht besucht werden. Und Sie können sich vorstellen, was das heißt.«

Der junge Pastor nickte nachdenklich. »Lassen Sie mich raten: Es kommt niemand.«

»Ganz genau!«

Kernmann hob hilflos die Hände. »Was kann man da machen? Oder genauer gefragt, was kann ich persönlich machen? Ich kann schließlich keine Café-Werbung in die Predigt einbauen.«

Rita lächelte verschwörerisch: »Sollen Sie auch gar nicht, aber Sie besitzen doch alte Unterlagen aus dem Kirchenarchiv. Ich hätte da eine Idee.«

Karin rechnet

Sophie brummte der Kopf, und diesmal war nicht Dottis Grappa schuld. Seit gut zwei Stunden jonglierte Karin mit Zahlen, Erbschaftssteuertabellen und den Voraussetzungen für mögliche Fördertöpfe. Himmel, Sophie hätte lieber acht Stunden lang alles über Hygienevorgaben in der Gastronomie erfahren, als weiter über EU-Bestimmungen für junge Firmen nachzudenken. Und dabei war diese ganztägige Hygieneschulung, die sie vor der Café-Eröffnung hatte absolvieren müssen, schon mit das Langweiligste gewesen, das sie je hatte ertragen müssen. Karin war gründlich, keine Frage, aber das machte es auch nicht besser. Sophie fühlte sich von Karin eingeschüchtert.

Karin war eher spröde, ganz anders als Heidi oder Rita, weniger herzlich. Überhaupt schien Rita die Unbekümmerte in der Pokerrunde zu sein, auch das fand Sophie anziehend. Neben Karin dagegen an einem Tisch zu sitzen und über Bilanzen zu grübeln, erinnerte Sophie sehr an ihren Mathematikunterricht. Nicht gerade ihre liebsten Erinnerungen.

»Gut, dass heute Feiertag ist, da haben wir genug Zeit, um alles zu besprechen«, freute sich Karin.

»Ich weiß gar nicht, wo ich anfangen soll.« Sophie deutete auf ein Merkblatt, das Karin mitgebracht hatte. »Hier zum Beispiel ist die Rede von einem Fünf-Jahres-Businessplan Ich weiß ja nicht einmal, wie es in der kommenden Woche weitergehen wird.«

Karin lächelte, und dieses Lächeln ließ die Strenge aus ihren Zügen verschwinden. »Genau das hat Dotti mir auch mal gesagt. Der Unterschied zwischen ihr und dir ist aber, dass du dich hinterher hinsetzen wirst, um daran zu arbeiten. Ich glaube, Dotti hat viel zu schnell aufgegeben. Heidi hat mir gestern Abend noch alles über die neuen Pläne erzählt. Das ist gut, aber wir brauchen kurzfristig Einnahmen. Und wenn du etwas finanzieren willst, dann ist ein ordentlicher Businessplan und eine Monatsbilanz das Mindeste, was du vorweisen musst.«

»Hab ich verstanden. Womit soll ich anfangen?«

Sophie griff entschlossen nach einer neuen Broschüre. Karin schüttelte energisch den Kopf.

»Darum kümmern wir uns später. Du hast nämlich recht, wenn du sagst, dass du nicht weißt, wie die nächste Woche aussehen wird. Dein erstes Ziel muss sein, dass jetzt Geld in die Kasse kommt. Aus meiner Sicht hat Dotti damals zwei Fehler gemacht: Sie hatte sich damit abgefunden, dass nur wenige Gäste da waren, und sie hat sich nie Gedanken über ihre Kalkulation gemacht. Okay, an den Gästen arbeiten wir, aber wir sollten auch über deine Preise sprechen.«

»Ich finde, Kaffee und Getränke sind gut kalkuliert. Ja, man könnte in Hamburg vielleicht für eine Tasse Milchkaffee fünfzig Cent mehr berechnen, aber ich komme prima hin«, erklärte Sophie selbstbewusst.

»Schön, dann müssen wir uns damit nicht mehr auseinandersetzen. Aber du solltest daran denken, dass eine aufwendige Torte mehr Arbeitszeit kostet als ein einfacher Streuselkuchen vom Blech. Dotti war das egal, und deswegen hat sie am Ende immer draufgezahlt.«

Sophie sah hier ihre Chance nachzuhaken. »Sag mal, Karin, wo du gerade aufwendige und außergewöhnliche Kuchen erwähnst. Dotti hat sogenannte Kaffeeküsse angeboten …«

Karin lehnte sich auf dem Stuhl zurück und schloss genießerisch die Augen. »Natürlich, Dottis Kaffeeküsse, die hatte ich ganz vergessen. Herrlich – diese kleinen Bällchen mit gemahlenen Haselnüssen und einem Hauch von Zimt. Ja, wenn du die auf die Speisekarte setzen würdest, wäre das natürlich toll.«

Sophie hätte sich am liebsten mit der Hand gegen die Stirn geschlagen: Das war jetzt die dritte oder vierte Variante, die ihr beschrieben wurde. So kam sie jedenfalls, was die Kaffeeküsse betraf, nicht weiter. Sophie seufzte einmal leise und nahm dann ihren Schreibblock. »Ja, vielleicht werde ich Kaffeeküsse demnächst mal anbieten. Lass uns jetzt diesen Businessplan durchsprechen. Worauf muss ich da achten?«

Die Predigt

Als Pastor Markus Kernmann die wenigen Treppenstufen zur Kanzel emporstieg, hatte er ein altes, fast fünfzehn Zentimeter dickes, ledergebundenes Buch unter dem Arm und einen ziemlich genauen Plan im Kopf. Herr, was ich jetzt tue, widerspricht deinen Geboten, aber es ist für einen guten Zweck. Vergib mir, dass ich keinen anderen Weg gefunden habe, betete Kernmann im Stillen. Heute war ein Wümmerscheider Sonntag, wie er es mittlerweile insgeheim nannte. Nur eine Handvoll Sollensbacher saßen in seiner Kirche, am nächsten Sonntag würde es genau umgekehrt sein. Aber vielleicht gelang ihm ja das kleine Wunder.

»Liebe Brüder und Schwestern im Glauben. Wie ihr vielleicht wisst, hat mich unser Bischof aufgefordert, den Gebietsstatus unseres Gotteshauses zu überprüfen. Welche Grundstücke besitzt die Kirche? Gibt es ältere Ansprüche? Ein übliches Verfahren, das alle zehn, fünfzehn Jahre ansteht.« Pastor Kernmann begann zu schwitzen. Das alles war erstunken und erlogen, aber jetzt hatte er damit angefangen, jetzt gab es kein Zurück mehr.

»Nun, unsere Gemeinde besitzt glücklicherweise ein Kirchenarchiv, das bis ins sechzehnte Jahrhundert zurückreicht.« Der Pastor klopfte vorsichtig mit der Hand auf das dunkle, rissige Leder des Buches neben ihm.

»Gestern fand ich einen Eintrag, den ich euch nicht vorenthalten möchte. Wie oft haben all diejenigen, die aus Wümmerscheid kommen, die Kirche St. Antonius für sich beansprucht. Und gleiches gilt auch für unsere Brüder und Schwestern, die in Sollensbach zu Hause sind. Auch sie sehen dieses Gotteshaus als das ihre an. Nun, die Wahrheit ist«, Kernmann musste sich kurz räuspern, »seit mehr als dreihundert Jahren steht die Kirche St. Antonius auf einem Territorium, das dem damaligen Kurfürsten gehörte. Ich fand einen Eintrag, der die Kirche, das Pfarrhaus, die alte Mühle – ihr wisst schon, wo heute das Mühlencafé ist – und zwei weitere Gebäude als kurfürstliches Eigentum auflistet. Und daran hat sich bis heute eigentlich nichts geändert.« Kernmanns Stimme wurde eindringlich, was jetzt kam, musste er mithilfe des Herrn in die sturen Schädel hämmern. »Versteht ihr, was das bedeutet?«

Man hörte ein Raunen in den Kirchenbänken, die ersten begannen miteinander zu flüstern.

»Bislang habe ich geschwiegen, weil ich es nicht besser wusste. Aber damit ist jetzt Schluss. Ich habe das dem Bischof in Trier mitgeteilt, und er stimmt mir zu, dass es so nicht weitergehen kann. Da es offenbar Orte gibt, die von keinem Dorf beansprucht werden können, erwarte ich, dass sie auch gemeinsam genutzt werden. Gemeinsam!« Pastor Kernmann schlug mit der flachen Hand auf die Holzablage seiner Kanzel, der Knall ließ die Kirchenbesucher zusammenzucken. »Oder lasst es mich mit anderen Worten sagen: Ab dem kommenden Sonntag sehe ich hier Wümmerscheider und Sollensbacher gleichermaßen im Gottesdienst, und das Mühlencafé und die Bewohner der anderen Gebäude werden auch nicht mehr ausgegrenzt, haben wir uns verstanden? Amen.«

Mit betretenen, aber auch nachdenklichen Gesichtern verließen die Gemeindemitglieder nach der Messe die Kirche. Nur Marita Gräfin von Fahrensbeck strahlte über das ganze Gesicht, als sie Pastor Kernmann auf dem Kirchhof die Hand drückte.

»Sie haben ja gelogen, dass sich die Balken biegen«, flüsterte Rita vergnügt. »Was steht denn wirklich in der alten Schwarte?«

Der Pastor grinste: »Ich habe keine Ahnung, ich konnte nur den Titel entziffern, ich glaube, es handelt sich um eine Auflistung von Giftpilzen. Aber am kommenden Sonntag, wenn die meisten Sollensbacher hier sind, werde ich – der Herr vergebe mir – die gleiche Lüge noch einmal verkünden. Ich habe mir das lange genug angeschaut. Was werden Sie als Nächstes tun, Frau Gräfin?«

»Rita, gute Freunde nennen mich Rita. Was ich tun werde? Ich werde jetzt nacheinander ein paar Damen in Wümmerscheid und Sollensbach aufsuchen, von denen ich weiß, dass sie über entsprechende Netzwerke verfügen, und ihnen brühwarm von der Predigt erzählen.«

»Netzwerke?«

»Ja, das klingt doch netter als Klatsch und Tratsch im Häkelkreis«, lachte Rita vergnügt.

Eine Landhochzeit wird geplant

So dankbar Sophie für die Hilfe und Beratung der drei Freundinnen war, sie konnte nicht jeden Tag mit ihnen zusammensitzen und Pläne schmieden, sie musste sich auch um die neuen Genehmigungen kümmern. Glücklicherweise entpuppte sich die Umbenennung des Mühlencafés nur als kleiner Verwaltungsakt, und Sophie war erleichtert darüber, wie schnell sie die zusätzliche Ausschanklizenz in der Tasche hatte. Nie wieder würde sie Karin heimlich ein Glas Riesling servieren müssen, das durfte sie jetzt ganz offiziell.

Vorübergehend öffnete Sophie das Café, das nun bald ein Bistro sein würde, nur noch am Nachmittag, um Zeit für die Behördengänge und Besorgungen zu haben.

Heute musste sie nur noch bei der Metzgerei vorbeischauen, weil sie etwas Hackfleisch für einen Nudelauflauf kaufen wollte. So ein Auflauf war für eine Person eigentlich zu viel Aufwand, aber Sophie war schon mit Appetit auf Nudelauflauf wach geworden. Da war nichts zu machen.

»Sagen Sie mal, läuft das mit Ihrem Café?«

Sophie reagierte im ersten Moment gar nicht auf die Frage, Hetti Braubart hatte sie bislang noch nie etwas Persönliches gefragt.

»Ich? Äh … ja, sicher. Wieso?«

»Na ja, wegen unserem Pastor. Wissen Sie davon denn gar nichts?«

»Was soll ich denn wissen?« Sophie machte ein möglichst unschuldiges Gesicht. Sie ahnte, wohin das Ganze führen würde. Rita hatte am Telefon von der Predigt geschwärmt. Die harmlos wirkende Rita entpuppte sich als ausgekochte Strippenzieherin innerhalb der dörflichen Gemeinschaften.

»Unser Pastor hat doch die Einträge gefunden, auf Weisung des Bischofs persönlich, hab ich aus erster Hand. Die Kirche und die Mühle sind sozusagen exteri… exterio… also, es gehört alles nicht zu Sollensbach. Hab ich ja immer gesagt. Jedenfalls würden wir, also der WMK, gern mal vorbeikommen.«

»Der WMK?«

»Wümmerscheider Mütterkreis, gehört zur Frauengemeinschaft, ist aber ganz anders als der SMT, das haben die uns einfach abgeguckt.«

»Abgeguckt?«

»Sollensbacher Müttertreff, wie das klingt. Ich sag immer, da ist der Name doch schon Programm.«

Wahrscheinlich konnte sich Hetti Braubart Stunden über die vermeintlichen Unterschiede beider Gruppen auslassen, aber dafür fehlte Sophie schlicht die Zeit. Ein Blick auf die Uhr zeigte, dass sie sich beeilen musste, wenn sie noch rechtzeitig zu Mittag essen wollte.

»Ich würde mich sehr freuen, wenn Sie und … ähm, ja, die anderen Mütter vorbeikommen würden – wirklich. Und jetzt hätte ich gern ein halbes Pfund gemischtes Hackfleisch.«

»Mach ich Ihnen frisch.«

Sophie schauderte bei dem Gedanken, dass das offenbar

ein besonderer Ausdruck der Wertschätzung vonseiten der Metzgersgattin war. Frisches Hack für die einen, und für alle anderen … Sophie versuchte, sich das gar nicht erst vorzustellen.

*

Mit einem halben Pfund Hackfleisch in der Einkaufstasche und dem festen Vorsatz im Kopf, es sich nie, aber auch wirklich nie mit Hetti Braubart zu verscherzen, machte sich Sophie auf den Rückweg. Weit kam sie nicht. Auf Höhe der Tischlerei Weibold wurde sie aufgehalten. Das heißt, eigentlich blieb Sophie aus freien Stücken stehen, denn der Aufschrei und das anschließende laute Weinen aus dem Innenhof der Tischlerei waren nicht zu überhören. Sophie rang noch mit sich, ob sie das etwas anging, da stolperte auch schon eine junge Frau rückwärts aus der Einfahrt und stieß Sophie fast um.

»Oh, entschuldigen Sie bitte, ich hab Sie gar nicht gesehen.« Die Frau wischte sich die Tränen aus dem Gesicht und zog schniefend die Nase hoch. Sie war in Sophies Alter, und Sophie ahnte, wen sie da vor sich hatte, eine gewisse Familienähnlichkeit war unverkennbar.

»Nichts passiert. Ich habe nur Ihren Schrei gehört, da bin ich stehen geblieben. Alles in Ordnung, Frau Braubart?«

»Sie … Sie kennen mich?«

»Ich war gerade in der Metzgerei Ihrer Eltern und, na ja, gleich in meiner ersten Woche hier bin ich in ein ziemliches Fettnäpfchen getreten. Also, um ehrlich zu sein, das war schon fast eine Arschbombe mit Anlauf. Aber ich – egal … Ich weiß, dass Klaus heiraten will …«

»Sie müssen Sophie sein«, unterbrach die Frau Sophies Redeschwall. »Ich bin die Jennifer, aber das wissen Sie, also, das weißt du ja längst.«

»Ja, das war es, was ich eigentlich sagen wollte«, gab Sophie zu.

»Klaus hat eine Menge von deinem Café erzählt, er ist ganz begeistert von den Tischen, die du gebaut hast, und ich wäre auch schon längst mal vorbeigekommen, um Hallo zu sagen. Aber die Hochzeitsvorbereitungen und der ganze Ärger mit unseren Familien und … ach, das ist ja jetzt …« Jennifer brach ab, sie konnte die Tränen nicht mehr zurückhalten.

Sophie wusste nicht, was sie tun sollte. Sie konnte ja schlecht mitten auf der Straße eine wildfremde Frau in den Arm nehmen, um sie zu trösten.

Als kleine Geste des Mitgefühls legte sie sanft eine Hand auf Jennifers Arm und fragte: »Kann ich irgendwie helfen? Ist etwas Schlimmes passiert?«

Erneutes Schniefen. »Es sind nur die verbohrten Köpfe hier in den Dörfern. Mein Vater besteht darauf, dass in Wümmerscheid gefeiert wird, und Klaus' Vater hält Sollensbach für den einzig wahren Ort, um die Hochzeit auszurichten. Wir hatten sie so weit, den Polterabend da vorne auf dem Dorfplatz zu feiern, sozusagen auf halbem Weg zwischen der Tischlerei und der Metzgerei. Und die Hochzeit wollten wir unten an der Mosel feiern, einfach weg von hier.« Jennifer schluchzte auf. »Und jetzt … also gerade … gerade hab ich erfahren, dass Klaus noch gar nicht reserviert hatte, also nicht schriftlich, sondern nur mündlich, weil er den Besitzer kennt. Wir haben uns fest darauf verlassen, und der … der hat Klaus angerufen und ihm gesagt, es hätte ein Missverständnis gegeben, da wäre eine ältere Reservierung. Und jetzt … jetzt ist alles aus. Wir können doch unmöglich bis Sonntag … ich mein, wo sollen wir denn jetzt feiern?«

Jennifer wurde von einem neuen Weinkrampf geschüttelt.

Sophie wollte gerade sagen: »Ich habe auch keine Ahnung«, als ihr klar wurde, dass das nicht stimmte. Das war wohl einer von diesen seltenen Augenblicken, in denen eine glückliche Fügung zwei Menschen zusammentreffen lässt, die einander gesucht haben, ohne es zu wissen.

»Wie viele Gäste sind denn eingeladen?«, fragte Sophie.

»Was? Wie viele Gäste? So um die vierzig. Klaus und ich wollten ja nur im engsten Familienkreis feiern. Wir wollen doch die Tischlerei modernisieren, da wäre ein Riesenfest viel zu teuer geworden. Deshalb sollte es ja auch nur ein gemeinsames Kaffeetrinken geben, aber mit offenem Ende.«

Vierzig Leute zum Kaffeetrinken, mhmm, das ginge schon, überlegte Sophie.

»Ihr könntet im Mühlencafé feiern, ich kann Kaffee, Kuchen und Waffeln anbieten und später natürlich Wein und Bier, ich habe allerdings noch keine Zapfanlage. Was sollte das Ganze unten an der Mosel kosten?« Sophie war diese Frage ein bisschen peinlich, aber sie ermahnte sich, jetzt keine falsche Zurückhaltung zu üben.

»Das war ein Freundschaftspreis für Klaus. Vierhundert Euro als Miete für den Saal und natürlich Kaffee und Kuchen extra.«

Sophie erinnerte sich an die trinkfreudigen Reisegruppen bei Claas, und bei der Hochzeitsfeier würde eine vierzigköpfige Gruppe bis in die Nacht bleiben.

»Den Freundschaftspreis kann ich auch anbieten«, sagte sie und hatte fast ein schlechtes Gewissen, als sie das Strahlen in Jennifers Gesicht sah.

»Das … das würdest du wirklich für uns tun?«

»Natürlich, ich würde mich riesig freuen, wenn ihr bei mir feiern würdet.«

Jennifer fiel Sophie um den Hals und drückte sie. »Danke! Danke, das ist ganz, ganz toll. Ich muss das sofort Klaus erzählen. Aber die Feier ist schon an diesem Sonntag, geht das wirklich?«

»Ja, Sonntag ist gar kein Problem«, erklärte Sophie im Brustton der Überzeugung.

Sie hatte jetzt zugesagt, es gab kein Zurück mehr.

»Wunderbar – ich muss jetzt los, aber Klaus und ich kommen noch mal vorbei«, sagte Jennifer und war schon halb auf dem Weg zurück in die Tischlerei. »Morgen, wegen der genauen Planung, ja?«

»Klar, kommt vorbei, ich bin da.«

*

Den Rest des Heimwegs legte Sophie im Laufschritt zurück.

Eine Hochzeit, vierhundert Euro plus Getränke und Kuchen, das war doch ein Anfang.

Erst als sie allein in der großen Küche stand, begann die Aufregung in ihrem Bauch zu rumoren. Vierzig Gäste bewirten. Allein. Das sind weniger als ein Reisebus, und es wird ja nur eine Kaffeetafel, versuchte sie sich selbst zu beruhigen. Besser konnte es doch gar nicht kommen.

Planänderung

Besser konnte es gar nicht kommen.

Und das stimmte. Es kam nicht besser, es kam schlimmer, viel schlimmer. Dabei schien Sophie zunächst alles im Griff zu haben. Die Möbel im Gastraum mussten nicht groß umgestellt werden, die Zutaten für die Kuchen hatte sie eingekauft, der Getränkemarkt in Sollensbach hatte sich bereit erklärt, die Getränke auf Kommission zu liefern und ihr einen Kühlanhänger zu vermieten. Ja, keine Frage, sie hatte alles im Griff. Doch dann schellte es.

Sophie, die gerade dabei war, eine Checkliste abzuhaken, schaute auf die Küchenuhr. Es war schon nach sieben Uhr abends, womöglich kam Karin oder Heidi, die noch etwas besprechen wollte. Ach nein, Heidi war ja für eine Woche zu ihrer Tochter ins Elsass gereist, die konnte es schon mal nicht sein.

Als Sophie die Haustür öffnete, standen Klaus und Jennifer davor. Sophie brauchte einen Moment, um die beiden zu erkennen. Klaus trug nicht wie sonst Latzhose und Schirmmütze, und Jennifer war beim Friseur gewesen und hatte diesmal keine verheulten Augen.

»Entschuldige bitte, Sophie, dass wir dich so überfallen, aber müssen dringend mit dir sprechen.«

»Ja, sicher, kommt doch herein, ich bin gerade dabei, die letzten Details für eure Feier aufzuschreiben«, erwiderte Sophie, und dabei bemerkte sie den Seitenblick, den sich die Brautleute zuwarfen. Merkwürdig. Was wollen die beiden? Wir haben doch schon alles ausführlich besprochen, dachte Sophie.

Sie öffnete die Tür zum Café. »Setzt euch, wollt ihr was trinken?«

Jennifer und Klaus schüttelten wie auf Kommando den Kopf, und plötzlich bemerkte Sophie auch die Anspannung, die von ihnen ausging.

Sie wollen alles wieder absagen, schoss es Sophie durch den Kopf, hielt aber vorerst den Mund. Wenn die beiden wirklich einen Rückzieher machen wollten, dann sollten sie das selbst sagen.

»Also, es geht um die Feier«, begann Klaus.

»Genauer gesagt um den Polterabend«, ergänzte Jennifer. Sophie atmete auf, die Feier würde also doch stattfinden.

»Wir hatten doch vor, den Polterabend auf dem Dorfplatz auszurichten«, sagte Klaus, »aber es gibt jetzt Ärger mit ein paar Nachbarn. Kurz, wir können dort nicht feiern. Und da hatten wir die Idee, dass wir einfach unsere Freunde zur Familienfeier dazu holen. Nicht die Leute aus den Vereinen und so, für die gibt es einen kurzen Umtrunk im Hof der Tischlerei, aber Jennys und meine Freunde, die würden wir gern am Sonntag einladen.«

»Über wie viele zusätzliche Personen reden wir?«, fragte Sophie.

»Also, viele sind das nicht, vielleicht fünfzehn, zwanzig, je nachdem, wer kommt.« Klaus schaute Jennifer fragend an, und die nickte bestätigend. »Klaus hat recht, sicher nicht mehr als zwanzig.«

»Dann wären wir statt bei vierzig bei rund sechzig Personen?« Sophie überschlug im Kopf die Anzahl der Sitzplätze, das reichte auf keinen Fall. Klaus sah ihr zweifelndes Gesicht. »Am Sonntag soll doch das Wetter richtig gut werden, goldener Herbst. Wir könnten Biertische und Bänke organisieren und bei dir im Garten aufstellen.«

Sophie schaute durch das große Fenster nach draußen. Sicher, der Platz würde reichen. »Wenn euch das genügt. Klar, das könnte gehen.«

»Es gibt da noch eine Kleinigkeit.« Jennifers Stimme bekam etwas Zaghaftes, das bei Sophie eine innere Alarmglocke schrillen ließ. »Da gibt es noch eine Kleinigkeit«, mit dieser Einleitung hatte Claas immer zusätzliche Überstunden angekündigt.

»Was denn?«

»Na ja, wir hatten bisher nur über Kaffee und Kuchen gesprochen. Aber meinst du, wir könnten jetzt, wo es doch unsere einzige richtige Feier wird … Also, meinst du, du könntest auch etwas zu essen servieren, eben mehr als nur Kuchen?«

»Wir werden das natürlich alles bezahlen«, versicherte Klaus eifrig.

Sophie schaute die Brautleute an. Die beiden wollten hier bei ihr Hochzeit feiern, und Klaus hatte sich ihr gegenüber auch großzügig gezeigt, als es um die Einrichtung und die Holzplatten gegangen war. Sie konnte doch jetzt, zwei Tage vor der Feier, keinen Rückzieher machen. Wie sah denn das aus?

Als Erstes brachte Sophie die Alarmglocke in ihrem Kopf zum Schweigen, dann lächelte sie und sagte betont lässig, was – so hoffte sie – professionell klang: »Klar, da sehe ich eigentlich keine Schwierigkeiten. Ich könnte Quiches servieren, Salate, Fingerfood, und über den Preis werden wir uns sicher einig.«

Jennifer strahlte und gab Klaus einen Kuss auf die Wange: »Siehst du, Klaus, für Sophie ist das überhaupt kein Problem. Ist das nicht herrlich? Vielleicht könnten wir auch noch den großen Grill herbringen, und einer von den Jungs aus deiner Fußballmannschaft legt ein paar Steaks auf den Rost.«

Jetzt lächelte auch Klaus zufrieden. »Das könnten wir machen. Ich schätze, dein Vater wird mit Freuden die Steaks liefern. Wenn du, Sophie, dich dann nur um den Rest kümmern könntest?«

Sophie nickte lässig. »Sicher, das geht klar.«

*

Eine Viertelstunde später waren Jennifer und Klaus wieder gegangen. Zuvor hatten sie ihr noch mehrmals versichert, wie toll es sei, dass Sophie diese Landhochzeit möglich mache.

Jetzt saß sie seufzend auf einem Hocker in der Küche und zerriss ihre bisherige Checkliste. Zurück auf Start und alles noch mal von vorne. Sie würde sich ein paar einfache Salate überlegen müssen, die etwas hermachten, aber keine aufwendige Zubereitung verlangten. Okay, und dazu Quiches, Käseplatten, Brote, Kräuterbutter, verschiedene Dips ... Sophies Büfett nahm schnell Form an, allerdings wurde mit jedem Einfall die Einkaufsliste länger und länger. Sie hatte gedacht, sie sei fast fertig, aber das konnte sie jetzt vergessen.

Für morgen früh sollte ich mir besser einen Wecker stellen, nahm sich Sophie vor, als sie schließlich in der Küche das Licht ausschaltete.

Gegen die Uhr

Nebel lag auf den Feldern rechts und links der Straße, als Sophie mit dem Landrover in Richtung Cochem fuhr.

Hätte sie doch bloß schon im Laufe der Woche den bestellten Wein abgeholt. Aber bis gestern Abend war sie ja davon ausgegangen, dass die Fahrt zum Winzer der einzige Punkt auf ihrer To-do-Liste sein würde. Jetzt war es der Anfang einer Einkaufstour.

Kurz überlegte Sophie, ob sie besser über die Autobahn oder unten an der Mosel entlang fahren sollte. Die Autobahn? Ein großes Stück in die falsche Richtung fahren, nur um sich zum Schluss doch wieder runter an die Mosel zu schlängeln? Sie könnte die Route auf ihrem Handy überprüfen. Aber das Telefon lag in ihrer Handtasche auf dem Rücksitz, und mal ehrlich: Wer brauchte an der Mosel schon ein Navi, man fuhr halt den Fluss entlang, um in die einzelnen Weinorte zu kommen.

Dass das keine so kluge Idee gewesen war, wurde Sophie klar, als sie den Flussschleifen folgend hinter einem Wohnmobil dahinschlich. Der Fahrer wollte offenbar die Landschaft des Moseltals genießen und zockelte deshalb in gemütlichem Tempo mit knapp vierzig Stundenkilometern die Straße entlang. Verschiedene Aufkleber zierten die Rückseite des Fahrzeugs, in der Mitte prangte ein launiges »Ich bin alt und kann nicht schneller«, umgeben von den Stadtwappen der wichtigsten Weinorte. Endlich schaffte es Sophie, den Moselfan zwischen zwei Kurven mit einem waghalsigen Manöver zu überholen. Nur um sich wenig später hinter einem Traktor mit Planwagenanhänger wiederzufinden. Leise fluchend suchte Sophie eine Möglichkeit, auch dieses Hindernis hinter sich zu lassen, aber immer wenn sich eine Überholmöglichkeit bot, kam ihr auf der anderen Fahrbahn ein Wagen entgegen. Entnervt schloss Sophie die Augen. Vielleicht konnte sie ja mit reiner Willenskraft den Traktorfahrer zum Abbiegen bewegen.

Als Willenskraft keine Wirkung zeigte, drückte Sophie entschlossen auf die Hupe. Tatsächlich zog das Gespann auf den Standstreifen und ließ sie passieren. Jetzt ärgerte sie sich, dass sie nicht viel früher gehupt hatte. Aber Sophie war auf der Straße nun mal nicht der aggressive Drängler-Typ, das hatte sie jetzt davon.

*

Sie brauchte fast eine Stunde für eine Strecke, die ohne die ganzen Moselschleifen wahrscheinlich nicht mal fünfzehn Minuten gedauert hätte. Endlich bog sie auf dem Hof des Winzers ab. Sophie besaß keine große Erfahrung mit Moselweinen, aber Karin hatte ihr einen Winzer empfohlen, und bei dem hatte Sophie telefonisch den Riesling bestellt, den sie auf der Hochzeit ausschenken wollte.

»Guten Morgen, junge Frau. Na, das nenn ich mal einen richtigen Wagen. Wo haben Sie denn das Schätzchen her?«, begrüßte sie ein älterer Mann, der mit einer Weinkiste in den Händen aus einer niedrigen Holztür auf den Hof trat.

»Guten Morgen. Den können Sie geschenkt haben«, erwiderte Sophie, »Ich bin hier gerade tausend Tode gestorben.«

»Bisschen unhandlich für die engen Straßen bei uns.«

Ja, das war Sophie auch aufgefallen. Manche Straßen in den Orten waren eher Gassen, und Sophie hatte sich schon besorgt gefragt, ob sie für den Straßenverkehr überhaupt freigegeben waren. An einer Hauswand hätte sie sich fast den Spiegel abgefahren.

»Ich heiße von Metten, ich hatte Wein bestellt.«

»Ja, das dachte ich mir schon, Sie sind die einzige Selbstabholerin heute. Na, dann kommen Sie mal mit.«

Der Winzer holte eine Sackkarre und öffnete ein großes Holztor. Als Sophie die zwölf Kisten Riesling und vier Kartons Winzersekt im Kofferraum verstaut hatte, war sie froh darüber, dass Dotti sich für einen so großen Wagen entschieden hatte.

»Da kann die Party ja steigen«, amüsierte sich der Winzer.

Sophie lächelte zurück. »Aber nur, wenn ich jetzt noch die übrigen Einkäufe erledige, sonst können meine Gäste nur Wein trinken und Kuchen essen.«

»Dann sollten Sie sich aber beeilen, wir haben ja schon halb zwölf.«

»Ja, ich weiß, ich werde wohl besser nicht mehr an der Mosel entlangfahren. Aber ich muss nur noch zum Bäcker und zum Beringhof, dem Bioladen«

»Na, da sollten Sie aber mal Gas geben.«

»Wieso?«

»Es ist Samstag, junge Frau, wir sind hier ja nicht in der Großstadt. Der Ottfried Bering macht Punkt eins seinen Laden dicht, so viel ist mal sicher.«

Sophie schluckte, daran hatte sie nicht gedacht. Sie bedankte sich schnell und raste los.

*

Dass samstags kurz vor Ladenschluss in einem Bioladen nicht mehr die volle Auswahl an Gemüse zur Verfügung steht, musste Sophie erkennen, als sie schweißgebadet vor den mehr oder weniger leeren Kisten im Beringhof stand.

»Tomaten hab ich noch da, aber Salatherzen und Rauke? Nee, die kommen erst am Montag wieder. Pilze hatte ich heute früh, aber die letzten sind vor einer guten halben Stunde raus. Ich kann Ihnen Kohlrabi anbieten.« Die Verkäuferin schaute Sophie mitleidig an.

Ich kann ja schlecht gefüllte Kohlrabiknollen als Vorspeise servieren, dachte Sophie resigniert.

»Nein, ist schon gut, ich nehme die Tomaten, die Birnen da drüben und außerdem Ihre Salzbutter …«

»Salzbutter ist aus.«

»Normale Butter? Haben Sie Süßrahmbutter?«

Die Verkäuferin nickte.

»Gut, also Süßrahmbutter und Bergkäse, ihren hauseigenen Ziegenkäse …« Sophie sprach nicht weiter, denn sie sah, wie die Verkäuferin das Gesicht verzog.

»Lassen Sie mich raten: Sie haben keinen Käse mehr?«

»Na ja, der Juniorchef hat heute keine Lieferung gebracht, und da waren wir schon am Vormittag ziemlich knapp.«

Sophie stöhnte leise. Das entwickelte sich hier gerade zu einem Albtraum.

Sie musste also eine weitere Station auf ihre Liste schreiben, obwohl sie gedacht hatte, mit dem Einkauf auf dem Biohof sei alles erledigt. Sophie schaute unruhig auf ihre Uhr. Sie müsste längst in der Küche stehen, aber ohne die nötigen Zutaten konnte sie nicht anfangen.

Vielleicht können mir Karin und Rita helfen, dachte Sophie und nahm sich vor, die beiden anzurufen, sobald sie wieder zu Hause war.

*

Als sie endlich alle Einkäufe ins Haus getragen hatte, war es Nachmittag. Sophie hatte noch zu drei verschiedenen Supermärkten fahren müssen, um alles zu bekommen, was sie brauchte. Mit einem Schnaufen ließ sie sich auf den Hocker sinken und starrte auf den Berg von Zutaten.

Das war doch mehr, als sie gedacht hatte, viel mehr, und vor allem lag sie schon gut fünf Stunden hinter ihrem Zeitplan. Sophie schaltete die Espressomaschine ein. Wenn sie jetzt etwas brauchte, dann eine ordentliche Portion Koffein. Koffein und Hilfe. Sie wählte Karins Nummer.

»Ach, hallo, Sophie. Na, wie weit bist du? Sind die Hochzeitsvorbereitungen abgeschlossen?«, begrüßte Karin sie.

»Im Gegenteil, ich hab noch nicht mal angefangen. Es kommen mehr Gäste als erwartet, und jetzt soll es auch noch Fingerfood und Salate geben.«

»Du meine Güte, und ausgerechnet an diesem Wochenende müssen Rita und Heidi im Elsass sein.«

Stimmt, Rita war ja mit Heidi nach Frankreich gefahren, das hatte Sophie ganz vergessen.

»Kann ich dir irgendwie helfen? Ich meine, ich habe zwei linke Hände in der Küche, aber wenn man mir sagt, was ich tun soll, dann mach ich das«, bot Karin an.

»Das ist genau der Grund, warum ich anrufe. Ich wollte dich bitten, mir morgen hier zu helfen.«

»Ja, sicher. Reicht es, wenn ich so gegen elf Uhr bei dir bin?«

»Das wäre furchtbar lieb von dir. Elf Uhr ist großartig.« Sophie spürte, wie ihr ein Stein vom Herzen fiel. Karin mochte ja, wie sie sagte, zwei linke Hände haben, aber allein die Tatsache, dass sie sich jetzt nicht mehr allein der Hochzeitsgesellschaft stellen musste, baute sie wieder auf.

»Na, dann bin ich um elf Uhr da, Sophie.«

Die Hochzeit

Als der Wecker Sophie aus dem Schlaf riss, hatte sie das Gefühl, gerade erst eingeschlafen zu sein. Stöhnend drehte sie sich um. War es wirklich schon sieben Uhr? Sophie hatte bis in die Nacht hinein Zutaten geschnitten, Essen vorbereitet, Tortenböden gebacken, die Tische dekoriert … die Liste war ihr endlos vorgekommen.

Nun strahlte der Raum in spätsommerlichem Glanz. Die weißen Tischdecken hatte sie mit Blumengestecken geschmückt. Jedes einzelne hatte sie aus roten Beeren, kleinen Sonnenblumen in allen Farbschattierungen von leuchtend gelb bis samtig braun und einer üppigen weißen Schleife selbst angefertigt. Dazwischen wanden sich glänzende dunkelgrüne Efeuranken und brachten das schwere weiße Geschirr schön zur Geltung. Das Gesamtbild war wunderbar. Doch als sie sich schließlich bei den handgeschriebenen Tischkarten – Jennifer hatte ihr die Namen der Familie als Liste vorbeigebracht – zum dritten Mal verschrieben hatte und ihr immer wieder die Augen zufielen, hatte Sophie Schluss gemacht und war wie ein Stein ins Bett gefallen.

Es war tatsächlich sieben Uhr, daran gab es keinen Zweifel.

Mit einem leisen Fluchen stand Sophie auf und stolperte unter die Dusche.

Die nächste Hochzeit übernehme ich nur noch mit genügend Aushilfen, schwor sie sich, während ihre Lebensgeister unter der heißen Dusche langsam erwachten.

Gott sei Dank habe ich noch den ganzen Vormittag Zeit, den brauche ich auch dringend für alle Vorbereitungen, dachte Sophie. Jennifer und Klaus wollten gegen zwölf Uhr mit den Gästen eintreffen.

Sophie trocknete sich gerade ab, als es unten an der Tür klingelte.

Sonntags, kurz nach sieben Uhr. Diesmal war Sophies Fluchen schon deutlich lauter. Sie band sich ein großes Badelaken um und lief zur Tür hinunter. Es schellte noch einmal – da war aber jemand sehr ungeduldig!

Als Sophie die Haustür aufriss, schwebte eine große weiße Plastikwanne auf zwei mächtigen Pranken vor ihr. Unter der Wanne erkannte Sophie Männerbeine in Anzughose, unpassender Weise kombiniert mit weißen Metzgergummistiefeln.

»Morgen, Frau von Metten. Die Hetti lässt mir keine Ruhe, da dachte ich, was soll's, einer wird schon aufmachen. Also, wo soll ich die Steaks hinbringen?«

Hinter der Plastikwanne lugte Johannes Braubart hervor. Nur er konnte es sein, denn wer, wenn nicht der Brautvater, würde wohl zum Sonntagsanzug Arbeitsstiefel tragen und mit Steaks frühmorgens durch die Gegend fahren.

»Ihnen auch einen guten Morgen, Herr Braubart. Ist aber noch ziemlich früh. Na egal, bringen Sie das Fleisch doch bitte in die Küche. Warten Sie, ich geh voraus.«

Während Johannes Braubart schnaufend die große Plastikwanne durch den Flur schleppte, fragte sich Sophie, wie viel Kilogramm Fleisch wohl heute auf den Rost kommen sollten.

»Das ist aber eine Menge Grillfleisch«, stellte Sophie fest und versuchte dabei, einigermaßen unbeeindruckt zu klingen.

»Wenn doch die Jennifer heiratet. Soll ja keiner später sagen, der Braubart wäre knauserig gewesen. Sollen die anderen beiden Wannen auch hier rein?«

Sophie schluckte einmal trocken. Schon der Inhalt dieser einen Wanne würde nicht vollständig in den Kühlschrank passen.

»Ja, muss das denn nicht alles gekühlt werden?«

»Besser ist das schon. Ich hab der Hetti auch gesagt, dass ich das bis nach der Kirche im Kühlraum lassen kann, aber sie hat darauf bestanden, dass wir alles vor der Messe erledigen. Ich soll schließlich nicht mit dem Fleisch nach der Trauung hier … na, Sie wissen schon.«

Ja, Sophie wusste schon. Sie wusste vor allem, dass da gerade ein Kühl-GAU auf sie zukam. Vielleicht konnte sie unten im Keller noch etwas unterbringen oder … ja sicher, der Kühlanhänger. Das war eine Möglichkeit.

»Wären Sie so nett, die anderen beiden Wannen ums Haus herumzutragen? Hinten steht der Kühlanhänger für die Getränke, da können wir die Wannen reinstellen.«

»Prima Idee, Frau von Metten. Prima Idee.« Johannes Braubart linste um die Ecke in den Gastraum des Cafés.

»Ich darf doch mal gucken? Nee, das ist ja nett geworden. Mensch, da wird die Hetti aber Augen machen, wenn die gleich kommt.«

Sophie, die gerade dabei war, verschweißte Plastikbeutel mit Steaks zwischen die Vorratsbehälter im Kühlschrank zu stopfen, schaute Herrn Braubart alarmiert an.

»Was meinen Sie mit ›gleich vorbeikommen‹? Sie meinen heute Mittag, wenn die Hochzeitsgesellschaft eintrifft?«

»Heute Mittag? Nee, ich mein gleich zum Brautjungfern-

Kaffee. Ist so 'ne Wümmerscheider Tradition. Wussten Sie das nicht? Die Brautjungfern ziehen sich gemeinsam um, bekommen ihr Sträußchen und 'ne Tasse Kaffee und 'n Stück Kuchen zur Stärkung.«

Braubart sah Sophies panischen Blick. »Ja, da müssen Sie sich keine Sorgen machen. Dat dauert ja nich lange. Ich denke, so gegen halb zehn sind die hier. Die Hetti vielleicht ein bisschen früher, wie ich sie kenne, die ist ja nur noch ein Nervenbündel. Die Jungs mit dem zweiten Grill kommen danach und«, Braubarts Stimme ging in ein verschwörerisches Flüstern über, »Jennys Freundinnen planen ja noch eine Überraschung. Das haben Sie aber nicht von mir.«

»Moment mal, habe ich das richtig verstanden: Zuerst stehen hier die Brautjungfern auf der Matte und wollen Kaffee und Kuchen, zwischendurch wird Material angeliefert, und dann muss ich noch mit Jennys Freundinnen rechnen?« Sophies Stimme klang selbst in ihren eigenen Ohren leicht schrill. Der Brautvater schien das aber nicht zu bemerken, womöglich war er von seiner Hetti zu Hause ganz andere Tonlagen gewohnt.

»Ja, ich denke, das ist die Reihenfolge. Nee, das heißt, der Männergesangsverein Wümmerscheider Goldkehlen 1903 wird wohl etwas früher kommen, die wollen sich noch einsingen. Denen müssen Sie nur ein paar Bier hinstellen, dann sind die zufrieden. Und die Sollensbacher Jagdbläser vom alten Weibold werden wohl auch nicht viel mehr wollen, obwohl die ja gern zu 'nem Herrengedeck greifen. Sie verstehen schon: Bier und zwei Kurze.« Braubart zwinkerte Sophie zu, die immer noch vor der offenen Kühlschranktür kauerte und ihn fassungslos ansah.

»Na, dann will ich mal wieder. Die Wannen stelle ich in den Anhänger, und wir sehen uns spätestens um zwölf. Ich bin ja so was von aufgeregt. Und die Hetti erst! Tschö, Frau von Metten.«

Sophie schloss hinter dem fröhlich pfeifenden Brautvater die Haustür, lehnte sich von innen gegen das Holz und spürte Panik in sich aufsteigen wie heiße Lava in einem Vulkanschlot. Es klopfte ans Flurfenster, Sophie schrie überrascht auf und hätte vor Schreck fast das Badelaken verloren.

Vor dem Flurfenster tauchte Braubarts fülliges Gesicht auf. Die fleischige Nase wurde durch das schlierige Antikglas unnatürlich verzerrt.

Sophie öffnete noch einmal die Haustür.

»Hätte ich fast vergessen. Hettis Mütterverein hat sich bereit erklärt, beim traditionellen Brautkranzbinden zu helfen. Wenn Sie mich fragen, ist das nur ein Vorwand, um schon mal mit einem Aufgesetzten auf das freudige Ereignis anzustoßen.«

»Und?«, fragte Sophie ungehalten, obwohl sie sich fest vorgenommen hatte, gegenüber Gästen immer höflich und zuvorkommend zu sein. Aber Braubarts Überraschungspotpourri am frühen Morgen konnte jedem guten Vorsatz den Garaus machen.

»Bei uns ist zu viel Trubel, allein Hettis Schwestern … Ich sag Ihnen, ich bin nicht umsonst so früh auf den Beinen. Macht Ihnen doch nichts aus, wenn die sich hier treffen – oder?« Braubart deutete mit der Hand auf den Garten vor dem Haus, der wie der Inbegriff von herbstlicher Stille aussah.

»Von dem Mütterverein werden Sie gar nichts mitkriegen – also, vermute ich jedenfalls. So, und jetzt bin ich weg.«

Johannes Braubart ging pfeifend den Kiesweg entlang, drehte sich noch einmal kurz um und rief mit einem verschmitzten Grinsen: »Hübsches Badelaken übrigens – steht Ihnen.«

Sophie verdrehte genervt die Augen und knallte die Haustür zu. Sie rannte die Treppen in ihr Zimmer hoch, trocknete sich rasch die Haare und zog Jeans und T-Shirt über. Für später – wenn die Gäste da waren – hatte sie schon eine frische weiße Bluse rausgehängt. Jetzt aber brauchte sie Arbeitskleidung.

Ihre Überlebensstrategie für den Tag ließ sich mit einem kurzen Satz zusammenfassen: Augen zu und durch.

Sie hatte einen genauen Ablaufplan, den sie abarbeiten musste, und sie nahm sich vor, sich von nichts und niemandem davon abhalten zu lassen. Egal, was da kommen mochte. Nicht von irgendwelchen Sangesbrüdern, Freundinnen der Braut, Brautjungfern, Jagdbläsern oder dem weiblichen Teil des Braubart-Clans. Sie war eine professionelle Gastgeberin und Bistrobesitzerin – jawohl!

Das kurze Frühstück, das auf ihrem Ablaufplan stand, strich Sophie kurzerhand. Eine Tasse Milchkaffee, eine Scheibe Brot zwischendurch, das musste reichen. Ihr fehlte jetzt einfach die Ruhe.

Peter macht sich Sorgen

Für Peter war es leicht, die Straße und damit die Zufahrt zum Mühlencafé im Blick zu behalten. Er hatte einfach die Gardinen etwas zurückgezogen und seinen Ohrensessel umgestellt. Jetzt saß er mit einem Becher Kaffee im Sessel und machte sich Sorgen.

Er war schon bei vielen Hochzeiten dabei gewesen, er kannte Klaus und Jennifer, und er ahnte, was sich gerade in Jennifers Familie abspielte. Auf dem letzten Schützenfest hatte er Hetti Braubart und ihre drei Schwestern live erleben dürfen, und da waren sie nur ausgelassen gewesen.

Diesmal ging es um die Hochzeit der einzigen Tochter und Nichte, das war noch ein ganz anderes Kaliber.

Peter wollte natürlich nicht neugierig sein, aber Johannes Braubart hatte ihm gestern bereitwillig alles erzählt.

Sophie war allein im Café, ohne Aushilfe für die Bedienung, ohne Küchenpersonal, und was sich hier gerade den Mühlenweg entlangschob war eine Flutwelle, mit der sie unmöglich rechnen konnte. Eine Flutwelle, die in der Lage sein würde, sie von den Füßen zu reißen.

Peter stieß resigniert die Luft aus. Es klang schon fast wie ein lautes Stöhnen. Herr Württemberg spürte offenbar die Unruhe seines Herrchens und begann leise zu winseln.

»Weißt du, Herr Württemberg, eigentlich sollte mich das alles nichts angehen. Ich könnte ganz beruhigt mit dir spazieren gehen oder ein Buch lesen. Aber so fühlt es sich leider nicht an. Es fühlt sich vielmehr so an, als hätte ich Sophie in diese Lage gebracht. Also, ich weiß nicht, wie es dir geht, aber ich fühl mich schlecht.«

Bei der Erwähnung von Sophies Namen hob der Hund den Kopf und bellte einmal kurz.

»Ja, klar, du würdest einfach da rüberlaufen und Männchen machen, dich auf den Rücken werfen, um dir den Bauch kraulen zu lassen, und alles wäre wieder gut. Denkst du denn, mir fehlt sie nicht? He, ich hab ihr sogar schon drei SMS geschrieben. Sie hat nicht mal geantwortet. Ich fürchte, wir haben es voll gegen die Wand gefahren.«

Herr Württemberg knurrte.

»Okay, du hast recht, *ich* hab es voll gegen die Wand gefahren, du hast ja nur dösend unter dem Tisch gelegen.«

Peter seufzte in seinen Kaffeebecher hinein. Eine größere Gruppe Männer, bestimmt an die vierzig, alle in weißen Hosen und grünen Lodenjacken, marschierte die Straße entlang.

»Ach du dickes Ei. Siehst du das, Herr Württemberg? Der alte Weibold hat auch noch die Jagdbläser ins Boot geholt. Hoffentlich hat Sophie genug Bier eingekauft, die sind in der Lage, noch vor dem Mittagsläuten eine Kneipe leer zu trinken.«

Peter blieb in seinem Sessel sitzen. Wie gern hätte er jetzt Sophie geholfen. Aber daran war überhaupt nicht zu denken. Selbst wenn er jetzt zu ihr gehen würde, würde sie ihn nur wieder vor die Tür setzen – garantiert. Er konnte nur weiter den Beobachter spielen, eine Rolle, die er sich bei Sophie nie gewünscht hatte.

Chaos

»Sagen Sie mal, sind Sie die Chefin hier?«

Sophie drehte sich zu einem Kleiderschrank von Mann um, der die Küchentür ausfüllte.

»Ja, bin ich. Kann ich Ihnen helfen?«, fragte sie, die Hände im Spülbecken, weil sie gerade dabei war, die Rauke zu waschen.

»Ja, ich wollte fragen, wo Sie denn die Bierchen für mich und die Kameraden haben. Muss ja nicht sofort sein, aber so ein kleiner Frühschoppen, um die Lippen geschmeidig zu halten – Sie verstehen? Und wenn Sie zufällig noch zwei, drei Flaschen Korn da hätten … also, die Kameraden trinken gern auch mal 'nen Kurzen. Auf einem Bein kann ein Jagdbläser ja nicht stehen, höhö.«

Sophie verdrehte innerlich die Augen. »Bier ist im Kühlanhänger hinter dem Haus. Ich würde Sie allerdings bitten, der Hochzeitsgesellschaft noch ein paar Flaschen übrig zu lassen. Mit Korn kann ich leider nicht dienen. Fragen Sie doch mal rum, vielleicht möchte ja jemand eine Tasse Espresso.«

»Espresso! Ha, Sie machen mir Spaß, also Humor haben Sie, da kann man nicht meckern. Espresso!«

Der Jagdbläser verschwand aus dem Türrahmen, und Sophie hörte ihn noch im Flur leise lachen.

»Frau von Metten, die Brautjungfern sind dann jetzt gleich so weit.« Hetti Braubart löste den trinkfreudigen Jagdbläser im Türrahmen ab.

»Ja, Frau Braubart? Ich habe Ihnen doch schon Kaffeekannen und Tassen auf die Tische gestellt. Ich würde Sie bitten, sich im Moment noch selbst zu bedienen. Heute Mittag übernehme ich das selbstverständlich. Aber jetzt muss ich mich wirklich ranhalten, um meinen Zeitplan einzuhalten ...«

»Nein, was stehst du denn noch hier herum, Hetti, die Kinder warten doch schon. Ach, da steht ja der Kuchen«. Eine ältere Dame mit violett angehauchter Dauerwelle und einer Menge Familienähnlichkeit mit Hetti Braubart hatte sich in die Küche gedrängt. Sie steuerte eine der Torten an, die auf der Theke standen.

»Moment!« Sophie schüttelte die nassen Hände ab und griff nach einem Handtuch. »Sie können die Torte da nicht mitnehmen. Die ist für den Nachmittagskaffee bestimmt.«

»Ja, aber Hetti, was sollen denn jetzt die Brautjungfern essen?« Mindestens drei der sechs Brautjungfern sollten in den nächsten Wochen besser überhaupt nichts essen, dachte Sophie. In ihren Augen sahen die Frauen in den lachsfarbenen, langen Kleidern wie Presswürste aus, aber das behielt sie für sich.

»Es tut mir leid, ich habe erst heute früh von dieser wunderbaren Wümmerscheider Tradition erfahren. Vielleicht geht der Streuselkuchen da drüben ja auch, davon habe ich ein Blech als Reserve gebacken. Auch sehr lecker«, schlug Sophie vor.

»Hetti, Blechkuchen? Keine Sahnetorte? Ach herrje, na, wenn das mal gut geht.«

Die violette Dauerwelle schüttelte missbilligend den Kopf, nahm dann aber doch eine Servierplatte Streuselkuchen mit.

»Frau Braubart, auf ein Wort.« Sophie prüfte, ob sie mit der Brautmutter auch wirklich allein war. Zur Sicherheit senkte sie die Stimme.

»Mir liegt das Gelingen der Hochzeitsfeier wirklich sehr am Herzen. Und ich habe mich auch bereit erklärt, die Ausweitung der Feier mitzutragen.«

»Wofür Johannes und ich Ihnen auf ewig dankbar sein werden. Da können Sie sich aber drauf verlassen, Frau von Metten«, erklärte Hetti Braubart.

»Das weiß ich, aber was ich sagen will, ist, mir fehlt einfach noch Personal, und ich habe erst heute früh von den zusätzlichen … ähm … Programmpunkten erfahren.«

»Da machen Sie sich mal keine Sorgen.« Hetti Braubart ließ leider offen, warum sich Sophie keine Sorgen machen sollte. Denn jetzt ertönte ein schrilles »Hettilein, wir sind daaa!«

»Ach, das sind meine Mit-Mütter. Wären Sie so lieb und würden uns noch schnell drei Kannen Kaffee und zwei Kannen Tee rüberbringen? Einschenken übernehmen wir dann, wir wollen Ihnen ja keine Umstände machen. Gott, gleich müssen wir ja schon zur Kirche. Wie die Zeit vergeht. Haben Sie an die Schnittchen gedacht?«

»Schnittchen?«

»Ja, hat denn der Johannes das nicht ausgerichtet? Ist eine Wümmerscheider …«

»… Tradition. Habe ich mir schon gedacht. Schnittchen für wie viele?«, ergänzte Sophie resigniert den Satz.

»Nur so 'ne Platte.« Hetti Braubart zeigte mit beiden Händen einen Abstand von einem guten halben Meter. »Machen Sie sich da keine großen Umstände. Einfach ein bisschen Schinken, Käse, ein paar Gürkchen, mehr wollen die Mädels doch gar nicht. Wir müssen ja auch bald los.« Sie zwinkerte Sophie zu und verließ die Küche, während draußen ein erneutes »Hettilein« zu hören war.

Sophie schloss die Augen. Okay, dann musste die Rauke eben noch warten. Nach den Unmengen von Grillfleisch würde die Hochzeitsgesellschaft zum Glück später kaum noch in der Lage sein, sich über den eingekauften Aufschnitt herzumachen. Schinken und Käse hatte sie also genug. Sophie begann hektisch Brot zu schneiden. Ein Blick zur Küchenuhr – sie lag hoffnungslos hinter ihrem Zeitplan. Gut, dass gleich alle zur Kirche mussten, dann hatte sie wenigstens Ruhe.

Als sie die Schnittchenplatte gerade fertig hatte, und zwar in Rekordzeit, ertönte von draußen ein vielstimmiges *Help*. Sophie hätte die Servierplatte vor Schreck fast fallen gelassen. Die Wümmerscheider Goldkehlen sangen sich ein. Offenbar hatte jemand auf modernem Liedgut bestanden, der alte Beatles-Song wurde nahtlos abgelöst von ABBAs *SOS*, gefolgt von Queens *The show must go on.* Freddy Mercury würde sich im Grab umdrehen.

Sophie grinste. Da hatte aber jemand mit sicherer Hand die richtigen Titel für eine Hochzeit ausgewählt.

»Da sind ja die Schnittchen«, begrüßte Hetti Braubart Sophies Auftauchen.

»So, Mädels, für jede ein, zwei Schnittchen auf die Hand, und dann müssen wir auch gleich los. Ach, Frau von Metten, der Gesangsverein und die Jagdbläser bleiben hier, macht Ihnen doch nichts aus – oder? Die wollen ja höchstens was trinken. Und der Grill sollte gleich kommen. Die Überraschung von Jennys Freundinnen ist noch nicht da, die haben sich verspätet. Himmel, hoffentlich sind die pünktlich in der Kirche. Gott, ich bin ja so was von aufgeregt.«

*

Bier, Kaffee, Tee, Schnittchen und Streuselkuchen – das alles wurde schneller getrunken und gegessen, als es Sophie je für möglich gehalten hätte. Bei einer der Brautjungfern knirschte der Stoff des Kleides besorgniserregend laut, als sie sich erhob. Aber wie durch ein Wunder hielt die Naht. Sophie atmete durch, als die ganze Gästeschar nach draußen verschwand. Gut, weiter jetzt.

Als sie in ihre Küche zurückkam, hätte sie fast aufgeschrien. Eine junge Frau stand an ihrem Spülbecken und fischte ein letztes Blättchen Rauke aus dem Wasser, warf es in den Standmixer, und bevor Sophie einschreiten konnte, drückte die Frau auf den Knopf. Mit einem lauten »Brrr« verwandelte sich vor Sophies Augen ein Großteil ihrer Salatteller in einen grünen Brei.

»Sind Sie wahnsinnig? Was machen Sie denn da?«, rief Sophie.

»Na, was wohl, den grünen Smoothie für die Brautleute. Grün, wie die Farbe der Hoffnung, haben wir uns in der Clique überlegt.«

»Aber Sie können doch nicht meine ganze Rauke in einen Mixer werfen und pürieren.«

»Ihre Rauke? Ach herrje, das tut mir leid, ich dachte, die Ute hätte das hier vorbereitet«. Immerhin sah die Raukediebin einigermaßen zerknirscht aus.

Sophie lehnte sich an die Küchentheke und hätte am liebsten geschrien. »Nein, eine Ute war noch nicht hier, was mich ehrlich gesagt erstaunt«, Sophie wurde lauter, »weil nämlich schon fast jeder in dieser Küche war. Würden Sie also ihre Pampe da nehmen und aus meiner Küche verschwinden! Ich habe hier wirklich zu arbeiten!«

»Äh, ja, natürlich. Hätten Sie vielleicht noch einen Spritzer Tabasco?«

Sophie blies die Wangen auf. »Klar, drüben im Kühlschrank.«

Miss Rauke bediente sich kurz und verließ dann fluchtartig Sophies Küche.

Raukesalat konnte sie vergessen, daran ließ sich nichts mehr ändern. Sophie holte den Eisbergsalat heraus und begann, ihn zu schneiden.

»Da bin ich.« Karin kam herein. »Bei dir im Hof sieht's ja aus wie beim Schützenfest. Hast du nicht gesagt, die Feier beginnt erst mittags?«

»Gut, dass du da bist, Karin. Ich habe leider nicht mit den vielen Wümmerscheider Traditionen gerechnet und mit den Teilnehmern der zusätzlichen Programmpunkte wie den versoffenen Jagdbläsern, den Goldkehlen, die gleich sicher auch noch ihre Stimmen ölen wollen, und mit Jennys Freundinnen, die meine Vorräte plündern, um sie in Smoothies zu verwandeln.«

»Himmel, seit wann geht denn das hier schon so?«

Sophie zuckte mit den Schultern. »Braubart Senior kam um sieben Uhr, Hetti und der ganze Rest der Familie gegen halb neun, und bei den übrigen habe ich schon keine Zeit mehr gehabt, auf die Uhr zu schauen.«

»Ach du meine Güte. Also, dann sag, was ich tun soll.«

Sophie war dankbar dafür, dass Karin hier neben ihr stand. Egal, was Karin heute tun würde, ob sie viel oder nur wenig helfen konnte, allein, dass sie da war, erleichterte Sophie.

»Wir müssen die Salate vorbereiten, danach kümmere ich mich um die Quiches. Die Salatsaucen habe ich schon fertig. Drüben müssen noch die Kuchen und Torten hingestellt und später dann Kaffee und Tee serviert werden. Frisch zubereiten muss ich noch die Obstspieße.«

»Kuchen und Torten kann ich tragen und Salat schneiden auch. Ich fange einfach mal an.«

Sophie suchte die Zutaten für die Obstspieße heraus.

»Tach, Bierlemöcker der Name, der Grill ist da und die Biertische.« Die erneute Unterbrechung ließ Karin zusammenzucken. Sophie dagegen nahm es gelassen. Herr Bierlemöcker grinste von einem Ohr zum anderen, was Sophie, trotz des ganzen Stresses, lächeln ließ.

»Da draußen tobt ja der Bär. Ich dachte, der Junior vom alten Weibold heiratet nur.« Bierlemöcker kratzte sich unter der Latzhose seinen kugeligen Bierbauch.

»Die Hochzeit fängt erst mittags an, das da draußen ist das musikalische Rahmenprogramm«, erklärte Sophie. »Können Sie den Grill im Garten aufstellen? Haben Sie auch genug Grillkohle, Anzünder, Streichhölzer dabei?«

»Aber sicher.« Der Grilllieferant grinste. »Wie sag ich immer: Bierlemöcker haut alle vom Höcker. Aber ich liefere das gute Stück ja nur an. Aufstellen und anmachen müssen Sie den Grill schon alleine. Ich hab noch zwei Lieferungen für ein Weinfest in Treis-Karden, bin spät dran.«

Okay, Obstspieße wieder zurück auf Warteposition.

»Karin, schneid einfach den ganzen Salat klein. Und wenn hier jemand in die Küche kommt, wirf ihn wieder raus.«

Sophie folgte Herrn Bierlemöcker nach draußen. Sie schaute sich um, das wäre doch gelacht. Allein im Hof lungerten locker sechzig gestandene Männer herum. Sophie holte tief Luft.

»Meine Herren! Alle mal herhören. Ich bin Sophie von Metten, und ich brauche die Hilfe von ein paar starken Männern. Der große Grill und die Säcke mit Holzkohle müssen runter von der Ladefläche, und die Biertisch-Garnituren gehören in den Garten. Also, bitte. Mit dem Aufbau von Biertischen kennen Sie sich doch sicher aus.«

Vereinzeltes Gelächter, ein halblautes »Ich hab's euch doch gesagt, die hat Humor. Wollte uns Espresso anbieten.« Erleichtert sah Sophie, wie ein Dutzend Männer zu dem großen Transporter eilte, um dem Fahrer beim Abladen zu helfen.

Na bitte, das klappt ja wie am Schnürchen, dachte Sophie zufrieden. In diesem Moment krachte ein Donnerschlag über Wümmerscheid-Sollensbach.

Weltuntergang

Es regnete nicht, es schüttete. Die Wassermassen, die da vom Himmel kamen, sahen aus, als hätte jemand Schleusentore geöffnet und zwar genau über dem Mühlencafé.

Sophie schaute fassungslos durch das Fenster auf die Wasserkaskaden, die aus ihrer Dachrinne schossen. Blitze zuckten am Himmel, Donnerschläge ließen selbst einzelne gestandene Jagdbläser zusammenfahren. Weltuntergang in Wümmerscheid-Sollensbach. Es machte nicht den Eindruck, als würde das Unwetter gleich weiterziehen.

Als Sophie sich wieder zum Raum umdrehte, hätte sie am liebsten geweint. Die ganze Dekoration, die sorgfältig angeordneten Tische, alles für die Katz. Mit vereinten Kräften hatten die Wümmerscheider Goldkehlen und die Sollensbacher Jagdbläser vier Biertischgarnituren ins Haus getragen und die Cafétische zusammengeschoben, um dafür Platz zu schaffen. Na ja, Platz war vielleicht übertrieben. In Sophies Augen verströmte der Raum jetzt das Ambiente einer Bahnhofsvorhalle.

Doch ihr blieb keine Zeit, deshalb zu hadern, denn in diesem Moment fuhren die Autos vor.

»Das Brautpaar ist da, also los, meine Herren, an die Sonnenschirme«, kommandierte Sophie. Mehrere Männer schnappten sich die zuvor aus dem Lagerschuppen hereingeholten Sonnenschirme und spannten sie draußen auf. Jennifer stieg in ihrem Brautkleid mit Schleppe aus dem Wagen. Am Arm ihres frisch angetrauten Ehemanns schritt sie strahlend auf das Haus zu. Lachend versuchte sie, den wild flatternden Brautschleier und die kunstvoll hochgesteckten Haare festzuhalten, immerhin schaffte sie es, einigermaßen trocken ins Café zu gelangen. Eine der Brautjungfern hatte weniger Glück. Eine Sturmböe erfasste den ersten Schirm und schlug ihn nach oben. Man hätte der armen Frau auch einen Eimer Wasser über den Kopf gießen können, es hätte den gleichen Effekt gehabt. Mit einem Aufschrei stürzte sie klitschnass unter den restlichen Schirmen hindurch zum Eingang. Heroisch hielten die Männer den Sonnenschirm-Gang aufrecht, um wenigstens den übrigen Gästen einen einigermaßen trockenen Übergang von den Autos ins Haus zu ermöglichen.

»Oh, Frau von Metten, was für ein Wetter! Was machen wir denn jetzt? Ach herrje, die arme Jennifer, die Haare sitzen gar nicht mehr richtig. Und schauen Sie nur, mein schönes Kleid, lauter Matschspritzer.« Hetti Braubart blickte Sophie vorwurfsvoll an.

»Sorry, Frau Braubart, aber für das Wetter bin ich wirklich nicht verantwortlich«, erwiderte Sophie.

»Ja, und die Tischordnung, was machen wir denn nun mit der Tischordnung?«, jammerte die Brautmutter weiter.

»Ich glaube, die Tischordnung vergessen wir einfach mal.« Sophie stellte sich auf einen Stuhl, um einen besseren Überblick zu haben. »Meine Damen und Herren, liebes Brautpaar, liebe Brauteltern, liebe Verwandte und Freunde der Familien Weibold und Braubart. Willkommen in *Tante Dottis Bistro*, dem ehemaligen Mühlencafé. Leider hat uns das Wetter einen Strich durch die Rechnung gemacht. Wir mussten alles etwas zusammenrücken«, für Sophie die Untertreibung des Jahres, »bitte nehmen Sie einfach Platz.« Sophie sprang vom Stuhl herunter.

»Ja, und wie soll es jetzt weitergehen?« Hetti Braubart klang, als wären sie alle Passagiere der Titanic, und zwar nach der Begegnung mit dem Eisberg.

»Ich denke, wir werden erst einmal ein Glas Sekt …«

»Heeelp. I need somebody's help, help meeee!«

Hetti Braubart ließ vor Schreck das Glas fallen, das ihr jemand in die Hand gedrückt hatte.

Die Wümmerscheider Goldkehlen hatten offenbar für sich entschieden, dass es jetzt losgehen konnte. Dabei standen sie nicht als Chor zusammen, dafür wäre nun wirklich kein Platz mehr gewesen, sondern in einzelnen Grüppchen im Raum verteilt zwischen den Tischen. Fehlende Tonsicherheit machten die Sänger durch Lautstärke wett. Sophie nutzte die Gelegenheit, um Hettis Jammern zu entkommen. Sie brauchte außerdem Kehrschaufel und Handfeger, um die Scherben zusammenzufegen. Doch das war leichter gesagt als getan, denn es waren einfach zu viele Menschen in diesem Raum. Als Sophie sich endlich durch den dichten Pulk von Gästen bis zur Küche gedrängelt hatte, holte sie erst einmal tief Luft.

»Meine Güte, sind die alle ins Haus gekommen?«, fragte Karin besorgt.

Sophie nickte.

»Aber es war doch schon vorher kein Platz für alle Hochzeitsgäste und jetzt noch der Chor und die Jagdbläser, wollen die alle was essen? Wir haben doch …«

Den Rest des Satzes konnte Sophie nicht verstehen, er ging in der Jagdhornversion von *Hoch auf dem gelben Wagen* unter.

»Was hast du gesagt?«, schrie Sophie gegen den Bläserlärm an. Karin stellte sich neben sie und rief: »Wo sollen denn nur alle sitzen?«

Sophie zuckte mit den Schultern.

»Was aber noch viel wichtiger ist: Sollte nicht gegrillt werden?«

Sophie schaute Karin bestürzt an. Ach du meine Güte, daran hatte sie gar nicht mehr gedacht. Ihr Haus platzte aus allen Nähten, von ordentlichem Servieren konnte keine Rede sein, und ihr ganzer Speiseplan wurde gerade von einem Jahrhundertgewitter weggespült.

»Sophie! Sag doch was! Was sollen wir denn jetzt nur machen? Bei den Sturzbächen da draußen geht doch kein Grill an. Und in spätestens einer Stunde wollen deine Gäste ihr Mittagessen.«

Sophie antwortete nicht, sondern ließ sich auf einen Hocker sinken und vergrub das Gesicht in den Händen. Das war einfach nicht fair! Es sollte eine wunderschöne Landhochzeit werden, ein Vorzeigeevent, sozusagen das Aushängeschild für ihr neues Bistro.

Aber es war wie verhext. Alles, wirklich alles war schiefgelaufen. Das Unwetter war nur das Sahnehäubchen auf ihrer Niederlage.

»Karin, ich habe keine Ahnung, was wir tun sollen. Ehrlich, ich bin mit meinem Latein am Ende«, gestand Sophie.

»Wäre doch nur Heidi hier. Die wüsste, was zu tun wäre«, stöhnte Karin.

»Mon Dieu, was für eine Dreckswetter. Isch 'abe das Gefühl, isch bin geschwommen in dieses Haus.«

»Bitte, wir haben hier zu arbeiten. Und wir wissen auch nicht, wann es Essen geben wird. Wir kümmern uns darum«, fauchte Sophie.

»Aber isch 'abe doch nicht gefragt nach die Essen. Isch 'abe gesagt, das ist scheußlicher Regen.«

Sophie schaute hoch und musterte den Mann, der gerade hereingekommen war. Richtig, er hatte nicht nach Essen gefragt. Und er sah auch nicht wie ein Hochzeitsgast aus. Der

Mann war um die fünfzig, klein, bestimmt einen halben Kopf kleiner als Sophie, er trug Segeltuch-Turnschuhe, Jeans und ein gestreiftes Sweatshirt. Sein Gesicht wurde von einem mächtigen schwarzen Walross-Schnauzbart dominiert, in den sich erste graue Haare eingeschlichen hatten.

»Wer sind Sie?«

»Isch? Oh, pardon, isch 'abe mich nicht vorgestellt. Jean-Pierre Garbon. Isch suche Sophie, Sophie von Metten.«

»Sie … Sie sind Jean-Pierre?« Sophie sprang wie elektrisiert hoch.

»Oui, und Sie müssen Sophie sein. Sagen Sie bitte nur Jean-Pierre. Eine Freundin von die 'eidi ist auch meine Freundin. Und isch glaube, isch komme gerade, wie sagt man, in die richtige Moment.«

Sophie fiel Jean-Pierre um den Hals. »Jean-Pierre, du bist meine Rettung. Ich weiß nicht, was ich noch tun soll.«

»Oh là, eine schöne Frau braucht mein 'ilfe«, schmunzelte der kleine Franzose zufrieden. »Aber isch dachte, die Bistro ist leer. Doch nichts davon stimmt. Die Raum dort ist voll mit die Menschen. Was bedeutet das?«

Sophie brauchte keine fünf Minuten, um alles zu erklären. Jean-Pierre hörte aufmerksam zu, schnalzte ab und zu missbilligend mit der Zunge oder schüttelte den Kopf, zog die Augenbrauen hoch und stieß mehrmals ein leises »mon Dieu« aus.

»Das heißt, wir müssen gleich Essen auf den Tisch bringen, aber ich weiß nicht, wie«, schloss Sophie ihren Bericht.

Jean-Pierre nickte. »Isch 'ole rasch aus die Wagen meine Sachen, und dann fangen wir an.«

»Aber womit?«

»Womit?« Jean-Pierre grinste über das ganze Gesicht. »Mit die Improvisieren von die Essen.«

Bevor er erklären konnte, was er damit meinte, rauschte Hetti Braubart in den Raum.

»Frau von Metten, wie soll es denn jetzt nur weitergehen? Der Regen hört und hört nicht auf. Johannes sagt, an Grillen ist nicht zu denken. Ich glaube, Herbert Weibold hat sich gerade schon den dritten Sekt hinter die Binde gegossen. Sie müssen etwas tun.« Hetti Braubart rang verzweifelt die Hände.

»Jean-Pierre, das ist Frau Braubart, die Mutter der Braut.«

Der Franzose machte eine elegante Verbeugung, die seine Jeans und sein Sweatshirt vergessen ließ, und hauchte der überraschten Brautmutter einen Kuss auf die Hand.

»Madame, Sie sorgen sich zu Unrecht. Es wird eine wunderbare Fest. Wir werden ein wenig, wie soll isch sagen, umdisponieren. Wir servieren auf die Büfett eine kleine Wahl von die Vorspeisen, und dann wir werden etwas verspätet servieren ein wundervolles Rezept aus meine 'eimat: eine Fleischpfanne, provenzalisches Grillgemüse, Bauernbrot und ein paar Kleinischkeiten, die Sie verzaubern werden.«

»Oh, wenn das so ist, ja, dann geh ich mal wieder. Sie scheinen hier ja alles gut im Griff zu haben, Frau von Metten. Ganz reizend, Ihr Koch, ganz reizend.«

Kaum war Hetti Braubart gegangen, klatschte Jean-Pierre zufrieden in die Hände. »So, und nun lass uns das tun, was wir am besten können, lass uns machen die Gäste satt und zufrieden.«

Montag, 17. Oktober

Wir haben es tatsächlich geschafft. Ich meine, ich hätte das nicht für möglich gehalten. Niemals. Aber Jean-Pierre hat mit einer Energie und gleichzeitig mit einer ungeheuren Gelassenheit das Ruder herumgerissen.

Ich sitze hier, mir brennen die Augen, ich habe keine Ahnung, wie spät es mittlerweile ist, aber ich bin viel zu aufgedreht, um jetzt zu schlafen.

Der fantastische Jean-Pierre! Er hat in der Küche wahre Wunder vollbracht. In den großen Pfannen haben wir Geschnetzeltes gebraten, einen Teil der Vorspeisen hatte ich ja schon fertig, das verschaffte uns die nötige Zeit. Und es gab Grillgemüse aus dem Ofen – aus den Quiche-Zutaten. Dass ich nicht selbst darauf gekommen bin! Immerhin hat Jean-Pierre meine Kuchen und Dips gelobt.

Ich war ganz froh, dass ich einfach nur seine Anweisungen befolgen musste. Ich glaube, Karin ging es genauso. Und es hat funktioniert. Ich hätte daran nicht mehr geglaubt. Klar, als Jean-Pierre ankam, war es ja auch besonders chaotisch: der

Chor, die Jagdbläser ... Zum Glück haben die sich nach mehreren Runden Bier wieder verabschiedet, sodass Karin und ich uns um die eigentliche Hochzeitsgesellschaft kümmern konnten, das waren ja immer noch genug Personen. Alle rückten im Haus zusammen, und irgendwie hat es dann auch hingehauen.

Hetti Braubart frisst Jean-Pierre jetzt aus der Hand. Gott, die ist total auf ihn abgefahren. Übrigens nicht nur sie. Ihre drei Schwestern auch. Die kamen alle nacheinander in die Küche, um irgendetwas Belangloses zu fragen oder zu holen. Alles nur Vorwände. Und Jean-Pierre hat allen einen Handkuss gegeben, sie mit seinem Charme bezirzt und sie dann aus der Küche geworfen, ohne dass eine von ihnen daran Anstoß genommen hätte.

Verflixt, hab ich einen Muskelkater, ich bin total verspannt! Ich glaube, die letzten Gäste sind gegen zwei Uhr gegangen. Irgendwann am Abend hat auch der Regen aufgehört. Am Ende konnte man draußen im Garten sogar tanzen.

Wichtige Regel für künftige Landhochzeiten in Wümmerscheid-Sollensbach: Die Feier fängt früh morgens an und dauert den ganzen Tag, egal, was vorher abgesprochen war.

Hatte ich wirklich geglaubt, es würde bei einem Mittagessen und anschließendem Kaffeetrinken bleiben?

Aber es hat sich gelohnt. Schon gestern Abend haben vier der Brautjungfern mich beiseitegenommen und gefragt, ob sie auch so eine wundervolle Landhochzeit haben könnten. Bei mir im Bistro! Vier! An einem Abend! Und diese vier sind, das weiß ich von Jennifer, in den Orten hier total vernetzt. Sportverein, Karnevalstanzgruppe, junge Landfrauen, Schützenverein – das ganze Programm.

Eine von ihnen, Britta, war sogar mal Weinkönigin, sie hat meine Riesling-Wahl und das wundervolle Ambiente des Bistros gelobt. Wir haben kurz zusammengesessen, und ich habe erfahren, dass sich Britta in einem Regionalbüro zurzeit um neue Konzepte für den Mosel-Tourismus kümmert. Sie war ganz begeistert von der Idee, dass man Reisebusgesellschaften Weinproben bei den Winzern anbieten könnte. Getrunken wird unten an der Mosel, gegessen hier im Bistro.

Morgen früh, falsch, heute früh, werde ich mit Jean-Pierre die Pläne besprechen. Gott, bin ich müde. Aber mir schwirrt der Kopf vor lauter Ideen.

Das Haus voller Gäste, Jean-Pierre in der Küche, Karin, die begeistert in den Pfannen rührt – Dotti, dir hätte das sicher gefallen.

Tante Dottis Bistro – tja, Dotti, das hättest du dir auch nicht träumen lassen, was?

Mehr als gut

Als Sophie in ihre Küche kam, rieb sie sich schlaftrunken die Augen. Sie hatte zwar in der Nacht schon etliches weggeräumt, aber jetzt strahlten die Arbeitsflächen geradezu, alles war gespült und aufgeräumt.

»Bonjour, Sophie, bist du also auch wach von die lange Nacht. Die ’ochzeit war ein äh’ rauschendes Erfolg, oder?«

Jean-Pierre stand am Herd und rührte in einer Pfanne. Er sah so ausgeschlafen aus, dass Sophie ganz neidisch wurde.

»Guten Morgen, Jean-Pierre.« Sophie drückte ihrem Retter des gestrigen Tages einen Kuss auf die Wange.

»Oh là là, was für eine Begrüßung durch die ’übsche Chefin. Da kann die Tag ja nur noch werden wunderbar«, grinste der Franzose.

»Glaub bloß nicht, dass ich dich jetzt jedes Mal küsse, wenn du in meiner Küche stehst. Aber das war für gestern. Ich weiß nicht, was ich ohne dich getan hätte. Du hast dieses Bistro gerettet. Ich wäre gescheitert, noch bevor ich richtig anfangen konnte.«

»Ach was, das 'ätte doch jeder getan, isch 'abe nur gekocht aus die Zutaten, die du schon 'ast besorgt. Mehr nischt, es war also nur ein Kleinischkeit. In diese schöne 'aus eine Land'ochzeit zu feiern, war ein superbe Idee. So, und nun sitz an die Theke und iss etwas. Isch 'abe, als ich gehört 'ab die Schritte oben, eine Omelett vorbereitet. Was gibt es Schöneres als eine Omelett nach eine lange Nacht, mit ein bisschen Tomat und frische Pilz.«

Jean-Pierre ließ gekonnt das goldbraune Omelett auf einen bereitstehenden Teller gleiten, streute Schnittlauchröllchen darüber und servierte es Sophie.

Beim Anblick des Omeletts knurrte Sophies Magen vernehmlich, erst jetzt bemerkte sie, wie hungrig sie war.

»Das sieht köstlich aus, aber ich brauche auch einen Kaffee«, sagte sie.

Minuten später hatten beide eine große Tasse Milchkaffee vor sich stehen, und Sophie genoss ihr Frühstück.

»Bevor isch das vergesse: Du 'ast Anrufe. Oh Moment, isch 'ab das geschrieben auf die Zettel an die Telefon.«

Jean-Pierre beeilte sich, seine Notizen zu holen, während Sophie weiter aß.

»Also, da war 'etti, Maman von die Braut, die 'at sisch bedankt. Nur was sie meinte mit die Satz, ähm' sie will es sagen an all die Kunden in die Laden oder so. Mon Dieu, sie 'at so schnell geredet.«

»Sie will Werbung für uns machen, Jean-Pierre. In ihrer Metzgerei, verstehst du?«

»Ah, natürlisch. Bon. Und da war noch eine Anruf von eine 'enry. Eine Fan von die Wagen? Ah, isch 'abe gefragt, aber er wollte, dass du mit ihm sprichst.«

Henry? Sophie überlegte, ob sie irgendetwas mit ihm vereinbart hatte, an das sie sich gerade nicht erinnern konnte, aber ihr fiel nichts ein.

»Henry ist ein guter Freund, du wirst ihn mögen. Ich rufe ihn zurück. Aber lass uns erst einmal überlegen, was wir tun müssen.«

»Oh, das ist nicht schwer. Wir werden fahren zu eine Supermarkt, wo du kaufst immer alles ein. Isch brauche eine Überblick, was wir 'aben können, und dann werden wir Plan machen für die Speisekarte von die Bistro. Und isch werde kochen Probeessen für die Auswahl.«

»Aber du kannst doch nicht die ganze Arbeit machen«, protestierte Sophie.

»Nein, isch kann nicht machen alles. Isch werde dir zeigen, was du tun musst. Aber du musst erst einmal sorgen für die Gäste in die Bistro.«

Sophie nickte. Jean-Pierre hatte recht. Während er als Koch eine Basis für das Angebot des Bistros schuf, gab es für sie eine andere Aufgabe. Sie brauchten Gäste. Gäste und möglichst rasch Einnahmen. Schließlich würde das Finanzamt in spätestens drei Wochen die erste große Rate haben wollen. Die Hochzeit war zwar ein toller Anfang gewesen, aber davon konnte sie noch keine Verbindlichkeiten bezahlen.

»Jean-Pierre, ich schlage vor, ich rufe kurz Henry an, und dann fahren wir einkaufen.«

*

»Henry? Guten Morgen, hier ist Sophie.«

»Morgen? Meine liebe Sophie, wir haben fast Mittag, das habe ich diesem Franzosen auch schon gesagt. Wer ist der überhaupt, und wieso geht der bei dir ans Telefon?«

Henry klang ehrlich besorgt, deshalb verzieh Sophie ihm auch die ganzen Fragen. Trotzdem, es gab Grenzen, Henry war schließlich nicht ihr Vormund.

»Mach mal halblang, Henry. Hör ich da so etwas wie Eifersucht in deiner aufgebrachten Stimme?«, stichelte Sophie vergnügt. Ihre gute Laune würde sie sich jedenfalls heute von keinem nehmen lassen.

»'Tschuldigung. Ich war nur nervös, weil du dich nicht gemeldet hast, und der Kunde steht hier gleich bei mir auf der Matte«, lenkte Henry ein.

»Entschuldigung angenommen. Und damit du's weißt: Jean-Pierre Garbon ist der neue Koch in *Tante Dottis Bistro*. Er ist ein Freund von Heidi und wird mir bis zum Ende des Jahres zur Seite stehen.«

»Oh, der Franzose ist das. Na, da hätte ich auch selbst drauf kommen können.«

»Der Franzose?«

Jetzt gluckste Henry zufrieden. »Du und er, ihr seid über Nacht Berühmtheiten in Wümmerscheid-Sollensbach geworden. Die Buschtrommeln kriegen sich gar nicht mehr ein. Die Weibold-Hochzeit war ein Volltreffer, meine Liebe. Egal, wohin ich heute früh gekommen bin, immer wollten alle von mir wissen, ob ich etwas über dich und deinen tollen Koch erzählen kann.«

»Das ist doch gut, oder?«

»Gut? Das ist Gold wert, Sophie. Zuerst war ich noch sprachlos, ich meine, als ich nach *Tante Dottis Bistro* gefragt wurde. Aber dann hat der alte Henry eins und eins zusammengezählt und gute Miene zum bösen Spiel gemacht. Du hättest mich ja auch mal in deine Pläne einweihen können.«

»Henry, es tut mir schrecklich leid, aber du kannst dir nicht vorstellen, wie die letzte Woche ausgesehen hat, von den letzten zwei Tagen ganz zu schweigen. Zum Glück kam gestern während der Feier Jean-Pierre an, ohne ihn wäre ich jetzt zwar auch Tagesgespräch, aber bestimmt auf ganz andere Weise. Es war am Ende tatsächlich ein voller Erfolg. Aber sag mal, das war doch nicht der Grund für deinen Anruf. Oder etwa doch?«

»Wo denkst du hin, natürlich nicht! Heidi hat mir erzählt, dass diese Blutsauger vom Finanzamt dir an den Kragen wollen. Erbschaftssteuer, Dottis Café als Liebhaberprojekt und nicht als Wirtschaftsbetrieb, das ganze Elend eben. Und da hab ich an dich gedacht, als ich diese Kundenanfrage auf den Tisch bekommen habe.«

»Du machst es aber spannend, Henry.«

»Gönn einem alten Mann doch die Freude. Also, kurz gesagt: Brauchst du den alten Landrover dringend? Ich hätte da einen Sammler an der Hand, der einen Spitzenpreis für das Schätzchen zahlen würde.«

Sophie dachte an das ungute Gefühl, wenn sie in dem großen altmodischen Wagen am Steuer saß.

»Nee, an dem Auto hänge ich wirklich nicht. Allerdings brauche ich natürlich einen Wagen, am besten einen mit einer Anhängerkupplung. Für größere Einkäufe und so.«

Henry lachte. »Na, für das Geld, das Gunther Verlessen, so heißt der Sammler, zahlen will, kannst du dir auch noch einen gebrauchten kleineren Wagen kaufen. Einen, bei dem dir nicht die Arme abfallen, wenn du eine halbe Stunde am Lenkrad gesessen hast.«

»Wie viel, Henry?«

Henry nannte eine Summe, und Sophie dachte, sie hätte sich verhört. »Im Ernst?«

»Wenn ich es doch sage, Herr Verlessen schwimmt nur so in Geld, und er sammelt Landrover wie andere Leute Briefmarken. Dottis Schätzchen ist gut in Schuss, und offenbar fehlt ihm noch genau dieses Modell in seiner Sammlung. Das sollten wir ihm doch nicht ausreden?«

Auf keinen Fall, dachte Sophie und überschlug kurz im Kopf die Möglichkeiten, die ihr der Verkauf bot. Sie könnte damit die erste Rate an das Finanzamt überweisen und hätte noch Geld für einen anderen Wagen übrig.

»Sophie? Bist du noch dran?«

»Und ob, ich war nur in Gedanken. Wann will sich denn Herr Verlessen den Landrover anschauen?«

»Das meinte ich gerade, als ich sagte, der Kunde steht

gleich auf der Matte. Deshalb hatte ich ja auch so früh angerufen. Er kommt aus Luxemburg und wird in einer guten halben Stunde hier sein. Und zwar, wenn ich das richtig verstanden habe, mit einem Sack voll Bargeld. Ich schlage vor, du schwingst dich in dein Auto, bringst die Papiere mit, und dann vergolden wir Dottis Offroad-Möhre.«

»Geht klar, Henry. Vielleicht brauche ich ein paar Minuten länger.«

»Kein Problem, Mädchen, wo ich jetzt weiß, dass du kommst. Ich drucke schon mal einen Standardvertrag aus.«

Sophie legte auf und lief nach oben zum Schreibtisch, um die Unterlagen des Landrovers herauszusuchen. Als sie an der Küche vorbeikam, steckte sie kurz den Kopf hinein.

»Jean-Pierre, wir fahren gleich los.«

»Einkaufen, Sophie?«

»Nicht ganz, erst vergolden wir die Offroad-Möhre«, lachte Sophie und lief weiter.

»Wir vergolden die Offroad-Möhre? Merde, isch versteh weniger von die Deutsch, als isch gedacht ’abe«, murmelte der Koch und schüttelte betrübt den Kopf.

*

Als Sophie den Landrover eine knappe dreiviertel Stunde später vor Henrys Trödelscheune parkte, wischte sich Jean-Pierre den Schweiß von der Stirn.

»Ah, diese Kurven und diese riesige Lastwagen, wo es ewig gedauert ’at, bis die Bremsen von unsere Wagen uns zu stoppen brachten. Isch dachte, wir geben, wie sagt man, die Suppenlöffeln ab. Diese Auto ist keine Auto, es ist eine Todesfalle auf vier Räder.«

»Du übertreibst, Jean-Pierre«, erwiderte Sophie, obwohl ihr die Sache mit dem bremsenden Lastwagen auf der Gefällestrecke auch zu schaffen gemacht hatte. »Aber im Grunde hast du recht. Deswegen habe ich auch nichts dagegen, das Auto zu verkaufen.«

»Eine gute Entschluss.«

Henry kam freudestrahlend aus seinem Haus, gefolgt von einem älteren Herrn mit Halbglatze und einem mächtigen weißen Backenbart – offenbar Gunther Verlessen, der Landrover-Sammler. Er trug eine stilechte dunkelgrüne Wachstuchjacke mit Cordkragen, enge Reithosen und hohe Lederstiefel. Als er Sophie sah, nahm er die Tweedkappe ab und verbeugte sich leicht. Verlessen mochte aus Luxemburg stammen, ihn umgab jedoch die Aura eines englischen Gentleman. Ein Lord auf Landpartie.

Henry machte alle miteinander bekannt, Sophie wiederum stellte Jean-Pierre vor, und Henry überraschte sie damit, dass er in fließendes Französisch wechselte. Und zwar in ein Französisch, das, soweit Sophie das beurteilen konnte, ihrem eingerosteten Schulfranzösisch weit überlegen war. Vielleicht ist an der Geschichte mit der Pariser Kunstgalerie mehr dran, als ich angenommen habe, dachte Sophie erstaunt.

Gunther Verlessen erwies sich auch bei den Verkaufsverhandlungen im Haus als Gentleman.

»Ich habe Henry ja schon einen Preis genannt, den ich bereit bin zu zahlen. Und ich muss sagen, er hat, was den Zustand des Autos angeht, nicht übertrieben. Dieses Modell ist für sein Alter in einem bemerkenswert guten Zustand«, schwärmte Verlessen. Er bestand darauf, den Wagen auf der Stelle in bar zu bezahlen, ihn aber erst am Nachmittag bei Sophie abzuholen, damit sie noch die Möglichkeit hatte, wieder nach Hause zu fahren.

»Meine Gattin ist noch in Cochem, um ein wenig durch die Stadt zu bummeln und sich die Burg anzusehen. Wir werden dann später zu zweit zu Ihnen kommen, so kann ich dieses Schmuckstück nach Hause überführen.«

Als Schmuckstück hatte Sophie Dottis Landrover noch nie betrachtet, aber sie sammelte ja auch keine Autos. Der Verkauf war mehr als gut.

Der Kaufvertrag war einfach gehalten, entband Sophie von Garantieansprüchen und fand auch bei Gunther Verlessen Zustimmung, also machten sie den Verkauf perfekt.

Als Sophie wieder auf den Hof trat, sah sie Jean-Pierre von der Scheune aus winken. »Schau, Sophie, 'enry hat mir doch erlaubt, in die Scheune zu schauen. Und sieh her, was isch gefunden 'abe.«

Jean-Pierre zog ein großes, fast zwei Meter langes und gut einen Meter hohes Holzschild heraus. Am oberen Rand waren große Eisenringe angebracht.

Er drehte das Schild um. In altmodischer Druckschrift und leuchtendem Rot war das Wort »Bistro« auf einem Teil davon zu lesen.

»Verstehst du, du wirst brauchen eine Schild mit die Name von die Bistro. Wort Bistro ist schon da, du schreibst ›Tante Dottis‹ mit eine Pinsel und, voilà, wir haben neue Schild.«

»Ach, das alte Ding, willst du das haben?«, fragte Henry hinter ihnen.

»Das wäre genau richtig, Jean-Pierre hat recht«, sagte Sophie.

»Dann nimm es ruhig mit. Ich glaube kaum, dass ich dafür einen Käufer finden würde. Es gibt drinnen sogar noch die Mauerhaken zum Aufhängen.«

»Dann kauf ich dir das Schild ab, Henry. Ich kann unmöglich ständig Geschenke von dir annehmen«, protestierte Sophie.

Henry winkte ab. »Unfug, wer redet denn hier von einem Geschenk? Ich werde morgen Abend zu dir ins Bistro kommen, und dann hätte ich gerne ein mehrgängiges Menü, und zwar auf Kosten des Hauses. Abgemacht?«

Jean-Pierre hatte den Wortwechsel verfolgt. Bevor Sophie antworten konnte, rief er: »Abgemacht, ’enry, und isch werde mir etwas Besonderes für disch ausdenken. Als die Dank für die Schild.«

Kaffee ohne Seele

Auf der Rückfahrt fuhr Sophie bei einer Autowerkstatt vorbei, die auch einige gebrauchte Wagen auf dem Hof stehen hatte. Innerhalb von nur zehn Minuten hatte sie einen roten Kombi ausgewählt, der nicht nur über eine Anhängerkupplung verfügte, sondern auch so günstig war, dass sie trotz der Rate fürs Finanzamt am Ende noch etwas Geld übrig behalten würde.

»Isch kenne misch leider nicht aus mit die Technik von Autos«, bedauerte Jean-Pierre.

»Tja, da sind wir schon zwei. Ich habe auch keine Ahnung, ob der Kombi die letzte Gurke ist.«

»Die letzte Gurke.« Jean-Pierre lachte. »Erst die Offroad-Möhre und nun ein Gurke. Isch wusste gar nicht, wie viel witzig ist die Deutsch.«

»Also, eine Gurke ist der Kombi sicher nicht«, mischte sich da ein junger Mann in Latzhose ein, der gerade aus der Werkstatt gekommen war und die letzten Sätze gehört hatte. »Der Wagen stand bei einem älteren Herrn in Sollensbach schon ewig in der Garage. Wurde selten gefahren, aber liebevoll gepflegt.«

Sophie wandte sich dem Mechaniker zu.

»Ja, dann will ich das mal glauben.«

»Ach, hallo, Sie sind das. Nein, da können Sie wirklich ohne Bedenken zugreifen.« Der Mechaniker sah die Fragezeichen in Sophies Gesicht und beeilte sich zu erklären: »Ich war auf der Hochzeit bei Ihnen, ich bin Jan, ein Freund von Klaus. War ein tolles Fest«, er nickte in Richtung Jean-Pierre, »mit super Essen übrigens. Also, für den Wagen da verbürge ich mich. Wollen Sie den kaufen?«

Sophie überlegte nicht lange. »Ja. Und wie sieht es mit einem Rabatt aus, wenn ich jetzt gleich in bar bezahle?«

*

Weitere fünfzehn Minuten später besaß Sophie ein neues Auto, das sie am nächsten Tag abholen konnte. Bis dahin wollte Jan den Wagen zulassen und Nummernschilder besorgen. Als Service des Hauses sozusagen. Sophie war das nur recht, sie hatte in den letzten Wochen genug Zeit auf Ämtern verbracht. Fröhlich pfeifend fuhr sie mit Jean-Pierre zum Beringhof weiter.

»Hallo, Frau von Metten, hab gehört, dass wir uns am Samstag verpasst haben«, begrüßte sie Uli Bering, der Juniorchef, schon von Weitem, als sie ausstiegen.

»Beim nächsten Mal rufen Sie einfach vorher an, wenn Sie spezielle Zutaten benötigen, dann legen wir die zurück.«

Sophie war über diese Begrüßung einigermaßen sprachlos. Der Juniorchef kannte ihren Namen? Und dann diese plötzliche Freundlichkeit. Die missmutige Verkäuferin am Samstag hatte da noch ein ganz anderes Bild abgegeben.

»Danke, das ist sehr nett«, antwortete Sophie, allein schon, weil ihr nichts anderes einfiel und der Tag heute einfach zu schön war, um über früheren Unmut zu reden.

»Keine Ursache. Soll ja eine tolle Feier gewesen sein, hab

ich gehört. Ich würde gern mit meiner Frau und ein paar Freunden am Donnerstag vorbeikommen. Muss ich da wohl reservieren?«

Sophie hätte fast laut gelacht, es gelang ihr gerade noch, stattdessen einen Hustenanfall vorzutäuschen. Reservieren? Schön wär's! Nahm Bering Junior sie da gerade auf den Arm? Nein, Uli Berings Miene zeigte nur ein fragendes Lächeln. Jean-Pierre schaltete schneller. Er stupste Sophie sachte an.

»Reservieren? Oui, das ist eine formidable Idee, wenn Sie nicht wollen warten ewig auf eine von die Tische. Die Bistro ist, wie sagt man, ganz sicher nicht die letzte Gurke. Aber das wissen Sie sicher längst. Wobei«, Jean-Pierre zwinkerte Sophie heimlich zu, »wir natürlisch für die gute Gäste immer eine Tisch offen 'aben.«

Jetzt hatte Sophie wirklich Mühe, nicht laut herauszuplatzen. Das Bistro ist nicht die letzte Gurke. Toller Satz! Auf Uli Bering dagegen hatte Jean-Pierres Erklärung eine ganz andere, erstaunliche Wirkung.

Sein Tonfall bekam fast etwas Bittendes.

»Ja, das wäre natürlich klasse, wenn wir am Donnerstag noch einen Tisch bekommen könnten. Ich hab ja schon zu meiner Frau gesagt, sie soll sich nicht allzu große Hoffnung machen – vor allem nach dem Artikel heute. Also, wenn das klappt, super. So gegen halb acht vielleicht? Für fünf, nein, warten Sie mal, sechs Personen.«

»Ich werde es gleich notieren, wenn wir zurück sind. Sie können sich darauf verlassen«, versprach Sophie.

»Toll! Ich werde es gleich meiner Frau sagen«, verabschiedete sich Bering. Als er außer Hörweite war, wandte sich Sophie begeistert an Jean-Pierre. »Hast du das gehört? Wir haben unsere erste Tischreservierung.«

Der lächelte verschmitzt. »Oui, das 'ab isch gehört. War ja laut genug.«

Mit einem Mal überfielen Sophie Zweifel. »Aber wenn die am Donnerstag ganz allein im Bistro sitzen, dann ist es mit unserem neuen guten Ruf ganz schnell wieder vorbei.«

»Oh, isch glaube nicht, dass sie sitzen werden allein an eine Tisch.«

»Woher willst du das wissen?«

»Isch 'abe da so eine gute Gefühl«, erklärte ihr Koch zuversichtlich.

Dass ihr französischer Koch nicht nur ein gutes Gefühl bezüglich der Zukunft des Bistros hatte, sondern auch die richtige Nase bei der Auswahl von Käsesorten, erlebte Sophie in den nächsten Minuten. Sie selbst sah hinter dem Glas der leicht geschwungenen Theke vor allem eine verwirrende Vielfalt. Da gab es Schüsseln mit cremigem Frischkäse, gewürzt mit Kräutern, kleinen Chilistückchen oder schwarzem Pfeffer. Große Käseräder mit goldgelbem Schnittkäse. Kleine eckige Laibe von Butterkäse mit einer appetitlichen orangefarbenen Rinde. Und die Weichkäsesorten! Alle Reifegrade von krümelig frisch bis hin zu solchen, die beinahe von der Marmorplatte flossen.

Jean-Pierre kannte sich vielleicht nicht mit Autos aus, aber bei Käse machte ihm keiner etwas vor. Nach kürzester Zeit gab die Verkäuferin auf und holte den Juniorchef aus dem Lager zu Hilfe. Sophie beschränkte sich auf den Part der staunenden Zuhörerin, während Jean-Pierre sich mit Uli Bering über die einzelnen Sorten, den richtigen Fettgehalt zum Überbacken und neue Möglichkeiten der Zubereitung austauschte.

Am Ende deutete Jean-Pierre auf verschiedene Sorten, und zwar auf so viele, dass Sophie noch vor einer Woche wegen der Kosten besorgt gewesen wäre. Aber heute war ihr das egal. Außerdem wusste Jean-Pierre offenbar ganz genau, was er tat.

Sie wollte ein Bistro mit vielen Gästen, dann musste sie jetzt auch einkaufen für ein Bistro mit vielen Gästen. Sophie ging zum Gemüsebereich weiter, weil sie sich zutraute, die richtigen Salate auszuwählen. Hier kannte sie sich aus. Sie nahm rote und gelbe Kirschtomaten, trocken schimmernde Austernpilze, kleine Kisten mit frischen Blattsalaten in allen Schattierungen von hellgrün über dunkelgrün bis bräunlich rot. Knackige Paprikaschoten. Baby-Zucchini – die könnte man fein hobeln, kurz andünsten und dann lauwarm servieren. Und Kräuter. Glatte Petersilie. Schnittlauch. Ein paar Bund Minze. Sophie seufzte zufrieden und machte sich auf den Weg zur Kasse.

Jean-Pierre kam zu ihr und hob stolz vier Tragetaschen hoch, als würde er gerade einen wohlverdienten Siegerpokal präsentieren.

»Eine wunderbare Geschäft, mit wunderbare Käse. Wir werden sehr glücklisch sein.«

Was das nun genau bedeuten sollte, werde ich wohl erst später erfahren, dachte Sophie.

»Ach, Frau von Metten, auf ein Wort.« Uli Bering kam hinten aus dem Laden zu Sophie an die Kasse, während Jean-Pierre schon einmal seine Beute zum Auto trug.

»Ja, Herr Bering?«

»Ihr Koch ist ein wirklicher Fachmann, das erlebt man selten. Ich finde seinen Vorschlag toll.«

»Ähm, welchen Vorschlag genau meinen Sie?«

»Dass Sie auf der Bistrokarte erwähnen, woher der Käse stammt, den Sie in der Küche benutzen oder als Dessert servieren, und dass wir im Gegenzug hier im Laden einen Ziegenkäse mit Honig und Rosmarin nach Ihrem Rezept anbieten.«

»Ach, den Vorschlag meinten Sie, ja, ich finde, das sollten wir machen.« Sophie hoffte, dass ihre Verblüffung nicht auffiel.

»Und der Name ist natürlich spitze, Frau Metten, wir fühlen uns sehr geehrt.«

»So, hat Monsieur Garbon auch schon den Namen verraten ...«

»›Tante Dottis Rosmarinrolle‹, das ist genial«, schwärmte Bering.

Sophie dachte kurz nach, bevor sie antwortete.

»Ja, Herr Bering, da muss ich Ihnen recht geben, auf den Namen sind wir auch stolz. Der ist genial.«

*

»Du bist mir doch nicht böse für die Vorschlag, die ich gemacht habe dem Käsechef?«, fragte Jean-Pierre besorgt, als sie wieder im Wagen saßen.

Sophie schaute ihn an und sagte freundlich: »Ich würde gerne mit entscheiden, was wir wem anbieten. Aber das war eine so gute Idee, dass ich nicht Nein sagen kann.«

»Ah, ich wusste, dass es dir wird gefallen.« Jean-Pierre lehnte sich beruhigt zurück. »Mit die Käse haben wir eine gute Wahl und deine Salate – bon. So, jetzt noch, wie heißt es, die Basisdinge und gutes Fleisch. Wo würdest du die Fleisch kaufen?«

»Da gibt es nur eine Möglichkeit ...«

»Natürlisch, ’etti und Johannes.«

»Die besuchen wir zum Schluss, vorher fahren wir in den Supermarkt.«

*

Jean-Pierre raufte sich zwar im Sollensbacher Supermarkt kurz die Haare, weil er es gewohnt war, wie er laut verkündete, Lebensmittel in größeren Mengen einzukaufen, aber schließlich fügte er sich in sein Schicksal. Sophie versprach, mit ihm demnächst nach Koblenz zu fahren. Von Heidi wusste sie, dass dort eine Metro-Filiale war. Wahrscheinlich war

Jean-Pierre nur glücklich, wenn er Sahne in Zwei-Liter-Töpfen und Butter in Eimern nach Hause tragen konnte. Am Ende ihres Einkaufs war der Einkaufswagen jedenfalls gut gefüllt.

»Das sollte wohl für die Anfang reichen«, erklärte der Koch auf dem Weg zur Kasse. Während sie warteten, fiel Sophies Blick auf einen Ständer mit Zeitungen. Uli Behring hatte doch von einem Artikel gesprochen. Montags kam aber weder der *Wümmerscheider Bote* noch *Unser Sollensbach* heraus. Hatte Bering womöglich die Rhein-Zeitung gemeint? Sophie nahm ein Exemplar aus dem Ständer und blätterte beim Warten darin. Als sie zum Lokalteil kam, atmete sie scharf ein. Das gab es doch gar nicht! Aber ein Irrtum war unmöglich, das große Foto über drei Spalten zeigte ganz eindeutig ihr Bistro. Sophie schaute sich unauffällig um, ob sie jemand beobachtete, aber niemand in der Warteschlange nahm Notiz von ihr, also las sie den Artikel:

Französischer Koch übernimmt Patenschaft für neues Bistro

Ausgerechnet ins beschauliche Wümmerscheid-Sollensbach wird es wohl künftig Feinschmecker aus der ganzen Region ziehen. Die neue Adresse für alle Freunde der raffinierten ländlichen Küche ist *Tante Dottis Bistro.* Inhaberin Sophie von Metten, die bereits in Hamburg langjährige Gastronomieerfahrung sammeln konnte, ist ein Coup der besonderen Art gelungen: Sie hat für ihr neues Bistro, das sie von ihrer verstorbenen Tante übernommen und von Grund auf liebevoll renoviert hat, gleich zwei berühmte Paten gewonnen. Konzeptionell beraten wurde von Metten von der bekannten Sterneköchin Heidi Schwarzbeck, die auch den Kontakt zu Jean-Pierre Garbon vermittelte. Der französische Starkoch wird mindestens bis zum Ende des Jahres das junge Bistro begleiten. »Eine unschätzbare Hilfe«, betonte Heidi Schwarzbeck gegenüber unserer Zeitung, »das Ziel ist natürlich, auch darüber hinaus die Gäste des Bistros mit feiner Landküche zu begeistern.«

Garbon, der in Frankreich ein gutes Dutzend Restaurants besitzt, ist den meisten Franzosen ein Begriff, weil er bereits bei Banketten des französischen Staatspräsidenten gekocht hat, als Koch und Ernährungsberater der Fußballnationalmannschaft aktiv war und mehrere Jahre lang in seiner eigenen Kochsendung im Fernsehen mit hohen Einschaltquoten punktete. Garbon wurde für seine Verdienste um die französische Küche vom damaligen Staatspräsidenten Sarkozy ausgezeichnet.

Man darf also gespannt sein, was künftig in *Tante Dottis Bistro* serviert wird – eine Tischreservierung ist jedenfalls dringend angeraten.

Sophie starrte abwechselnd auf den Artikel und auf ihren kleinen französischen Koch, der vergnügt die Einkäufe aufs Kassenband häufte.

Sie hatte ja keine Ahnung gehabt. Zu ihrer Verteidigung konnte sie immerhin anbringen, dass sie die letzten Tage quasi im Ausnahmezustand verbracht hatte. Aber eigentlich hätte sie selbst darauf kommen können, dass Heidi nicht irgendwen anrufen würde. Eine der bekanntesten Köchinnen Deutschlands ruft »den Johann« an, um nach einem französischen Koch zu fragen. Dass der nicht gerade aus einer Frittenbude kommen würde, lag auf der Hand. Aber ein Spitzenkoch in ihrem kleinen Bistro?

»Alles bei dir in die Ordnung, Sophie?«, fragte Jean-Pierre fürsorglich.

»Bei mir? Aber ja, besser wird es wohl nicht mehr«, lachte Sophie und legte die Zeitung schwungvoll aufs Band. Den

Artikel musste sie sich einrahmen. Und für Rita und Heidi würde sie sich etwas Besonderes einfallen lassen – dass die beiden dahintersteckten, stand für Sophie außer Frage.

Als sie die Einkäufe im Auto verstaut hatten, schaute sich Jean-Pierre um und zeigte dann erstaunt auf die künftige *Coffee-Express*-Filiale.

»Merde, *Coffee Express*, sind diese Mörder von die gute Kaffeegeschmack auch schon hier?«

»Du kennst die Kette?«

»Kaffee ohne 'erzblut, aber mit Zimt, Sirup und Streusel. Wer will so was trinken? Eine gute Tasse Kaffee, eine Schale Café au lait oder eine Espresso, damit kannst du Lebensfreude drücken aus. *Coffee Express* ist schon in die Nähe von vier meiner Bistros. Die machen Kaffee ohne die Seele, verstehst du?«

Sophie verstand Jean-Pierre, und seine Entrüstung tat ihr gut, bestärkte sie sie doch in ihrer eigenen Meinung über die Kette. Was sie aber im nächsten Moment sah, ließ sie unruhig werden. Es war nicht die fast fertige Filiale, sondern ein lockiger hellbrauner Labradoodle, der mit freudigem Bellen auf sie zugerannt kam. Herr Württemberg schnupperte winselnd an Sophies Beinen und warf sich auf den Rücken, um sich den Bauch kraulen zu lassen.

»Mon Dieu, eine Freund von dir?«

»Der Hund auf jeden Fall«, antwortete Sophie knapp.

»Das Herrchen hätte aber auch nichts gegen eine Freundschaft«, ertönte Peters Stimme hinter Sophie. Er war gerade aus dem Zeitschriftenladen neben dem Supermarkt gekommen.

»Hallo, Sophie, möchtest du mich nicht vorstellen?«

Sophie hörte auf, Herrn Württemberg zu streicheln und schaute Peter an. Er sah wirklich unglücklich aus.

»Hallo, Peter, hast du dir die Fortschritte der neuen Filiale angesehen?«, fragte sie giftig.

»Sophie, bitte, was soll ich denn tun?«

Also hat sich im Grunde nichts geändert, dachte Sophie verbittert. Zu Jean-Pierre gewandt sagte sie: »Jean-Pierre, das ist Peter Langen, er ist für das Marketing von *Coffee Express* verantwortlich, die übrigens am liebsten auch mein Bistro übernehmen würden.«

Peter zuckte zusammen, als hätte Sophie ihn geohrfeigt.

Jean-Pierre aber, der bis jetzt mit einem zufriedenen Lächeln Herrn Württemberg beobachtet hatte, ließ seiner Empörung freien Lauf.

»Sie, Sie sind für das da verantwortlich? Für die Zombie-Kaffee ohne Seele? Schämen Sie sich! Komm, Sophie, wir 'aben zu tun.«

Ohne ein weiteres Wort stiegen er und Sophie ins Auto und fuhren los. Zurück blieb Peter, der nachdenklich auf die Filiale seines Auftraggebers blickte. Zombie-Kaffee ohne Seele, was bildete sich dieser Franzose ein? Und dann Sophies schnippisches Verhalten. Peter schaute zu seinem Hund hinunter, der ihn erwartungsvoll ansah. »Ach, Herr Württemberg, ich glaube, Sophie ist immer noch sauer.«

*

Als sie nach ihrer langen Einkaufstour endlich zurück ins Bistro kamen, blinkte der Anrufbeantworter. Sophie drückte die Play-Taste: »Sie haben achtunddreißig neue Nachrichten«, verkündete die weibliche Computerstimme. Sophie schaute das Gerät an. Achtunddreißig Nachrichten? Sie rief die erste Nachricht ab.

»Ja, hallo, mein Name ist Stephan Gründels, Redakteur der *Gourmet aktuell*, bitte rufen Sie mich doch zurück, wir würden gern ein Porträt Ihres Bistros bringen.«

Es folgte eine Rufnummer, die Sophie mechanisch notierte. Ein Porträt in der *Gourmet aktuell*, was kam denn heute noch alles? Es kamen noch siebenunddreißig weitere Nachrichten. Eine vom SWR-Fernsehen, die übrigen sechsunddreißig Anrufe waren Reservierungswünsche. Sophie schrieb wie in Trance Namen, Telefonnummern und Zeiten auf. Sie konnte ihr Glück kaum fassen. Das Telefon neben ihr klingelte.

»*Tante Dottis Bistro*, Sie sprechen mit Sophie von Metten, guten Tag. Was? Eine Tischreservierung für Donnerstag, zwanzig Uhr. Sie wollen mit acht Personen kommen. Augenblick bitte.« Sophie überflog ihre Notizen, sechs Plätze für Bering, acht für den neuen Anrufer, und da waren ja noch …

»Hören Sie? Sie haben Glück, wir sind fast ausgebucht, aber ich denke, ich kann da noch etwas für Sie machen. Gern. Ich freue mich auch.«

Sophie legte auf und atmete einmal tief durch, dann schrie sie quer durchs Haus: »Jean-Pierre, Jean-Pierre!«

»Ja? Was ist?«

Der Koch hatte gerade die letzten Einkäufe ins Haus getragen und streckte den Kopf aus der Küche.

»Wir haben zig Tischreservierungen, und am Donnerstag sind wir bereits ausgebucht.«

Der Franzose grinste über das ganze Gesicht und freute sich über Sophies Begeisterung.

»Wie isch gesagt ’ab, ich ’abe so eine Gefühl. Und nun kommt ’offentlich die ’eidi bald, wir müssen lange in die Abend arbeiten.«

Es geht aufwärts

»Oui, mit diese Ideen kann isch arbeiten an die Speisekarte«, verkündete Jean-Pierre zufrieden.

Sophie sah eine gewisse Erleichterung in Heidis Miene, was sie amüsierte, schließlich war Heidi doch Profiköchin. Aber auch Profis waren wohl nicht über Selbstzweifel erhaben.

»Prima, ich wusste, dass dir das gefallen wird«, sagte Heidi. »Es tut mir leid, dass ich erst heute Mittag aus dem Elsass zurückgekommen bin und ich dich gestern gar nicht begrüßen konnte, mein Lieber. Aber ich ahnte ja nicht, dass du schon am Sonntag kommst.«

»Das macht nichts, isch ’atte keine Langeweile«, Jean-Pierre zwinkerte Sophie zu, »und ihr ’abt ja schon viel gearbeitet an die Konzept.« Er tippte auf die Seiten, die vor ihnen auf dem Tisch lagen.

»Also, dann bleiben wir bei dem Plan«, fasste Heidi zusammen. »Egal, wie viele Gäste Sophie die Bude einrennen. Am Anfang gibt es nur ein Tagesgericht, ihr bietet darüber hinaus zwei bis drei Salatvariationen an und eine Tagessuppe. Es gibt ein Tagesdessert und immer auch die Möglichkeit, eine Käseplatte als Nachtisch zu bestellen. Die Kooperation mit Bering ist super. Das Gleiche machen wir mit dem Fleisch von der Metzgerei Braubart. Das zeigt, dass *Tante Dottis Bistro* in der Region verwurzelt ist.«

»Und die Quiches?«, fragte Sophie.

»Stimmt, die lassen wir auch dauerhaft auf der Karte.«

»Isch würde bei die Quiches vorschlagen, dass wir zwei, drei einfache Varianten jeden Tag anbieten, und wenn wir finden besondere Zutat oder es passt zu die Jahreszeit, wir backen eine Tagesquiche.«

Heidi warf dem Franzosen einen Luftkuss zu: »Eine Quiche des Tages – ja, das solltet ihr machen, das kommt bestimmt gut an. Ich würde übrigens bei Sophies Idee bleiben und alles auf die große Tafel schreiben.«

»Ich habe im Internet einen Anbieter von kleinen Schiefertafeln gefunden, da könnte ich die Tagesvariationen notieren«, sagte Sophie.

»Auch super«, freute sich Heidi.

Sophie hatte ein richtig gutes Gefühl. Ihre Vorschläge, das ganze Konzept, das ihr bei der Bistro-Idee durch den Kopf gegangen war, wurden jetzt Wirklichkeit.

Hier in der Runde mit Jean-Pierre und Heidi zu sitzen und zu wissen, dass morgen das Bistro mit Gästen gefüllt sein würde, verlieh Sophie neue Zuversicht.

»Wenn du, Jean-Pierre, dich morgen früh um die Küche kümmerst, kann ich den neuen Wagen abholen. Danach werde ich den Schriftzug für unser Bistroschild am Computer vergrößern und zu Pinsel und Farbe greifen, um es fertigzubekommen. Die meisten Reservierungen sind für den Abend, am Nachmittag kann ich dir dann in der Küche helfen, wäre das okay?«

»Es wäre mir ein Freude, und jetzt isch muss legen die Kopf auf die Kissen. Wenn die Damen misch würden entschuldigen.«

Wenn Jean-Pierre müde war, wurde sein französischer Akzent beim Sprechen noch deutlicher. Er verabschiedete sich bei Heidi mit ein paar Wangenküssen, zwinkerte Sophie noch einmal verschwörerisch zu und ging dann nach oben.

Sophie musste mit einem Mal gähnen. Es war aber auch ein ereignisreicher Tag gewesen.

»Übrigens: Ich wollte mich noch für den Zeitungsartikel bedanken. Ich weiß gar nicht, wie ich das gegenüber Rita, Karin und dir je wiedergutmachen kann.«

»Wir haben es doch schon ein paarmal gesagt, Sophie, und du musst uns das wirklich glauben, es macht uns dreien Spaß, dir zu helfen. Und nicht vergessen: Wir dürfen im Bistro dauerhaft samstags pokern und müssen keine Getränke mehr bezahlen.«

»Ach du«, Sophie gab Heidi einen spielerischen Klaps auf den Arm, »du weißt genau, was ich meine.«

»Sophie, du musst lernen, ein Geschenk auch anzunehmen«, sagte Heidi ernst. So was hätte auch Dotti sagen können, dachte Sophie und verspürte Sehnsucht nach ihrer Tante und ihren klugen Sprüchen.

»So, ich werde mich jetzt auch verabschieden. Wir sehen uns spätestens am Samstag«, sagte Heidi, griff nach ihrer Tasche und stand auf.

Neue Möglichkeiten

In den nächsten drei Wochen entwickelte sich eine Routine in *Tante Dottis Bisto*, zumindest fühlte es sich für Sophie so an. Sie kümmerte sich um die Kuchen und Torten, betreute die Gäste und arbeitete so oft wie möglich mit Jean-Pierre in der Küche zusammen. Der Franzose war nicht nur ein hervorragender Koch, sondern auch ein geduldiger Lehrer, der bereitwillig sein Wissen mit Sophie teilte. Ihr war klar, dass sie nie seine Fähigkeiten erreichen würde, aber sie gewann mehr und mehr die Zuversicht, dass sie es irgendwann auch ohne ihn schaffen könnte. Wenn es um die Planung und Organisation in der Küche ging, wohlgemerkt. Sie war so realistisch, zu wissen, dass sie nicht alles allein erledigen konnte: die Verwaltung des Bistros, das Backen der Kuchen, die Gästebetreuung und auch noch das Kochen.

Aber Sophie hatte sich vorgenommen, den Dingen zunächst einmal ihren Lauf zu lassen. Noch war Jean-Pierre da, noch war das Jahr nicht zu Ende, und mit seiner und Heidis Hilfe würde sie auch fürs Kochen eine Lösung finden.

Auch drei Wochen später hatte der Strom der Gäste nicht abgenommen, im Gegenteil. Das Bistro war fast jeden Abend ausgebucht, Sophie musste sogar gelegentlich Anrufer auf ein späteres Datum vertrösten, an den Wochenenden waren auch schon nachmittags Gäste zum Kaffee da – und das Ende Oktober. Sophie freute sich schon darauf, im Frühjahr Plätze im Garten anbieten zu können.

Letzten Samstag war Pastor Kernmann mit dem halben Pfarrgemeinderat vorbeigekommen. Sophie freute sich, den jungen Geistlichen endlich persönlich kennenzulernen.

Offenbar verfolgte Kernmann bei seinem Besuch einen Hintergedanken, denn er hatte, wie er Sophie flüsternd verriet, vor allem diejenigen Pfarrgemeinderatsmitglieder eingeladen, von denen er wusste, dass sie in den verschiedenen Vereinen des Ortes etwas zu sagen hatten.

Wie sehr hier alles miteinander verwoben ist, dachte Sophie, als sie die Tische eindeckte. Vielleicht war das auch einer von Dottis Fehlern gewesen. Sie hatte geglaubt, sie könne das Café als Insel führen. Aber das konnte hier auf dem Land nur schiefgehen, da war man auch auf die Kontakte anderer angewiesen.

»Entschuldigen Sie bitte, haben Sie schon geöffnet?« Sophie schaute hoch und legte die weißen Stoffservietten aus der Hand, die sie gerade verteilen wollte. Der Gast trug eine Aktentasche unter dem Arm und sah sich neugierig um. Am Nachmittag waren es normalerweise Wanderer oder Senioren, die zum Kaffee kamen, der Gast jedoch war um die fünfzig und trug einen Anzug mit Businesshemd ohne Krawatte – Wanderer sahen anders aus.

»Eigentlich öffne ich erst in einer halben Stunde, aber kommen Sie doch herein, ich bereite nur schon ein paar Tische für heute Abend vor, aber«, Sophie zeigte auf die übrigen Tische, »wir haben ja noch Platz genug. Was darf ich Ihnen bringen?«

Der Gast setzte sich, schaute auf die Tafel und bestellte: »Ein Espresso wäre schön, und den Apfelstrudel mit warmer Vanillesauce würde ich auch gern probieren. Ich habe gehört, dass sie mit dem Obsthof bei uns zusammenarbeiten. Das gefällt mir.«

Sophie bereitete in der Küche den Espresso und den Apfelstrudel zu. Jean-Pierre hatte noch frei und würde erst später wiederkommen, sie hatte also Zeit, deshalb nahm sie das Gespräch wieder auf, als sie die Bestellung servierte. »Sie kommen also aus Brennerbach. Ich meine, weil Sie gerade sagten: ›der Obsthof bei uns‹.«

Der Gast nickte zustimmend. »Genau, Frau von Metten, und ich würde mich gern mit Ihnen unterhalten, falls ich Sie einfach so überfallen darf. Ach, ich habe mich ja noch gar nicht vorgestellt. Ich heiße Torengau, Dirk Torengau.«

Sophie zog sich einen Stuhl an den Tisch und schaute Dirk Torengau freundlich an. »Ich habe Zeit, bis die nächsten Gäste kommen. Worum geht es denn?«

»*Tante Dottis Bistro* wurde mir wärmstens empfohlen«, begann Torengau.

Ich kann mir denken, von wem, dachte Sophie. Rita und ihre Kontakte.

»Ich freue mich über jede Empfehlung«, erwiderte sie.

Torengau nahm eine Gabel Apfelstrudel und schwärmte genießerisch: »Mhmm, ganz köstlich, so hat ihn meine Oma auch immer gebacken. Also … in Brennerbach, das wissen Sie vielleicht … mhmm … ist das Seminarzentrum des Bistums Trier. Wir haben in unserem Haus das ganze Jahr über unterschiedliche Gruppen, manchmal sind es Tagesgäste, aber in der Regel Seminarteilnehmer, die mehrere Tage bei uns sind.«

Sophie nickte. Brennerbach war die nächste Ortschaft und höchstens fünfzehn Gehminuten vom Bistro entfernt, das Seminarzentrum lag direkt am Ortseingang in der Nähe einer mittelalterlichen Pilgerkapelle.

»Nun, ich bin der Geschäftsführer des Seminarzentrums und in einer verzwickten Lage. Der Pächter unserer Kantine hat aus gesundheitlichen Gründen aufhören müssen. Ja, schlimmer noch, so wie es aussieht, werden wir einen neuen Pächter nur dann gewinnen, wenn wir umfangreiche Renovierungen in der Küche vornehmen. Ich habe in den letzten Tagen eine Kostenkalkulation erstellt, und, wie gesagt, Sie wurden mir empfohlen ...« Dirk Torengau holte eine Mappe aus seiner Aktentasche und schob sie zu Sophie hinüber.

»Worauf genau wollen Sie hinaus, Herr Torengau?«

»Nun, für uns könnte es sich durchaus als wirtschaftlicher erweisen, wenn unsere Seminargäste bei Ihnen warm essen. Die kalte Küche am Morgen und am Abend, das ist eine andere Sache. Das können wir auch ohne Pächter stemmen. In der Regel sind es ungefähr fünfzig bis sechzig Hausgäste, sollten wir mehr haben, müsste man darüber nachdenken, ob Sie eine Suppe oder etwas Ähnliches auch anliefern könnten. Aber meine Idee ist, dass die Gäste zu Ihnen kommen, und zwar in einem festen Zeitraum zwischen zwölf und vierzehn Uhr. Vielleicht werden wir uns ja auch über einen, nun ja, Vorzugspreis pro Kopf einig, damit das Ganze für mich kalkulierbar bleibt. Ich habe Ihnen unseren bisherigen Kostenrahmen hier in der Mappe zusammengefasst.«

Sophie schaute sprachlos auf die Mappe vor ihr. Nach und nach begriff sie, was Torengau ihr hier gerade vorschlug. Das war ein Dauerabo auf ein vollbesetztes Bistro zu einer Uhrzeit, zu der sonst kaum Gäste kommen würden, und das unabhängig von der Jahreszeit. Mit dem Geld könnte sie planen, sie hätte feste Einnahmen.

»Das ist ein verlockendes Angebot, Herr Torengau«, sagte Sophie. »Ich würde das gerne heute Abend mit meinem Koch besprechen.«

»Natürlich, das sollten Sie tun. Meinen Sie, wir könnten trotzdem ... also, wäre es möglich, dass ich morgen schon eine Gruppe von zwanzig Seminarteilnehmern zu Ihnen schicke? Die könnten ja à la carte essen. Wie gesagt, ich bin in einer verzwickten Lage.«

»Also, über zwanzig Gäste freuen wir uns immer. Ich schlage vor, ich bespreche noch heute mit meinem Koch die Details, und würde mich dann morgen bei Ihnen melden.«

»Wunderbar, Frau von Metten, da fällt mir aber ein Stein vom Herzen. Wenn ich jetzt noch einen zweiten Espresso bekommen könnte.«

»Der geht aufs Haus, Herr Torengau.«

*

»Und das ist die Geld, die bezahlt werden soll für jeden von die Gäste?«, fragte Jean-Pierre, der die Mappe und die Zahlen studiert hatte. Sophie hatte ihm sofort nach seiner Rückkehr von dem Gespräch erzählt. Aber erst jetzt, nachdem die letzten Gäste gegangen waren und sie Feierabend gemacht hatten, konnten sie ausführlich über das Angebot des Seminarzentrums sprechen.

»Ja, genau, meinst du, das könnte sich rechnen?«

»Könnte sich rechnen? Sophie, das ist eine Geschenk von die Himmel für jede Wirt. Natürlisch rechnet sich das. Wir können ja entscheiden, was gekocht wird, und für die Geld kann isch kochen … oh là là. Ruf ihn ruhig morgen an und sage zu.«

Genau diese Reaktion hatte sich Sophie erhofft, sie hatte ja auch schon die Mappe studiert und war froh, dass Jean-Pierre ihre Einschätzung bestätigte.

Wie wichtig dieser fröhliche Franzose für sie geworden war!

»Jean-Pierre, darf ich dir eine Frage stellen?«

»Oui, natürlisch?«

»Warum hilfst du mir? Ich meine, du hast in Frankreich

eigene Unternehmen, ich zahle dir kein Gehalt. In Frankreich bist du ein Star, und trotzdem unterstützt du mich hier in einem kleinen Bistro auf dem Land.«

Jean-Pierre legte den Kopf schief und strich sich über seinen Schnurrbart.

»Es ist die längste Urlaub, die ich bisher 'atte. Und meine Bistros, nun, da sind gute Mannschaften. Isch stand schon lange nicht mehr in die Küche am 'erd und 'abe gekocht. Isch bin eine Star? Mag sein, aber nicht, weil isch kann selbst kochen. Isch bin Manager geworden, und das war nicht, was ich gewünscht mir 'ab.«

»Trotzdem, Jean-Pierre …«

»Bitte, du 'ast gefragt. Isch tue das auch für 'eidi. Isch war verheiratet, aber isch liebte vor allem die Restaurant und die Kochen. Meine Frau sagte Adieu, und isch war plötzlisch allein. Allein mit die Pastis und die Rotwein. Viel Pastis und viel gute Rotwein. Isch 'ätte alles verloren, aber 'eidi 'at in diese Zeit mein Restaurant geleitet. Ohne sie 'ätte isch 'eute nichts. 'ier bei dir kann isch etwas zurückgeben, verstehst du?«

Sophie ging zu Jean-Pierre und nahm ihn in den Arm.

»Ich bin sehr dankbar, dass ich dieses Geschenk bekommen darf.«

Jean-Pierre lächelte sie an. »Und jetzt kannst du mir auch machen eine Geschenk. Isch 'abe eine Mail bekommen von meine Neffe, Louis Garbon, der Sohn von meine Bruder. Er 'at beendet seine Kochausbildung, und er 'at im Sommer eine Frau lieben gelernt. Eine Studentin aus Trier. Trier ist viel näher als Lyon.«

Jean-Pierre grinste über das ganze Gesicht. »Was meinst du, ob Louis wohl 'ier arbeiten könnte?«

Sophie fiel Jean-Pierre ein zweites Mal um den Hals.

»Und das fragst du mich erst jetzt? Seit wann hast du das denn geplant? Ach, sag nichts, ich freu mich einfach.«

»Bon, einfach freuen ist keine schlechte Plan. Isch 'abe übrigens noch gefunden etwas.«

Jean-Pierre griff in eine Schublade und holte ein dünnes Heft heraus.

»Isch musste doch rücken die Kühlschrank von die Wand und – surprise – isch fand die Heft.«

Er reichte Sophie ein schmales blaues Schulheft, der abgegriffene Umschlag war zur Hälfte eingerissen, mehrere Fettflecken hatten sich darauf ausgebreitet. Auf dem Etikett erkannte Sophie sofort Dottis Handschrift. Mit zitternden Händen nahm sie das Heft, legte es vorsichtig auf den Küchentisch. Was war das? Sie schlug das blaue Heft auf.

»Das sind ja lauter Backrezepte von Dotti«, rief Sophie.

»Oui, isch dachte, vielleischt du findest die Antwort auf die Suche nach die Kaffeeküsse.«

Mittwoch, 2. November

Dotti, das ist nicht witzig. Ich habe, obwohl ich eigentlich längst im Bett liegen und schlafen müsste, das ganze Heft durchgeblättert. Die wunderbaren Kuchen, die Tortenideen, alles hast du in deiner kleinen akkuraten Handschrift notiert.

Und dann der Hammer: Bei »K« wie Kaffeeküsse stehen nur zwei Sätze: »Noch nicht den wahren Kaffeekuss gefunden.« Und: »Kaffeeküsse schmecken für jeden anders, man muss einfach sehen, welcher zu einem passt.«

Mal ehrlich, hast du gedacht, das würde ich komisch finden, wenn ich eines Tages von dir dieses Heft überreicht bekomme? Das kann doch nicht dein Ernst gewesen sein. In deinem Café war dieses Gebäck der Renner, in den letzten Wochen haben mich dutzende Gäste danach gefragt. Als fast jeder seinen Kaffeekuss in anderer Erinnerung hatte, schwante mir schon Böses.

Aber das jetzt auch noch in deiner Handschrift zu lesen! Das war offenbar deine ganz eigene Art von Humor. Mensch, Dotti! Ich glaub, irgendwo da draußen kannst du mich jetzt sehen, und du hältst dir den Bauch vor Lachen. Aber lach nur, ich gönn dir den Spaß. Ich werde in den nächsten Wochen deine Rezepte nachbacken, und was die Kaffeeküsse betrifft, werde ich mir auch noch was einfallen lassen. Jawohl!

Die Silvesterparty

»Wahnsinn. Ich bin so stolz auf dich, Sophie. Weißt du, dass ich dauernd in unserer alten Clique mit dir angebe? Thorsten sind letztens fast die Augen aus dem Kopf gefallen, als ich ihm eine der Kritiken unter die Nase gehalten habe.«

Für Sophie waren Thorsten und Hamburg mittlerweile Lichtjahre entfernt. Sie schaute auf die Uhr, ihr blieb noch genug Zeit für das Gespräch mit Miri, bevor die ersten Gäste kommen würden. Die Freundinnen hatten es sich zu Regel gemacht, mindestens an jedem Sonntagvormittag miteinander zu telefonieren, um sich alle Neuigkeiten zu erzählen.

Und Miris Begeisterung über den Erfolg des Bistros kannte kaum Grenzen. »Ich habe ja auch etwas beigetragen«, sagte Miri. »Zumindest, was die Innenausstattung betrifft.«

»Das hast du, Miri. Das hast du«, versicherte Sophie.

»Deshalb habe ich auch die Reportage aus der aktuellen Ausgabe der *Landküche* aufgehoben, die loben nämlich das stimmige Ambiente des Bistros.«

Den Artikel kannte Sophie noch nicht, aber sie war sich

sicher, dass sie ihn über kurz oder lang zu Gesicht bekommen würde. Das Tagesgeschäft und der erfolgreiche Deal mit dem Seminarzentrum hielten sie so in Atem, dass sie die verschiedenen Reportagen und lobenden Gastronomiekritiken gar nicht alle verfolgen konnte.

»Ja, hier haben schon zahllose Gäste deine schön gestrichenen Wände gelobt.«

»Sehr witzig, mach dich nur über mich lustig. Aber ich habe das hier schwarz auf weiß – ›stimmiges Ambiente‹, das hätten die nicht geschrieben, wenn da immer noch die Stuckrosetten kleben würden, meine Liebe.«

Das stimmte natürlich, dachte Sophie.

»Du, Miri, du kommst nach Weihnachten aber ganz sicher, oder?«, fragte Sophie, um Miri von der ganzen Lobhudelei abzulenken.

»Natürlich komme ich, ich bringe meinen neuen Liebsten mit. Sascha ist ein ganz Süßer, der wird dir gefallen. Und dann kann die Silvesterparty steigen. Wer kommt denn noch?«

»Ich habe alle eingeladen, die mir in den letzten Wochen und Monaten geholfen haben, und bei meiner Ansprache werde ich auf jeden Fall noch einmal das stimmige Ambiente erwähnen, versprochen.«

Diese Ankündigung wurde von Miri mit haltlosem Kichern quittiert. Ach, wie Sophie dieses Kichern vermisste. Es wurde wirklich Zeit, ihre Freundin mal wieder zu sehen.

*

Die Idee mit der Silvesterparty war Sophie irgendwann im Dezember gekommen, und sie hatte sich sofort daran gemacht, alle einzuladen. Heidi, Karin und Rita, Henry, Hans-Werner Knese, Klaus und Jennifer, die Braubarts, Uli Bering, Jan von der Autowerkstatt, Dirk Torengau samt Gattin und zwei Winzer.

Jean-Pierre würde sie nach Neujahr verlassen, aber Louis war nun bereits seit zwei Wochen da, und Sophie wusste, dass er genau der Richtige für ihre Bistroküche war. Trotzdem wurde sie ganz wehmütig bei dem Gedanken, dass der quirlige Jean-Pierre nicht mehr an ihrem Herd stehen würde.

Aber er hatte versprochen, sie regelmäßig zu besuchen, allein schon, um seinem Neffen auf die Finger zu schauen. Eine Ankündigung, die Louis mit einem gelassenen Grinsen zur Kenntnis genommen hatte.

*

»So, Sophie, ich denke, wir sind so weit.« Heidi stellte Sektgläser auf ein Tablett.

»Dann gehe ich rasch hoch und ziehe mich um«, erwiderte Sophie. Als Sophie in ihrem Schlafzimmer stand, hörte sie von unten das vielstimmige Gemurmel ihrer Gäste.

Sie zog unter dem Bett einen großen Karton hervor. Hier hatte sie alles Mögliche verstaut, unter anderem ihre hellgrauen hochhackigen Wildlederpumps. Die hatte sie seit Monaten nicht mehr getragen. Heute war ein besonderer Tag, da durften es auch besondere Schuhe sein.

Sophie schlüpfte in ihre Pumps und schaute sich zufrieden im großen Spiegel an. Ja, die Pumps passten gut zu dem neuen Kleid. Das hatte sie sich vor Weihnachten gegönnt. Der weiche Wollstoff schmiegte sich genau an den richtigen Stellen an den Körper. Eigentlich war das Kleid ganz schlicht, dabei aber so raffiniert geschnitten, dass der Gesamteindruck sensationell war. Jetzt noch die Ohrringe mit den Perlen. Als Sophie die Schmuckschublade in ihrer Kommode öffnete, fiel ihr Blick auf den zusammengefalteten Brief, den sie dort hütete. Dottis Brief. Gedankenverloren nahm Sophie die Blätter und überflog den Text ein weiteres Mal. Eine Stelle gefiel ihr besonders gut:

»Dieses alte Haus und der Garten sind mir ans Herz gewachsen, die Stille hier erfüllt mich mit Frieden. Vor allem aber sind es die Menschen hier im Ort, die ich lieb gewonnen habe. Ich habe drei Freundinnen gefunden, die Du bestimmt auch mögen wirst.«

Ja, Dotti, dachte Sophie, deine drei Freundinnen mag ich auch sehr. Sorgfältig faltete sie den Brief wieder zusammen und legte ihn zurück in die Schublade. Zeit, mit ihren Freunden zu feiern.

*

Peter Langen ging mit entschlossenen Schritten die Straße entlang. Herr Württemberg, der langsam begriff, wohin sein Herrchen unterwegs war, zerrte ungeduldig an der Leine. Ihm konnte es gar nicht schnell genug gehen. In den letzten Tagen hatte Peter nachgedacht. Nein, wenn er ehrlich war, musste er zugeben, dass er bereits seit Wochen nachdachte. Und er kam immer zum gleichen Ergebnis: Er wollte nicht ins neue Jahr starten, ohne sich mit Sophie versöhnt zu haben. Viele Gelegenheiten gab es nicht mehr, heute war schließlich Silvester, also nahm er es in Angriff.

Als Peter durch die Einfahrt des Mühlenhofes ging, sah er das hell erleuchtete Bistro vor sich. Oh, Sophie feierte eine Party. Mit jedem Schritt schwand Peters Entschlossenheit. Er hatte sich vorgestellt, dass er Sophie allein antreffen würde. Durch die Fenster konnte er nun aber etliche Gäste sehen. Er würde sich wie ein unerwünschter Eindringling vorkommen, wenn er jetzt schellte. Der Gastraum des Bistros schimmerte im Licht von zahlreichen Kerzen. Die gelben Wände erstrahlten heute Abend in einem Goldton, lichtes Gold, das in breiten Bahnen in den Garten und auf den Kiesweg fiel. Peter war nicht bereit, seinen Fuß auf eine dieser Lichtbahnen zu setzen. Er seufzte einmal laut, dann drehte er sich um und ging langsam weg. Es war eine dumme Idee gewesen. Was hatte er sich nur dabei gedacht? Herr Württemberg ließ sich nur unwillig zurückziehen. Er bellte ein, zwei Mal protestierend, bevor er endlich gehorchte.

*

Sophie hörte das Bellen, als sie durch den Flur ging. Verwundert öffnete sie die Haustür, sah aber nur noch eine hochgewachsene Gestalt über den Kiesweg weggehen.

»War das nicht gerade ein Hund?«, fragte eine Stimme hinter ihr. Sophie drehte sich um. Dirk Torengau stand mit zwei Flaschen Sekt in der Hand, die er gerade aus der Küche geholt hatte, hinter ihr.

»Ja, ich dachte …« Sophie stockte.

»Das schien Peter zu sein. Ich habe mich schon gewundert, dass der heute gar nicht hier ist.«

»Sie kennen Peter Langen?«

»Natürlich. Ich kenne die Familie seit Ewigkeiten. Und Peter hat sich ja wirklich für Sie ins Zeug gelegt.«

»Wie meinen Sie das?«

»Ich meine, er war es schließlich, der Sie mir empfohlen hat, der mir die Vorzüge Ihres Bistros in den lebhaftesten Farben geschildert hat. So ein Freund ist schon viel wert. Sicher bringt er nur noch kurz den Hund nach Hause. Das Geböller später ist ja nichts für Tiere.«

*

»Sophie, was ist denn mit dir los? Du bist ja ganz blass.« Heidi, Rita und Karin umringten Sophie und musterten sie besorgt.

»Alles in Ordnung?«, fragte Rita.

Sophie schüttelte den Kopf. »Nichts ist in Ordnung. Ich habe, glaube ich, einen Riesenfehler gemacht.«

»Wieso?«

»Es ist wegen Peter. Ich dachte, du, Rita, hättest Dirk Torengau von dem Bistro erzählt. Aber jetzt …«

»Ich war es aber gar nicht«, unterbrach sie Rita.

»Das weiß ich jetzt auch, und nun fühle ich mich mies.« Sophie schaute die drei Frauen an, die vielsagende Blicke tauschten.

»Was?«

»Na ja«, erklärte Karin, »wir wollten es dir ja eigentlich nicht erzählen, aber Peter hat sich in den letzten Wochen ständig bei uns nach dir erkundigt.«

»Weil er Informationen für seine *Coffee-Express*-Filiale haben wollte«, warf Sophie ärgerlich dazwischen.

»Blödsinn«, sagte Heidi energisch, »Peter hat im November den Kunden abgegeben, obwohl das eigentlich das Sprungbrett für seine Karriere werden sollte. Er berät jetzt einen Baumaschinenhersteller aus Hannover.«

Peter hatte sich entschieden und sie im Stillen unterstützt. Aber sie hatte jedes Gespräch verweigert. Wie verbohrt sie doch gewesen war!

Ohne weiter nachzudenken, drehte sich Sophie um und lief in den Flur.

»Ich muss noch mal kurz weg«, rief sie den verdutzten Freundinnen zu.

Sophie rannte die Straße hoch. Kalt war es geworden, am grauen Himmel war kein einziger Stern zu sehen. Die Luft roch nach Schnee, ja, vielleicht würde das neue Jahr mit Schnee beginnen. Sophie verfluchte die Pumps. Hätte sie doch nur die Schuhe gewechselt und eine wärmere Jacke angezogen. Die Kälte kroch durch ihr Kleid und die dünnen Strümpfe. Auf dem Weg fiel ihr noch ein Satz aus Dottis Brief ein: »Und dann – vergib einer alten Frau ihre Hoffnungen – ist da noch ein sehr netter junger Mann nebenan eingezogen. Den würde ich Dir gern vorstellen, selbst mein altes Herz schlägt schneller, wenn ich ihn sehe. Vielleicht geht es Dir ja genauso …«

Ja, Dotti, mein junges Herz schlägt auch schneller, wenn ich ihn sehe. Ja, mir geht es genauso – nur habe ich das nicht wahrhaben wollen, ich dumme Kuh.

Als Sophie vor Peters Haustür stand, zitterte sie am ganzen Körper. Sie drückte die Klingel. Drinnen schlug kurz Herr Württemberg an.

Sekunden später öffnete Peter die Tür, einen großen Becher Kaffee in der Hand.

»Guten Abend, Peter. Darf ich reinkommen?«, fragte sie mit bebender Stimme, die nicht nur zitterte, weil ihr eisig kalt war.

»Sophie! Himmel, was machst du denn hier? Wieso bist du ohne Jacke unterwegs? Komm rein, ist was passiert?«

Als Peter hinter ihr die Haustür schloss, stand er plötzlich neben ihr, nah, sehr nah.

Sophie konnte sein Aftershave riechen. Zusammen mit dem Kaffeeduft eine unwiderstehliche Mischung.

»Sophie! Warum bist du hier?« Peters sanfte Frage ließ sie hochschauen. Seine braunen Augen fragten noch viel mehr, noch viel sanfter. Sophie legte die Arme um seinen Nacken, zog seinen Kopf zu sich hinunter und küsste ganz vorsichtig seine Lippen. Sie schmeckten nach Kaffee. Aus der ersten zaghaften Berührung wurde ein zweiter langer Kuss.

Mhmm, dachte Sophie glücklich, Kaffeeküsse. »Kaffeeküsse schmecken für jeden anders«

Sophie schloss die Augen und küsste Peter einfach noch mal. »Man muss einfach sehen, welcher zu einem passt.«

Dotti hatte wieder mal recht behalten.

Epilog

Ein Jahr später

Liebe Dotti,
ich weiß, irgendwie wirst du irgendwo schon von diesen Zeilen erfahren. Davon bin ich überzeugt. Weißt Du, dieses eine Mal ist das Schicksal nicht vor Lachen vom Stuhl gekippt, dieses eine Mal habe ich Pläne geschmiedet, und sie sind Wirklichkeit geworden. Im nächsten Jahr werden wir zu dritt sein. Die Ärztin sagt, es wird ein Mädchen. Peter hat sich sowieso ein Mädchen gewünscht, er ist so glücklich. Und ich, ich bin es auch. Ihr zweiter Vorname steht schon fest, sie wird auf jeden Fall Dorothee heißen, beim ersten Namen schwanken wir noch. Aber bis zur Taufe haben wir ja noch das ganze Frühjahr und den Sommer.
Die Kleine muss sich wegen ihrer Paten keine Sorgen machen, sie wird zwei Paten haben – Henry und Jean-Pierre – und vier Patinnen: Heidi, Karin, Rita und Miri. Ich muss Pastor Kernmann mal fragen, ob das überhaupt möglich ist.

Jean-Pierre hat uns wieder besucht, er kommt öfter, als ich gedacht hätte. Die meiste Zeit hat er mit Heidi verbracht. Die lächelt seit ein paar Wochen immer so verträumt …
Weißt du, Dotti, das alles hier wäre ohne dich nie möglich geworden. Ich bin froh, dass du mich aus Hamburg weggeholt hast.
Danke!
Deine dich immer liebende Sophie
PS: Den richtigen Kaffeekuss habe ich auch gefunden, sowohl im Bistro als auch im Leben …

ENDE

Danksagung

Wir möchten uns an dieser Stelle bei verschiedenen Menschen bedanken. Da wäre zuerst einmal unsere Literaturagentin Anna Mechler, die uns bei der Umsetzung unserer Idee unterstützt hat. Lieben Dank, Anna.

Bedanken möchten wir uns auch bei dem Team von Lübbe und unserer Lektorin Andrea Euerle. Es war eine tolle Zusammenarbeit.

Dr. Herbert Korb hat sich die Zeit genommen und uns alle Fragen rund um das Erbschaftsrecht und die Versteuerung von ererbten Vermögen beantwortet. Herzlichen Dank dafür! Sollten uns hier Fehler unterlaufen sein, sind ganz allein wir dafür verantwortlich.

Nicole Anker ist nicht nur unsere Freundin, sondern auch die Inhaberin unserer Lieblingsbuchhandlung. Sie hat uns dabei geholfen, die Leseveranstaltungen für dieses Buch zu planen und zu organisieren. Nicole, Du bist einmalig.

Kaffeeküsse – Rezepte

Unsere Freundin Anke Schmidt hat uns an einem Sonntagnachmittag damit überrascht, dass ihr gleich zwei verschiedene Zubereitungsmöglichkeiten für einen Kaffeekuss eingefallen sind. Beide waren ganz wunderbar.

Danach haben wir den Entschluss gefasst, nicht mehr nach dem einen optimalen Rezept zu suchen. Es gibt eben mehr als nur eine Möglichkeit, einen Kaffeekuss zuzubereiten. Und so haben wir verschiedene Kaffeekuss-Varianten zusammengetragen. Probieren Sie die Rezepte einfach einmal aus – sie sind köstlich. Vielleicht haben Sie ja auch noch eine Idee – wir freuen uns auf Ihre Rückmeldung. (www.barbara-erlenkamp.de)

Hier zuerst die beiden Ur-Kaffeekuss-Rezepte von Anke:

Kaffeeküsse
von Anke Schmidt

Die Zutaten bereitstellen und den Backofen auf 200 °C vorheizen. Ein Backblech mit Backpapier auslegen.

Der Brandteig sollte zügig verarbeitet werden.

Zutaten
60 g Butter
gut 1/8 l Wasser
110 g Weizenvollkornmehl
3 Eier

Für die Schokofüllung:
ca. 300 g Sahne
3 El Sanapart (oder Sahnesteif)
1 El Kakaopulver
1 leicht gehäuften Esslöffel Puderzucker
während der Backzeit steif schlagen

oder

Kaffeefüllung:
ca. 300 g Sahne
3 El Sanapart
1–2 El Instant-Espressopulver
2 El Puderzucker

Während der Backzeit das Espressopulver mit etwas Sahne zusammenrühren, so dass es sich auflöst. Dann mit der restlichen Sahne verrühren und steif schlagen. Sanapart und Puderzucker nach und nach unterrühren.

Für den Teig die Butter mit dem Wasser in einem kleinen Topf aufkochen. Das Vollkornmehl auf einmal dazugeben und so lange mit einem Kochlöffel verrühren, bis sich der Teig als Kloß vom Topfboden gelöst hat.

Den Teigkloß in eine Rührschüssel geben. Die Eier einzeln gut einrühren, bis der Teig glänzt und beim Rühren feine Spitzen bildet.

Mit zwei Teelöffeln etwa walnussgroße Häufchen auf das Blech setzen. Auf der mittleren Schiene im Backofen circa 20 Minuten backen. Dabei in den ersten 10 Minuten die Ofentür nicht öffnen, damit die Windbeutel nicht zusammenfallen! Nach 20 Minuten das Blech herausnehmen und die Beutel sofort mit einem scharfen Messer in der Mitte aufschneiden.

Die leicht abgekühlten Hälften mit der gewünschten Füllung füllen, mit Puderzucker oder Schokoguss garnieren, wahlweise bei der Mokkafüllung eine Mokkabohne daraufsetzen und zügig servieren.

Kaffeeküsse von Herbert Budweg

Wer in Cochem an der Mosel eine Tasse Kaffee und wunderbare Kuchen genießen will, kommt um das Hotel Germania nicht herum. Und weil das Hotel auch Lesungen veranstaltet, durften wir dort schon mit vielen Kolleginnen und Kollegen herrliche Abende erleben. Geschäftsführer Herbert Budweg hat sich für uns ein Kaffeekuss-Rezept ausgedacht. Lieben Dank, Herbert!

Zutaten:
3–4 Eiweiß, je nach Größe, vorzugsweise legefrisch!
1 Prise feines Meersalz
30 g Zucker
200 g Puderzucker fein
100 g fein gemahlene geröstete Walnüsse
20 g Kakao
15 g fein gemahlene Kaffeebohnen

Für die Füllung:
100 ml Sahne
100 ml Eierlikör
200 g weiße Kuvertüre

Zubereitung:
Puderzucker, Kakao, die gemahlenen Walnüsse und das Kaffeepulver in einer Küchenmaschine noch einmal fein mahlen.

Danach die Mischung mit einem Löffel durch ein Sieb streichen.

Eiweiß in einer Rührschüssel steif schlagen, dabei den Zucker langsam einrieseln lassen. Wichtig ist, dass der Eischnee sehr fest ist.

Die Walnuss-Puderzucker-Kakao-Masse mit einem Schneebesen langsam unterheben.

Die Masse in einen Spritzbeutel mit Lochtülle füllen. Zwei Backbleche mit Backpapier belegen und die Masse in kleinen Kreisen aufspritzen.

Das Ganze 20 Minuten ruhen lassen. Den Backofen auf 140 °C Ober- und Unterhitze vorheizen.

Die Bleche nacheinander ca. 13–15 Minuten abbacken. Nicht zu dunkel backen.

Danach die Kaffeeküsse vollständig auskühlen lassen.

Für die Füllung Sahne und Eierlikör in einen Topf geben und aufkochen lassen. Es darf ruhig ein wenig reduzieren, aber nicht zu viel.

Die weiße Kuvertüre in kleine Stücke brechen und in die heiße Masse geben. Mit einem Schneebesen gut verrühren, bis sich alle Stückchen aufgelöst haben.

Die Füllung über Nacht vollständig auskühlen lassen.

Am nächsten Tag die Füllung kurz mit einem Schneebesen aufschlagen und in einem Spritzbeutel mit Sterntülle geben.

Etwas der Füllung auf eine Hälfte der Kaffeeküsse spritzen und mit einer zweiten Hälfte bedecken.

Fertig sind wunderbare Kaffeeküsse, die am besten frisch verzehrt werden sollten, da sie wegen ihrer Füllung nicht so lange haltbar sind.

Espressokuchen von Jean-Marie Dumaine

Unter anderem Namen spielt er bereits eine Rolle in den wunderbaren Krimis unseres Kollegen Carsten Sebastian Henn: die Rede ist von Jean-Marie Dumaine, Gourmetkoch und Inhaber des Restaurants Vieux Sinzig. Bei zahlreichen Lesungen in Andernach hat er für die kulinarischen Höhepunkte gesorgt. Für unsere Rezeptsammlung hat er uns das Rezept seines Espressokuchens verraten, sozusagen seine Version eines Kaffeekusses.

Zutaten:
150 g Butter
150 g Gebäckbrösel
2 Eier
150 g Espressokaffee
70 g Bio Rohrzucker
60 g Kamutmehl
30 g Bio-Schokolade geraspelt
2 g frische Weinraute gehackt
1 Prise Meersalz
1 Prise Zimt
1 Vanilleschote
1 Tl Backpulver

Zubereitung:
Backform ausbuttern und mit Mehl bestäuben. Backpulver mit Mehl vermischen. Butter und Zucker verrühren. Espresso, Eier, Vanille, Zimt und Salz cremig rühren, Mehl dazugeben.

Zum Schluss die Schokolade vorsichtig unter die Masse ziehen. Direkt in die Backform füllen und bei 180 °C ca. 25–30 Minuten backen.

Kaffeeküsse von Heike Hilberg/Dauner Kaffeerösterei

Die Dauner Kaffeerösterei des Ehepaares Richarz-Hilberg ist ein Paradies für jeden Kaffeeliebhaber ... allein schon der Duft, der dort in der Luft liegt. Von Hans und Heike haben wir dieses wunderbare Rezept bekommen, das beweist, dass die beiden nicht nur tolle Kaffeesorten rösten können.

Zutaten für ca. 25 Stück
200 g Zartbitterschokolade
250 ml Milch
250 ml Espresso
1 Tl Vanillepulver (gem. Vanille)
4 Eigelb und 4 Eier
80 g Zucker
50 g Speisestärke
70 g Butter
1 Prise Salz
140 g Mehl
Puderzucker

Zubereitung:
Schokolade hacken, mit Milch, Espresso, Vanille in einem Topf unter Rühren aufkochen. Die 4 Eigelb mit Zucker cremig schlagen. Stärke darauf sieben und unterrühren. Heiße Schokomilch nach und nach zugießen, Creme glattrühren. Zurück in den Topf geben, bei kleiner Hitze unter Rühren ca. 5 Minuten andicken lassen. Puddingcreme mit Frischhaltefolie bedeckt erkalten lassen.

In einem Topf 200 ml Wasser, Butter und Salz aufkochen, Mehl zugeben. Rühren, bis am Topfboden ein weißer Belag entsteht. In Schüssel umfüllen, etwas abkühlen lassen. Eier einzeln einarbeiten.

Eine Schale mit Wasser in den Backofen stellen, Ofen auf 210 °C (Umluft 190 °C) vorheizen. Teig in Spritzbeutel füllen. Mit reichlich Abstand walnussgroße Klekse auf zwei Backbleche mit Backpapier spritzen. 10 Minuten backen. Ofentür kurz öffnen (Dampf entweichen lassen), noch etwa 5 Minuten backen. Ofen ausschalten und Tür leicht geöffnet halten. Windbeutel im Ofen abkühlen lassen.

Creme durchrühren und in den Spritzbeutel mit spitzer Tülle füllen. Creme seitlich in die Windbeutel spritzen, mit Puderzucker bestäuben und servieren.

Macarons mit Rotwein-Schokoladenkuss von Wein + Gut Oster

An der Mosel haben wir Rieslingweine schätzen gelernt. Aus Eller stammen wunderbare Weine von der Familie Oster, die – wie sollte es anders sein – natürlich einen Kaffeekuss vorgeschlagen hat, in dem auch Wein eine Rolle spielt (zur Schokolade natürlich ein Rotwein und kein Riesling).

Zutaten für ca. 30 Stück
Für die Macarons:
100 g gemahlene Mandeln
100 g Puderzucker
38 g Eiweiß
etwas echten Kakao

Für die Meringue:
100 g Zucker
50 ml Wasser
38 g Eiweiß

Für den Rotwein-Schokoladenkuss:
90 g Schokolade, min. 40 % Kakao
60 g Mascarpone
30 ml Pinot Meunier (oder ein anderer Rotwein)

Zubereitung:
Zunächst wird der Rotwein-Schokoladenkuss vorbereitet.

Dazu als erstes langsam die Schokolade im Wasserbad schmelzen. Gleichzeitig in einem zweiten Topf den Mascarpone leicht erhitzen, so dass dieser etwas flüssig wird. Wenn die Schokolade vollständig geschmolzen ist, wird der Mascarpone unter die Schokolade gerührt. Wenn sich dieses gut verbunden hat, den Rotwein unterrühren. Es entsteht eine zähflüssige Creme. Diese sollte nun ca. 3–4 Stunden kaltgestellt werden, bis sie weiterverarbeitet werden kann.

Die Macarons:

Für das Gelingen der Macarons ist es wichtig, die Zutaten sehr genau abzuwiegen. Zunächst werden die Mandeln und der Puderzucker in einem Mixer sehr fein gemahlen, es entsteht ein feines Mandelmehl. Im Anschluss sollte man dieses Mehl noch 1–2-mal durch ein feines Sieb sieben. Anschließend kann das Eiweiß hinzugegeben werden, jedoch ohne es unterzuheben.

Nun wird die Meringue hergestellt. Dazu wird das Eiweiß steif geschlagen. Gleichzeitig werden Zucker und Wasser in einem kleinen Topf erhitzt und aufgekocht (etwas über 100 °C). Das noch heiße Zucker und Wasser-Gemisch wird nun, in einem feinen Strahl unter stetigem Rühren, zum Eischnee hinzugegeben. Der Eischnee wird hierdurch fest und glänzend. Zieht man eine Spitze, sollte diese stehen bleiben.

Nun zuerst mit einem Teigschaber das Mandelmehl mit dem Eiweiß vermischen. Es entsteht eine festere Paste. Dann den Eischnee in zwei Portionen, gleichmäßig unter die Mandelmasse heben, bis ein geschmeidiger Teig entstanden ist.

Dieser Teig wird jetzt in eine Spritztülle gefüllt und mit einer ca. 8 mm Spitze auf vorher vorbereitetes Backpapier gespritzt (zur Vorbereitung Kreise mit einem Durchmesser von ca. 2 cm auf das Backpapier zeichnen, das erleichtert das gleichmäßige Aufspritzen des Teiges).

Nun müssen die Macarons trocknen. Hierdurch entsteht das charakteristische Füßchen am Boden der Macarons. Das Trocknen dauert ca. 15–20 Minuten. Man merkt, ob die Macarons ausreichend getrocknet sind, wenn man vorsichtig mit der Fingerspitze darauf tippt und kein Teig mehr kleben bleibt.

Den Backofen auf 160 °C Umluft vorheizen. Macarons ca. 13 Minuten backen. Je nach Ofen kann die Backzeit etwas variieren.

Die fertig gebackenen Macarons auskühlen lassen.

Nach dem Abkühlen lassen sie sich leicht vom Papier lösen. Es empfiehlt, sich die Macarons nach der Größe zu sortieren und bereit zu legen.

Die Macarons füllen:
Wenn der Rotwein-Schokoladenkuss etwas fest geworden ist, die Creme in die Spritztülle geben und gleichmäßig auf eine Seite der vorbereiteten Macarons spritzen. Die beiden Macaron-Hälften zusammensetzen und in einer luftdichten Dose für eine Nacht kaltstellen. Erst am nächsten Tag schmecken die Macarons besonders gut.

Im Kühlschrank sind die fertigen Macarons ca. 3–4 Tage haltbar. Wenn nicht alle benötigt werden, können die Macarons gut eingefroren werden und bei Bedarf aufgetaut werden.

Mokkacrème mit Mokka-Rum-Espuma von Nicole Anker (AnkerBuch) und Jean-Marie Dumaine (Vieux Sinzig)

Nicole Ankers Buchladen bietet auch ein Café mit Weinbar. Mehrmals in der Woche werden hier frische Kuchen und andere Köstlichkeiten gebacken und serviert. Für unsere Rezeptsammlung hat sich Nicole eine Zubereitung von Jean-Marie Dumaine zeigen lassen, die zum Kaffee herrlich schmeckt. Wenn Sie also einmal eine größere Runde mit einem besonderen Dessert verwöhnen möchten, bitte sehr!

Für 60 Personen
Zutaten Mokka-Crème:
5 l Espresso
2 kg Eier
1 kg Zucker
20 g Weinraute

Zubereitung:
Für die Mokka-Crème den Espresso mit der gehackten Weinraute erhitzen und pürieren. Abkühlen lassen. Zucker und Eier verrühren. Espresso dazu verrühren. Sieben. In feuerfeste Portionsschalen füllen. Im Backofen bei 80 °C 30 Minuten stocken lassen. Abkühlen.

Zutaten Mokka-Rum-Espuma:
2 1-Liter-Espuma-Flaschen
520 ml Wasser
260 ml Rum

260 g Zucker
8 Blatt Gelatine
400 ml Kaffeeöl
800 ml Sahne
Mandeln, gehobelt
Kakaohippen

Zubereitung:
Das Wasser mit dem Zucker in einem Topf erhitzen. Die in kaltem Wasser eingeweichte Gelatine darin auflösen. Rum dazu geben. Das Kaffeeöl langsam dazugeben und mit einem Mixstab homogenisieren. Sahne dazugeben und durch ein Haarsieb streichen. In zwei 1-Liter-Espuma-Flaschen füllen und mit zwei Sahnekapseln den Druck aufbauen. 3 Stunden auskühlen lassen.

Vor dem Gebrauch gut schütteln. Über die Mokka-Crème verteilen. Mit gehobelten, gerösteten Mandeln bestreuen und mit Kakaohippe verzieren.

Leseprobe

Barbara Erlenkamp

Sommerzauber auf der kleinen Insel

Prolog

Hinter ihnen die Lichter, vor ihnen nichts als das Meer. Das Herz klopfte ihr bis zum Hals.

»Das ist ein ganz besonderer Abend. Ich werde diesen Moment nie vergessen.« Seine Stimme klang rau. Sie standen nebeneinander am Wasser.

»Hör nur, es ist so still«.

Nur ab und zu schlug eine kleine Welle leise ans Ufer.

Vorsichtig bewegte sie ihre Hand. Sie konnte seine Wärme spüren. Gleich, gleich würden ihre Finger sich berühren. Seine Nähe sorgte für ein sanftes, aufregendes Kribbeln. Ihr ganzer Körper sehnte sich nach diesem Gefühl, nach seiner warmen Haut. Sie wandte sich zu ihm. In der nordisch hellen Juninacht sah sein blondes Haar beinahe silbern aus.

»Mads?«

»Ja, Charlotte?«

»Mads? Ich muss dir etwas sagen.«

Sein Gesicht war jetzt so nah, dass sie seinen Atem spüren konnte. Eine zarte Brise, die ihre Wangen streifte. Verlangen lag darin.

»Charlotte … das ist ein wunderbarer Name. Er passt so gut zu dir.«

»Mads, bitte hör zu, das ist mein letzter Abend hier. Morgen fahre ich wieder nach Hause.«

So, nun war es heraus. Seine Hand umfasste vorsichtig ihren Nacken, seine Finger strichen leicht über ihr offenes Haar.

»Was willst du mir denn damit sagen?«

»Na ja, ich meine, du und ich – das hat keine Zukunft, oder? Ich fahre morgen zurück nach Deutschland. Und du – sag mal, gibt es da jemand Besonderen in deinem Leben?«

Er lachte leise. »Du redest nicht um den heißen Brei herum, das mag ich. Und wenn du es ganz genau wissen willst – ja, da ist tatsächlich ein Mädchen, das ich sehr mag.«

»Ist das was Festes mit euch?«

»Ach, Charlotte. Ich weiß es nicht. Ehrlich. Bis vor einer Woche hätte ich diese Frage sofort beantwortet. Aber … aber dann habe ich dich getroffen.«

Mads neigte leicht den Kopf, und seine Lippen hauchten einen ersten Kuss auf ihre Haut. Ein Kuss wie ein Versprechen. Ein Versprechen und eine Aufforderung.

»Ja, wahrscheinlich hast du recht: Das mit uns hat keine Zukunft. Aber ich will auch gar keine Zukunft, ich will diesen Abend. Diesen einen Abend mit dir. Die Erinnerung kann uns keiner nehmen.«

Sie schluckte. Genau dasselbe hatte sie vor kaum einer Stunde zu ihrer besten Freundin gesagt. Heute Abend und nur heute Abend, das war es, was zählte.

Vier Monate später …

Sie war schwanger. Daran gab es keinen Zweifel. Gespürt hatte sie es ja schon viel früher, aber jetzt hatte es auch Dr. Gerster bestätigt. Sanft strich sie sich über den Bauch. Heute Abend würde sie Mads anrufen. Er hatte ein Recht darauf, es zu erfahren. Sie würde zu ihm zurückkehren, und diesmal würde sie für immer bleiben.

In der kleinen Küche, die sie sich mit Danni teilte, lag die Post auf dem Esstisch. Gedankenverloren sah Charlotte die Briefe durch. Zwischen zwei Prospekten befand sich ein Umschlag aus Dänemark. Voller Neugier riss sie ihn auf. Auf einer Doppelkarte prangten zwei goldene Ringe, darunter standen in schwungvoller Schreibschrift die Namen Mads und Lise.

Charlotte klappte hastig die Karte auf. Sie musste den dänischen Text nicht lesen, um zu wissen, was da stand. Das Foto des glücklich lächelnden Brautpaars verschwamm vor ihren Augen. Charlotte ließ die Karte fallen, schloss die Augen und weinte.

Allein in dieser kleinen Küche, weit weg vom Strand und dem endlos scheinenden Meer, zerriss ihr die Erinnerung an diesen einen Abend das Herz.

Morgens um sieben

Wer hatte eigentlich das Gerücht in die Welt gesetzt, dass morgens um sieben die Welt noch in Ordnung war? Britta Hoffmann hatte nachgesehen, daher kannte sie die Antwort: Schuld war ein Spielfilm aus den Sechzigerjahren, basierend auf einem Familienroman von Eric Malpass.

Nein, morgens um sieben war die Welt nicht in Ordnung! Jedenfalls nicht für Britta, wenn sie im Bus auf dem Weg zur Arbeit saß und nur knapp vier Stunden geschlafen hatte.

Vier Stunden! Ihre Augen brannten, sie sah wahrscheinlich furchtbar aus. So früh am Morgen konnte sie unmöglich irgendetwas in Ordnung finden. Sie hasste es, wenn sie morgens nicht wenigstens in Ruhe eine Tasse Milchkaffee trinken konnte. Aber selbst dafür war heute keine Zeit geblieben.

Und doch: Sie schloss die Augen und fühlte sofort eine wohlige Entspannung. Eigentlich durfte sie sich nicht beschweren. Sicher, sie war müde und unausgeschlafen, aber auch stolz und zufrieden. Sie lächelte still in sich hinein. Die Präsentation, an der sie den ganzen Abend und die Stunden nach Mitternacht gearbeitet hatte, war endlich fertig. Dirk Strehlau würde nicht schlecht staunen. Zwei Tage vor dem großen Meeting – und alles war ausgearbeitet. Zwei Tage, das war die Reserve, die sie für sich sicherheitshalber eingeplant hatte. Zeit, um Änderungen einzuarbeiten, neue Bilder einzusetzen, die Kalkulation ein letztes Mal durchzurechnen. Um ihre eigenen Ansprüche zu erfüllen, war zwar eine Nachtschicht nötig gewesen, aber es hatte sich gelohnt. Wozu setzte man sich sonst Ziele? Eben: um sie zu erreichen.

«Na, Fräulein, Sie haben aber schon gute Laune, so früh am Morgen.«

Die Stimme riss sie aus ihren Gedanken. Ein älterer Herr nickte ihr freundlich zu. Offenbar sah man ihr die Freude über die abgeschlossene Präsentation deutlich an.

»Lassen Sie sich bloß nicht die gute Laune verderben. Denken Sie daran, mit einem Lächeln besiegen Sie das Grau des Tages.«

Er stand mit einem Schnaufen auf und drückte auf den Halteknopf.

»Einen schönen Tag noch, Fräulein.«

»Ja, ähm, Ihnen auch.« Sie war immer noch tief in Gedanken. Schnell holte sie ihr blaues Notizbuch und den Bleistift aus der Handtasche.

Memo an mich
»Mit einem Lächeln besiegst du das Grau des Tages.«

Das ist doch mal ein Satz, der es lohnt, aufgeschrieben zu werden, dachte Britta und lächelte weiter in sich hinein.

Weil sie das Notizbuch schon mal zur Hand hatte, konnte sie ebenso gut auch gleich die To-dos für heute notieren:

1. Einkaufen: Vollmilch-Joghurt, Lachs
2. Wintermantel aus der Reinigung holen
3. Geburtstagskarte für Bernd besorgen
4. Geschenk für Bernd

Sie überlegte kurz. Dann schrieb sie hinter den letzten Punkt:

4. Rotwein?

Rotwein als Geschenk – das war ja nicht gerade originell. Sie traf Bernd, den langjährigen Lebensgefährten ihrer Mutter, eigentlich viel zu selten, um wirklich einen tollen Einfall zu haben. Unschlüssig blätterte Britta in ihrem Notizbuch zurück. Ein Dutzend Seiten weiter vorn fand sie die Lösung. Da stand es ja:

Bernd macht Whisky-Tasting

Was für ein Glück, das musste sie sich schon vor Wochen, nach einem der seltenen Telefonate mit ihrer Mutter, aufgeschrieben haben.

Entschlossen strich sie »Rotwein« durch und ergänzte stattdessen einen neuen Punkt:

4. Whisky für Bernd kaufen

Sie klappte das Notizbuch zu und lehnte sich zufrieden zurück. Ja, die Idee mit dem Whisky gefiel ihr.

Draußen vor dem Busfenster erwachte einer der ersten richtigen Frühlingstage. Vielleicht würde es heute sogar schon so mild werden, dass sie in der Mittagspause in der Sonne sitzen konnte.

Mittagspause – ach, Himmel, sie war ja mit ihrer Mutter verabredet. Sie hatten sich in den letzten Wochen nur ganz selten gesehen, und ihre Mutter hatte darauf bestanden, Britta zu treffen; das war schon seit Wochen ausgemacht. Einen freien Abend für die Verabredung hatten sie nicht gefunden. Ein gemeinsames Mittagessen war Britta damals wie ein guter Plan vorgekommen. Jetzt sorgte dieser Plan für ein unangenehmes Kribbeln in ihrem Bauch. Es ist ja nur ein Mittagessen, dachte sie, was soll da schon schiefgehen. Leider konnte sie die leise Stimme in ihrem Kopf, die immer gern Zweifel äußerte, dennoch nicht zum Schweigen bringen.

***

»Natürlich freuen wir uns, wenn Sie morgen früh bei uns vorbeikommen … Nein, mein Team steht Ihnen jederzeit zur Verfügung … Ob ich den passenden Teamleiter –? … Oh, da machen Sie sich mal keine Sorgen. Ich habe schon die richtige

Person im Kopf: Britta Hoffmann. Frau Hoffmann ist eine meiner besten Mitarbeiterinnen, unglaublich gut organisiert. Sie hat bereits vier große Planungsprojekte gemanagt … Ja, genau, auch den Ferienpark im Elsass … Richtig … Ich sage Ihnen, und das bleibt bitte unter uns, in spätestens fünf Jahren werde ich ihr einen Platz in der Geschäftsführung anbieten müssen, wenn ich sie nicht an einen Konkurrenten verlieren will … Eben … Vor allem spricht Frau Hoffmann Dänisch, also … Genau, die besten Voraussetzungen für das Projekt … Gut. Wir sehen uns dann morgen um zehn.«

Dirk Strehlau beendete mit einem Tastendruck das Telefonat und lehnte sich breit lächelnd in seinem Ledersessel zurück. Strehlau, Eulex & Partner, kurz SE&P, hatte in den letzten Jahren den internationalen Consulting-Agenturen mehr als einen Großkunden vor der Nase weggeschnappt. Doch wenn das Bradford-Projekt in Dänemark bei ihnen landen sollte … Strehlau grinste; das wäre der ganz große Wurf für SE&P. Er überschlug die Zahlen im Kopf. Es sollte ja nicht bei dem einen Ferienpark bleiben, allein in Frankreich hatte Bradford International sechs solcher Anlagen in kürzester Zeit errichtet. Der Park auf Læsø würde sicher nur der Anfang sein, aber allein mit diesem «Anfang« hätten er und seine Partner bereits im ersten Quartal das Jahresumsatzziel erreicht.

Mit Bradford International als Kunden könnten sie das ganz große Rad drehen, rechnete sich Strehlau aus. Britta Hoffmann war dafür genau die richtige Projektleiterin. Übermorgen würde er mit ihr nach Köln fahren, um einen weiteren Auftrag an Land zu ziehen. Sollte mich nicht wundern, wenn Britta die Charts für die Präsentation schon fertig hätte, dachte der Agenturchef. Er selbst nutzte die Deadline lieber voll aus, aber Britta war ganz anders. Gut so. Dann hatte sie gewiss auch morgen Vormittag Zeit, wenn Paul Satzmann, der Deutschlandchef von Bradford International, vorbeikommen würde.

***

Sie liebte die kurze Strecke von der Bushaltestelle zu der großen Jugendstilvilla, dem Firmensitz von SE&P. Nie empfand sie den Fußweg als unangenehm oder störend. Selbst bei Regen strahlten die alten Villen etwas Ehrwürdiges aus, diese Zeugen längst vergangener Tage. Für Britta waren die alten Häuser und die knorrigen Bäume der Allee der Beweis dafür, dass es Dinge gab, die Bestand hatten. Manchmal, wenn im Herbst leichter Nebel durch die Straßen zog, die Vorgärten verhüllte und die Großstadt vergessen machte, glaubte sie sogar, den Hufschlag von Droschkenpferden hinter sich auf dem alten Pflaster zu hören.

Auch heute früh tat ihr das Laufen gut. Auf dem Bürgersteig standen vereinzelte Pfützen, denen sie geschickt auswich. In der Nacht hatte es geregnet. Ein Anflug von Übermut regte sich in ihr. Wie wäre es, wie früher mit beiden Füßen mitten in die größte Pfütze zu springen? Das tat sie natürlich nicht. Aber der Gedanke, es zu können, ließ sie leise auflachen. In der frischen Aprilluft lag ein Hauch von Frühling. Ein noch unerfülltes Versprechen auf das, was kommen würde.

Britta blieb vor dem großen, schmiedeeisernen Tor stehen. Ein mit alten Sandsteinplatten gepflasterter Weg führte durch einen Vorgarten zum Haupteingang ihrer Agentur. Der feuchte Rasen rechts und links des Wegs war übersät von gelben Inseln – mehrere Dutzend Osterglocken. Britta öffnete das Tor und nahm sich beim Anblick der Osterglocken vor, heute Mittag ein paar Blumen für ihren Schreibtisch zu kaufen.

In der Agentur war es noch still. Dirk Strehlau und Sandra, seine Sekretärin, waren zwar immer sehr früh da, aber die übrigen Kolleginnen und Kollegen würden erst gegen neun eintreffen. Britta mochte die Ruhe in der großen Villa. Sie fuhr ihren Rechner hoch und checkte die Mails.

Nichts, was sie sofort beantworten musste. Sie hasste es, von Mails überrascht zu werden, die während ihres Wegs zur Arbeit eintrafen. Britta entspannte sich und stand auf. Den Flur hinunter, Richtung Kaffeeküche, lag das Büro von Dirk Strehlau. Die Tür zum Vorzimmer war fast immer offen. Britta steckte den Kopf hinein.

»Guten Morgen, Sandra. Bin da.«

Sandra Lercher schaute von ihrem Monitor auf und lächelte: »Morgen, Britta! Du bist aber früh dran. Schalte doch schon mal die Kaffeemaschine ein, ich bin gleich bei dir.«

»Gut, beeil dich, ich habe eine Menge zu tun.«

Es gab zwei Morgenrituale: erstens das Checken der Mails, zweitens der kurze Plausch in der Kaffeeküche mit ihrer Freundin und Arbeitskollegin Sandra.

Britta holte zwei Tassen aus dem Geschirrschrank und roch vorsichtshalber an der Milchpackung, bevor sie den Schlauch der Espressomaschine hineinsteckte.

»Bist du mit dem Auto gekommen, oder fährt so früh schon ein Bus bei dir ab?«

Sandra betrat die Kaffeeküche.

»Natürlich habe ich den Bus genommen. Warum sollte ich hier im Viertel herumkurven und nach einem Parkplatz suchen?«

»Wenn du mich fragst, ist es nur noch eine Frage der Zeit, bis du deinen eigenen Stellplatz hinterm Haus hast. Jeder in der Geschäftsführung hat schließlich seinen eigenen, namentlich gekennzeichneten Stellplatz, darauf solltest du unbedingt bestehen. Nicht, dass unsere Chefs glauben, sie könnten dich über den Tisch ziehen.«

Britta mochte Sandra wirklich, aber in letzter Zeit ging sie ihr mit den ständigen Hinweisen auf die wahrscheinlich schon bald zu erwartende Beförderung langsam, aber sicher, auf die Nerven.

»Sandra! Bitte, hör auf. Wenn man dich so reden hört,

könnte man glatt denken, dass ich bereits morgen befördert werde. Außerdem weiß ich gar nicht, ob es mir wirklich gefallen würde, mich jeden Morgen mit meinem Auto durch den Frankfurter Berufsverkehr zu quälen. Mit dem Bus bin ich wahrscheinlich doppelt so schnell. Auf einen eigenen Stellplatz kann ich gut verzichten.«

»Aber Britta, es geht doch nicht um den Stellplatz, sondern um das, was er repräsentiert. Das gehört einfach dazu. Genau wie dein eigenes Büro samt einer sündhaft teuren Espressomaschine. Das ist sozusagen der Ritterschlag.«

Die Busfahrt zur Arbeit, vor allem aber der Spaziergang durch das Villenviertel sorgten jeden Morgen dafür, dass sich Britta entspannt in die Arbeit stürzen konnte. Das würde sie ganz sicher nicht für so etwas Unwichtiges wie einen Stellplatz mit ihrem Namen opfern.

»Sag mal, Britta, hörst du mir überhaupt zu?«

Die zuckte zusammen.

»Was?«

»Ich sagte, dass du nicht gerade wie das blühende Leben aussiehst. Aber du warst ja mit deinen Gedanken Lichtjahre entfernt. Hast du einen neuen Lover, der dich mit seinen verruchten Sexspielen um den Schlaf gebracht hat?«

Sandra kicherte, sie wusste genau, dass es für Christopher noch keinen Nachfolger gab.

»Wenn du es genau wissen willst: Ich habe die halbe Nacht gearbeitet und die Präsentation für Köln fertig gemacht. Und die ist richtig gut geworden.« Okay, das klang selbst in Brittas Ohren ein bisschen angeberisch, aber sie war schließlich stolz darauf. Sandra stieß einen tonlosen Pfiff aus.

»Meine Güte, da sieht man mal wieder, wozu der Mensch fähig ist, wenn er nicht die halbe Nacht von einer quengeligen Dreijährigen wach gehalten wird.«

Sandra hatte zwei Kinder, drei und fünf Jahre alt, und sie und ihr Ehemann wechselten sich mit den Arbeitstagen ab.

»An den Tagen, an denen du arbeiten musst, ist doch Jochen dran«, erwiderte Britta.

»Klar, mein Göttergatte musste aufstehen, aber glaub nicht, dass ich gut schlafen kann, wenn Emmis Angstschreie durchs Haus gellen, weil sie glaubt, dass Monster unter ihrem Bett hausen.«

Britta musterte Sandra und musste sich neidvoll eingestehen, dass man ihr den fehlenden Schlaf nicht ansah.

»Übrigens, ich hab gerade den Rest eines Telefonats mitbekommen«, Sandra vergewisserte sich mit einem Schulterblick, ob sie auch wirklich allein waren, »es wird einen neuen großen Auftrag geben, und Dirk hat dich ins Spiel gebracht. Würde mich nicht wundern, wenn du das nächste Großprojekt übernehmen darfst.«

Britta winkte ab. »Abwarten – erst mal werde ich froh sein, wenn ich den heutigen Tag hinter mich gebracht habe.« Den heutigen Tag, oder besser gesagt die Mittagspause mit meiner Mutter, ergänzte sie im Stillen.